小書痴的下剋上

為了成為圖書管理員不擇手段！

第四部 貴族院的自稱圖書委員Ⅷ

香月美夜——著
椎名優 繪 許金玉 譯

本好きの下剋上
司書になるためには
手段を選んでいられません
第四部 貴族院の自称図書委員Ⅷ

CONTENTS

第四部 貴族院的自稱圖書委員 VIII

登場人物

第三部 劇情摘要

成為貴族以後，羅潔梅茵因為領主養女與神殿長的身分忙得不可開交。好不容易印刷機完成了，還在城堡舉辦了販售會，歌牌、撲克牌與書正順利普及開來。然而，就在喬琪娜來訪以後，情勢變得非常緊張。不只韋菲利特遭到算計，羅潔梅茵為了拯救被擄走的夏綠蒂，被敵人灌下毒藥性命垂危。雖然浸入了尤列汾藥水，但再次睜眼醒來，時間竟然已是兩年後……

羅潔梅茵

本書主角。稍微長高後，現在外表看來有八歲左右，但內在還是沒什麼變。到了貴族院，依然是為了看書不擇手段。現為貴族院二年級生。

艾倫菲斯特的領主候補生

韋菲利特

齊爾維斯特的長男，羅潔梅茵的哥哥。現為貴族院二年級生。

夏綠蒂

齊爾維斯特的長女，羅潔梅茵的妹妹。現為貴族院一年級生。

羅潔梅茵的監護人們

斐迪南

齊爾維斯特的異母弟弟，羅潔梅茵的監護人。

齊爾維斯特

收養羅潔梅茵的艾倫菲斯特領主，羅潔梅茵的養父。

芙蘿洛翠亞

齊爾維斯特的妻子，三個孩子的母親。羅潔梅茵的養母。

卡斯泰德

艾倫菲斯特的騎士團長，羅潔梅茵的貴族父親。

艾薇拉

卡斯泰德的第一夫人，羅潔梅茵的貴族母親。

波尼法狄斯

齊爾維斯特的伯父，卡斯泰德的父親，羅潔梅茵的祖父。

黎希達
首席侍從。熟知三名監護人孩提時期的上級貴族。

莉瑟蕾塔
貴族院五年級生，中級見習侍從。安潔莉卡的妹妹。

布倫希爾德
貴族院四年級生，上級見習侍從。

羅德里希
貴族院二年級生，中級見習文官。已獻名。

菲里妮
貴族院二年級生，下級見習文官。

萊歐諾蕾
貴族院五年級生，上級見習護衛騎士。

優蒂特
貴族院三年級生，中級見習護衛騎士。

哈特姆特
上級文官。奧黛麗的么子。

羅潔梅茵的近侍

奧黛麗
上級侍從。哈特姆特的母親。

柯尼留斯
上級護衛騎士。卡斯泰德的三男。

達穆爾
下級護衛騎士。

安潔莉卡
中級護衛騎士。莉瑟蕾塔的姊姊。

羅潔梅茵的專屬

雨果 專屬廚師。
艾拉 專屬廚師。

貴族院

赫思爾 艾倫菲斯特的舍監。斐迪南的師父。
索蘭芝 貴族院的圖書館員。
休華茲 圖書館的魔導具。
懷斯 圖書館的魔導具。

神殿的侍從

法藍 負責管理神殿長室。
薩姆 負責管理神殿長室。
妮可拉 神殿長室與廚房的助手。
莫妮卡 神殿長室與廚房的助手。
吉魯 負責管理工坊。
弗利茲 負責管理工坊。
葳瑪 負責管理孤兒院。

艾倫菲斯特的貴族

麥西歐爾　領主一族。齊爾維斯特的次男。
卓格赫特　麥西歐爾的首席侍從。
諾伯特　領主的首席侍從
艾克哈特　斐迪南的護衛騎士。卡斯泰德的長男。
尤修塔斯　斐迪南的文官兼侍從。黎希達的兒子。
拉塞法姆　斐迪南的侍從。負責管理宅邸的下級貴族。
蘭普雷特　韋菲利特的護衛騎士。卡斯泰德的次男。
奧蕾麗亞　蘭普雷特的妻子。
托勞戈特　貴族院四年級生，上級見習騎士。黎希達的外孫。
尼可拉斯　斯泰德第二夫人的兒子。
貝兒朵黛　布倫希爾德的妹妹。
泰奧多　優蒂特的弟弟。
馬提亞斯　貴族院四年級生，中級見習騎士。隸屬舊薇羅妮卡派。
戈雷札姆　基貝．格拉罕。
薇羅妮卡　齊爾維斯特的母親。現正受到幽禁。
嘉柏耶麗　薇羅妮卡的母親。原為亞倫斯伯罕的領主一族。
海德瑪莉　艾克哈特已逝的妻子。
漢力克　負責印刷業務的文官，達穆爾的兄長。

他領貴族

特羅克瓦爾　尤根施密特的國王。
瑪格達莉娜　國王的第三夫人。錫爾布蘭德的母親。
席格斯瓦德　中央的第一王子。
亞納索塔瓊斯　中央的第二王子。
錫爾布蘭德　中央的第三王子。
勞布隆托　中央的騎士團長。
艾格蘭緹娜　庫拉森博克的領主一族。
齊格琳德　戴肯弗爾格的第一夫人。
藍斯特勞德　戴肯弗爾格的領主候補生，貴族院五年級生。
漢娜蘿蕾　戴肯弗爾格的領主候補生，貴族院二年級生。
克拉麗莎　戴肯弗爾格的上級見習文官，貴族院五年級生。
海斯赫崔　斐迪南的迪塔同伴（自稱）。
瑞德蒙　克拉麗莎的父親。
阿道芬妮　多雷凡赫的領主一族。
喬琪娜　齊爾維斯特的姊姊，亞倫斯伯罕的第一夫人。
蒂緹琳朵　亞倫斯伯罕的領主候補生，貴族院五年級生。喬琪娜的女兒。
瑪蒂娜　亞倫斯伯罕的上級見習侍從，貴族院四年級生。奧蕾麗亞的妹妹。
雷蒙特　亞倫斯伯罕的中級見習文官，貴族院三年級生。赫思爾的弟子。
萊蒂希雅　亞倫斯伯罕的領主候補生。
賽兒緹　喬琪娜的侍從。戈雷札姆的妹妹。
盧第格　法雷培爾塔克的領主一族。

平民區的家人

昆特　梅茵的父親，大門士長。
伊娃　梅茵的母親，染色工匠。
多莉　梅茵的姊姊，髮飾工藝師。
加米爾　梅茵的弟弟。

平民區的商人

班諾　普朗坦商會的老闆。
馬克　普朗坦商會班諾的得力助手。
達米安　加入普朗坦商會的公會長孫子。
路茲　普朗坦商會的都帕里學徒。
歐托　奇爾博塔商會的老闆。
珂琳娜　奇爾博塔商會的裁縫師。
提歐　奇爾博塔商會的都帕里。
谷斯塔夫　商業公會長。
芙麗妲　谷斯塔夫的孫女。

古騰堡夥伴

薩克　鍛造工匠。想像力驚人。
約翰　鍛造工匠。擅長細膩作業。
丹尼諾　約翰的徒弟。
英格　木工工坊的師傅。
約瑟夫　墨水工匠。海蒂的丈夫。
海蒂　墨水工匠。約瑟夫的妻子。

其他

康拉德　菲里妮的弟弟，現在進了孤兒院。
戴爾克　孤兒。戴莉雅的弟弟。
卡琳　庫拉森博克商人的女兒。
尹勒絲　渥多摩爾商會的專屬廚師。

第四部

貴族院的自稱圖書委員Ⅷ

序章

「麥西歐爾大人，我是諾伯特，現已返回城堡。不久後領主夫婦也將抵達。」

接到齊爾維斯特的首席侍從諾伯特的通知，麥西歐爾一雙像極了母親的藍眼亮起光芒。冬季期間，兄姊都去貴族院了，父母親也忙於社交活動，沒有人會來他的房間玩。除了近侍以外，他幾乎不會接觸到任何人，心裡十分寂寞。

「麥西歐爾大人，侍從們在整理從貴族院帶回來的行李時，領主夫婦預計過來稍坐。請您仔細回想前些天學習過的內容，把領主夫婦當作客人，好好款待兩位吧。」

侍從卓格赫特微笑說道。卓格赫特是芙蘿洛翠亞的近侍，目前被派來擔任麥西歐爾的指導員，也已確定洗禮儀式過後會成為他的首席侍從。看來等等將是社交活動的練習。麥西歐爾邊回想至今學習過的內容，邊點點頭說：「我試試看。」

「麥西歐爾，我們回來了。」

「父親大人、母親大人，歡迎回來。我為兩位帶位。」

麥西歐爾有好幾天沒見到父母親了。他走上前迎接，笑臉上同時有著喜悅與緊張，領著兩人走向卓格赫特正在準備茶水的桌子。

「請與我分享有關貴族院的事情吧。姊姊大人與哥哥大人做了什麼呢？」

入座後，要找話題與客人攀談。麥西歐爾照著近侍們教的流程發問後，父母親似乎是感受到了他的成長，臉上浮現充滿慈愛的沉穩微笑。

「嗯，雖然你問起韋菲利特他們在貴族院的情況，但該從何說起呢……」

「奧伯出發前，不是很擔心領地對抗戰上與他領的交流能否順利嗎？麥西歐諾大人也非常關心這件事。」

卓格赫特一邊泡茶，一邊幫忙把麥西歐爾的問題問得更加明瞭。麥西歐爾這才發現，自己似乎問得太簡略了。至今大家老是提醒他，「提問內容一定要具體，方便對方回答」，這時再聽到宛如範本的提問後，他終於能明白是什麼意思。

「這樣啊，那與你分享領地對抗戰上的交流情形吧。」

父母親開始說起今年的領地對抗戰與畢業儀式發生了哪些事。聽說兩人早就料到今年會有很多訪客，所以決定分成三組接待客人；上位領地接連前來問候，讓父母親應接不暇；戴肯弗爾格的騎士與斐迪南以羅潔梅茵改寫的原稿為賭注，比了一場迪塔；見習騎士們面對首次見到的魔物，團隊合作進步了許多……麥西歐爾認真傾聽，思緒不禁飛向了還未曾去過的貴族院。

「韋菲利特與夏綠蒂負責接待下位領地的訪客，聽說法雷培爾塔克的領主夫婦也來了。」

「法雷培爾塔克在艾倫菲斯特隔壁，還是母親大人與卓格赫特的原屬領地吧？」

麥西歐爾在腦海中回想地圖，看向芙蘿洛翠亞與卓格赫特。兩人笑著點一點頭。

「是呀。聽說我的哥哥大人與齊爾維斯特大人的姊姊大人都來了。今年麥西歐爾的表兄盧第格大人也畢業了，兩位似乎十分感慨呢。」

「表兄……嗎？」

「其實一般要等到洗禮儀式結束後再了解他領的親族，但現在也是個好機會呢。」

芙蘿洛翠亞開始說明在他領有哪些親族。原來自己不僅在法雷培爾塔克，在亞倫斯伯罕也有親族。儘管這些人都與自己有關係，但除了兄姊與領主的養女羅潔梅茵外，麥西歐爾之前從未聽過他們的名字。不過，聽完有關血緣的說明以後，他覺得跟那些為了洗禮儀式不得不背下名字的貴族比起來，這些人與自己更親近。

「為什麼一般得等到洗禮儀式過後，才要了解他領有哪些親族呢？」

「因為若不受洗，就沒有機會與他們問候寒暄。」

麥西歐爾不禁切身感受到，自己對這世界的了解還非常狹隘。他往房門瞥了一眼。房門之外，肯定還有著許多自己並不知道、必須親眼見識的事情。

「芙蘿洛翠亞大人，法雷培爾塔克近來如何？情勢穩定些了嗎？」

卓格赫特有些遲疑地開口發問。卓格赫特是政變期間法雷培爾塔克極有可能落敗之際，被送到艾倫菲斯特避難的貴族。他似乎十分擔心故鄉，麥西歐爾還記得他曾說過：「真想把領主候補生會舉行儀式，讓土地盈滿魔力，使得收成增加的消息告訴故鄉的人。」

「領地對抗戰上負責接待的是韋菲利特他們，但根據事後的報告，聽說盧第格大人曾前往領內各地舉行儀式，收成也因此增加了。他還說今後領主一族會繼續帶頭舉行儀式。」齊爾維斯特說。

「當時還那般年幼的盧第格大人竟然……孩子的成長快得教人驚訝哪。」

卓格赫特倍感懷念地瞇起眼睛，安心地吐了口氣。齊爾維斯特輕笑一聲後，看向麥西歐爾。

「是啊，孩子的成長速度確實很快。那能告訴我們，麥西歐爾成長了多少嗎？」

「你這陣子都在做什麼呢？有沒有在練習洗禮儀式？」

聽見芙蘿洛翠亞這麼問，麥西歐爾一時間答不出來。洗禮儀式之前，該做的事情應該都已經做完了。麥西歐爾朝卓格赫特投去帶有確認意味的目光，他笑著點點頭。

「是的。昨天我還練習了在大禮堂要怎麼行走，也複習了儀式流程。洗禮儀式上要問候的主要貴族名字也都記住了。前陣子也開始學習地理，往後要幫忙舉行儀式。」

「麥西歐爾這麼努力，那父親就把這個交給你吧。受洗前要練習怎麼回以祝福。」

齊爾維斯特打開一個小盒子，裡頭躺著鑲有綠色魔石的戒指。

「這是……」

「因為要釋出魔力並不容易，你最好預先練習。雖然之後得先歸還，當天的洗禮儀式再正式送給你，但這個就是你的戒指。把手給我吧。」

父母親在洗禮儀式上授予的戒指，即是貴族的證明。上頭會有代表誕生季節貴色的魔石。麥西歐爾離開椅子，走到齊爾維斯特面前，伸出手讓父親戴上戒指。戒指瞬間縮小，剛剛好地套在手指上。這也等於認可了自己是能夠獨立自主的貴族，麥西歐爾高興得不得了，撫摸手上的戒指。

「麥西歐爾，你要不要試著練習一下呢？首次向地位比自己高的人問候時，不是得獻上祝福嗎？祝福的回禮就和這件事一樣。身為貴族，必須要能回以祝福才行。像這樣往左手使力，讓自己的魔力流過去。」

母親芙蘿洛翠亞的戒指忽地浮起紅光。看過示範，麥西歐爾也往左手使力。然而體內的魔力卻不聽使喚，戒指上的魔石僅是微微發光。檢測魔力量的魔導具會逕自把潛在魔力吸出，所以完全不用擔心，但祝福的回禮似乎沒那麼簡單。

「……我說不定無法在洗禮儀式之前成功。」

麥西歐爾不由得吐露不安。芙蘿洛翠亞輕聲笑著，牽起他的左手。

「只要練習，很快便能學會喔。由於若沒有血緣關係，很難教人學會怎麼操控魔力，你就與母親一起練習吧。」

忽然間，一股異於自己的力量從牽著的手緩緩湧來。雖然不會不舒服，但麥西歐爾還是覺得不太自在，忍不住想把那股力量趕出去。下個瞬間，一道微小綠光從戒指中浮出。

「啊。」

「你能感覺到魔力的流動了嗎？」

「一點點……」

麥西歐爾目不轉睛地看著自己的手。能讓體內的力量按著自己的意志移動，這種感覺真是不可思議。剛才的流動，只是讓掌心那裡的魔力稍微往戒指移動了而已，感覺也很像是遭到母親擠壓的魔力回到了原位。因此，他還沒有信心能隨心所欲地移動魔力。

「……哥哥大人說過，羅潔梅茵姊姊大人在洗禮儀式上回以的祝福，還布滿了整個大廳呢。那得釋出多少魔力才辦得到呢？姊姊大人跟我說，我只要把羅潔梅茵姊姊大人視為目標就好了。」

他轉述了兄姊說過的話語後，齊爾維斯特苦笑著擺擺手。

「你別以羅潔梅茵為目標，她那是特例。因為她受洗前就在神殿以見習巫女的身分舉行儀式，也給予過祝福。」

……別以羅潔梅茵姊姊大人為目標嗎？可是姊姊大人說……

父親與姊姊的建議完全相反。難不成父親的意思是，這對他來說是不可能的嗎？麥西歐爾的腦袋瓜陷入一團混亂。這時，芙蘿洛翠亞溫柔地輕撫他的手。

「齊爾維斯特大人的意思，並不是以羅潔梅茵為目標是件壞事喔。因為你才剛剛開始學習操控魔力，他只是提醒你不要勉強自己。畢竟在還不習慣的時候，魔力操控會對身體造成負擔。」

芙蘿洛翠亞告訴他，從前羅潔梅茵遇襲並浸入尤列汾藥水後，夏綠蒂與韋菲利特為了填補她的空缺，曾咬著牙拚命練習操控魔力。至今兄姊都只跟自己說羅潔梅茵有多麼厲害，他們為了追上她付出了多少努力，卻從未說過兩人也曾經失敗。麥西歐爾感到既新鮮又驚訝。

……哥哥大人與姊姊大人也會失敗嗎？

「你只要完成自己能力範圍內的工作，再慢慢學會其他事情就好了。」

「我知道了，母親大人。」

「話說回來，麥西歐爾。你好像相當尊敬羅潔梅茵，但你都還沒見過她吧？」

齊爾維斯特一臉納悶地這麼說。麥西歐爾也感到納悶地歪過頭。

「因為姊姊大人最常來找我玩，她每次都告訴我羅潔梅茵姊姊大人有多麼優秀；哥哥大人也會帶著羅潔梅茵姊姊大人做的繪本與玩具來給我。父親大人與母親大人，不是也告訴過我有關點心與餐點的事情嗎？再加上，羅潔梅茵姊姊大人也幫助了卓格赫特那麼擔心的法雷培爾塔克。」

大家都在稱讚羅潔梅茵，麥西歐爾覺得自己會尊敬、崇拜她也很正常。

「而且，我以後要輔佐並保護將成為下任領主的哥哥大人，還有將成為第一夫人的羅潔梅茵姊姊大人吧？所以我想要變強，才能保護兩人。」

身邊的人都告訴自己，他將來必須輔佐領主夫婦，並在夫妻二人因為外交活動而不在領內時擔任代理領主，留意領內發生的事情、帶領貴族。就和現在的波尼法狄斯一樣。

「麥西歐爾，你有這份心當然很好，但保護羅潔梅茵是護衛騎士的工作唷。」

「領主夫婦已有護衛騎士保護，但其他貴族卻沒有。既然你有這種想法，能保護更多的人不是更了不起嗎？」

「保護……更多的人嗎？」

……父親大人又說些難懂的事情了。

麥西歐爾無法理解父親想說什麼，感到十分困惑，但在聽到齊爾維斯特接下來說出的話語後，張大眼睛。

「是啊。像這次的表揚儀式發生了襲擊事件，當時保護了艾倫菲斯特學生的，正是羅潔梅茵變出的舒翠莉婭之盾。」

齊爾維斯特說明，領地對抗戰之後舉行的表揚儀式上，出現了罕為人知、得用黑色武器才能打倒的魔獸。當會場陷入一片恐慌時，是羅潔梅茵變出的舒翠莉婭之盾保護了艾倫菲斯特的學生。只存在於書中的神具竟然真實存在，羅潔梅茵甚至能操控自如，並且保護了學生們。聽到這有如神話的事蹟，麥西歐爾激動起來。

「父親大人，羅潔梅茵姊姊大人變出的盾牌跟這個一樣嗎？」

他拿來自己的聖典繪本，翻開到風之女神那一頁，指著書上的風盾圖畫。齊爾維斯特回道：「她可以變得更大，把所有學生都包進去。」據說半球形的透明盾牌呈琥珀色，還看得見魔法陣。若有人心懷惡意發動攻擊，就會有暴風反彈回去。聽到現實中竟然發生了神話裡才有的事情，麥西歐爾感動不已，對羅潔梅茵更是崇拜。

「父親大人，所有人都變得出舒翠莉婭之盾嗎？」

「不，目前大概只有羅潔梅茵與斐迪南吧。斐迪南說他因為在進入神殿前就讀過貴族院，早已習慣使用哥替特，但似乎只要刻意去想，也變得出神具。」

只有神殿長羅潔梅茵與神官長斐迪南。這也就是說，只有與神殿有關的人才變得出來囉？麥西歐爾腦海中，浮現出了諸神在神殿裡賜予神具的畫面。

……神殿好厲害。

「父親大人，我也想去神殿！我也想要可以變出神具！」

「麥西歐爾大人，您在說什麼啊?!請您冷靜下來！」

近侍們全都大驚失色地齊聲制止，麥西歐爾於是反省自己，可能是這樣子說話太沒有貴族風範了。開口拜託時應該再恭謹一些嗎？他看向雙親，只見芙蘿洛翠亞面帶微笑，眉梢為難地下垂；齊爾維斯特則是一臉饒富興味地挑起單眉。

「父親大人、母親大人，請允許我出入神殿。」

「無妨，我想這是很好的學習機會。」

與輕易下達許可的父親不同，近侍們全厲聲抗議。

「奧伯・艾倫菲斯特，還請三思！」

對於孩子的行動範圍產生了不同的意見時，通常更重視母親芙蘿洛翠亞的決定。眾人的目光一致看向芙蘿洛翠亞。

「齊爾維斯特大人，你不能輕易下達許可喔。」

芙蘿洛翠亞面帶和善笑容，說出了反對意見。麥西歐爾非常清楚，這種時候母親的意見會比父親的更有影響力。他不禁感到失望。

「母親大人與卓格赫特你們不希望我去神殿嗎？可是哥哥大人與姊姊大人都會去吧？」

從他懂事開始，最親近的家人夏綠蒂與韋菲利特都會參加神殿儀式，身為領主一族的羅潔梅茵與斐迪南也負責管理神殿。明明大家都在稱讚他們，為什麼自己想參加的時候卻遭到了反對呢？

「哈爾登查爾的奇蹟發生後，如今貴族們都明白了儀式的重要性。法雷培爾塔克的收成增加一事也會傳進他領耳中，今後連他領也會開始重視吧。況且等麥西歐爾和韋菲利特以及夏綠蒂一樣都學會了操控魔力，以後也得舉行儀式。」

「是的，我也想像哥哥大人與姊姊大人一樣參加儀式。」

麥西歐爾附和齊爾維斯特，緊捏著聖典繪本注視母親。但是，芙蘿洛翠亞的眼神仍然像在看著不聽話的孩子。

「讓他早點習慣神殿也未嘗不可吧，我不認為同意這件事有何不妥，反正不過是時間早晚的差別罷了。」

「時間早晚正是問題所在。現在的麥西歐爾若抱著遊玩的心態跑去神殿，只會給羅潔梅茵他們造成困擾吧。至少得先學會操控魔力、背下儀式要朗誦的祈禱文，否則我不會允許。」

芙蘿洛翠亞反對的理由，麥西歐爾與齊爾維斯特都能夠接受。麥西歐爾也不想要去了後礙手礙腳。他只是想要受洗之後，能夠加入兄姊的行列，然後如同夏綠蒂對他說過的，以領主之子的身分幫忙。

「我願意背祈禱文。」

「嗯，那就這樣吧。我記得夏綠蒂和韋菲利特那裡都有斐迪南提供的大量木板，讓他們能背下儀式內容。你再向他們借吧。」

「是！」

「……芙蘿洛翠亞大人，這樣真的好嗎？」

雖說有附帶條件，但得到了出入神殿的許可讓麥西歐爾非常開心。然而，近侍們的聲色中卻有著強烈的譴責意味。麥西歐爾不明白他們為什麼有這樣的反應。

芙蘿洛翠亞環顧近侍，以從容不迫的語氣勸道：

「如今羅潔梅茵成了神殿長，斐迪南大人還俗以後也繼續擔任神官長，兩人的近侍因而平常都得出入神殿。眾人對於儀式的認知也開始與以往不同。現在已經和從前不一樣了。要馬上改變舊有觀念固然不容易，但請你們試著接納吧。」

「遵命。」

麥西歐爾不知道以前的神殿是什麼樣子，但從芙蘿洛翠亞這些話，感覺得出改變的關鍵正是羅潔梅茵。

……好想快點見到羅潔梅茵姊姊大人喔。若拜託姊姊大人舉辦茶會，能見到她嗎？

記得夏綠蒂說過，她在洗禮儀式之前，曾與羅潔梅茵舉辦過茶會。那麼只要拜託姊姊，說不定她能幫忙介紹。麥西歐爾對羅潔梅茵的崇拜越來越深，引頸期盼著兄姊們從貴族院歸來。

回領後的晚餐會

從貴族院返回領地時，只能使用轉移陣。我緊緊閉著眼睛，感覺腦袋瓜因為轉移時的搖晃而有些暈眩。

「羅潔梅茵，妳終於回來了！」

波尼法狄斯的聲音忽然傳入耳中，由此可知我已經回到艾倫菲斯特了。

「父親大人，請在這裡停下來。」

「師父，請留步。」

我一張開眼睛，就看見波尼法狄斯笑容滿面地想要走來迎接我，立刻被安潔莉卡與卡斯泰德從旁制止。想起去年波尼法狄斯一時激動下就把我拋到半空中，害我險些撞上天花板，瞬間我也繃緊全身。

「你們給我退下！我孫女連續兩年都獲選為最優秀者，我當然要毫不吝嗇地給她表揚！」

「父親大人若不懂節制，羅潔梅茵只會沒命。」

卡斯泰德說完，我的護衛騎士們紛紛同意。遭到所有人極力阻攔，波尼法狄斯沮喪地垮下肩膀。他想毫不吝嗇地給予表揚，我當然很高興，但人身安全也很重要。

「祖父大人，請您像這樣張開手心，絕對不可以握起來喔。」

我請波尼法狄斯把手張開，然後握住他的食指與中指。其實我本來想牽手，但波尼法狄斯的手太大了，實在有點困難。

「就這樣移動吧，請祖父大人和我一起走回北邊別館。」

「嗯、嗯。」

「師父，您手絕對不能用力。」

「因為您只要用力一握，羅潔梅茵大人的手指肯定馬上被折斷。」

在護衛騎士們冒著冷汗的注視下，我達成了與波尼法狄斯一起牽手走回北邊別館的壯舉。

「那我們晚餐時再一起聊天吧。」

與波尼法狄斯道別，回到自己的房間後，我向在城堡留守的近侍們，介紹了自己新納為近侍的羅德里希。

「他是我已經接受了獻名的見習文官羅德里希，今後便是我的近侍，會住進騎士宿舍。達穆爾，之後再麻煩你帶他去騎士宿舍。我找養父大人討論過了，所以應該已經為他準備好了房間。」

「遵命。」

「羅德里希，至於文官的工作內容，你再問哈特姆特與菲里妮吧。」

大家從宿舍回來以後，今天都要先忙著整理行李，所以未成年的近侍們是從明天開始正式工作。

「羅潔梅茵大人，茶水已經備妥，能請您移步至茶會室嗎？請先與兄妹一起喝杯茶吧。」

看來是奧黛麗與韋菲利特以及夏綠蒂的侍從一起準備了茶點，在近侍們整理行囊的時候，讓我們能消磨時間。我帶著安潔莉卡與奧黛麗前往本館的茶會室，發現韋菲利特與夏綠蒂都已經坐在裡頭喝茶了。

「聽說在我們去貴族院的時候，別館一直在準備麥西歐爾的房間。」

領主的孩子從受洗後直到成年為止，都要住在北邊別館生活。這裡和貴族院宿舍一樣，女性的房間在樓上，男性的房間在樓下。至今因為韋菲利特那個樓層只有他一個人住，他似乎很高興麥西歐爾也要搬進來了。夏綠蒂也笑著點點頭。

「麥西歐爾也說，他很想趕快搬進我們住著的北邊別館呢。」

聽說很早就開始準備了。我因為是養女，並非同母姊姊，不能進入麥西歐爾所在的本館兒童房。只在用完晚餐，麥西歐爾前來道晚安的時候會見到他而已，從未有過真正的交流。不過，他的五官與氣質都像極了芙蘿洛翠亞，髮色則與齊爾維斯特相似，是偏藍的紫色。明明整體看來應該會比韋菲利特更像齊爾維斯特，但我完全沒有像當初看到韋菲利特時那樣，覺得他是「迷你齊爾大人」。

「對了，我聽養父大人說，麥西歐爾的洗禮儀式會在慶春宴時舉辦。」

「對喔，麥西歐爾是春季出生的吧。那和我一樣。我當初也是與慶春宴同時舉辦。而且我那時候是由祖母大人……」

韋菲利特以懷念的口吻說到一半，看向我後，忽然尷尬地閉上嘴巴。為了驅散瞬間降臨的沉默，我重新把話題拉回到麥西歐爾的洗禮儀式上。

「到時和夏綠蒂的洗禮儀式一樣，會由我以神殿長的身分給予祝福喔。」

「麥西歐爾一定會很高興。看到姊姊大人在臺上對著自己微笑，會感到很安心呢。」

在近侍來通報房間已經整理好了之前，夏綠蒂與我分享麥西歐爾是如何布置自己的房間。真期待見到本人呢。

返回艾倫菲斯特當天，斐迪南與留在城堡暫代領主之職的波尼法狄斯都會和我們共進晚餐，這已漸漸成為慣例。這天我一樣坐在波尼法狄斯旁邊，告訴他領地對抗戰的情況，還有我們與戴肯弗爾格比了一場迪塔、表揚儀式上發生的襲擊事件，以及柯尼留斯跳劍舞時的表現。回想起來，短短幾天就發生了好多事情。

「明明被禁止使用黑色武器，見習騎士居然還要求羅潔梅茵給予他們祝福嗎？他們想害自領的領主候補生被問罪嗎?!到底有沒有把應該保護的對象放在眼裡？暫且不論他們在迪塔上的出色表現，根本還不具備騎士該有的思維！」

聽了見習騎士們在表揚儀式上的反應，波尼法狄斯氣憤不已，接著忽然正色。

「……不如明年讓斐迪南留守，由我去參加領地對抗戰比較好吧？」

聽到波尼法狄斯要求明年換人，斐迪南揚起嘴角微笑。

「若能如此，我自是非常感激。畢竟我實在不擅長面對那些打鬥場面。」

……神官長這個大騙子！我看他明明非常擅長！

但撇開心裡的吐槽不說，今年的領地對抗戰與畢業儀式若不是有斐迪南在，恐怕很多時候就麻煩大了，所以我個人的真心話，是希望他明年也能出席。

「很好很好，那明年就由我去吧。羅潔梅茵，有我在妳儘管放心。」

「但叔父大人如果不在，要由誰檢查羅潔梅茵的身體狀況？」

韋菲利特急忙想要阻止波尼法狄斯。齊爾維斯特也用力點頭。我的心情也一樣。既沒有人比斐迪南更了解我的身體狀況，再者領地對抗戰時所有人都很忙，恐怕也沒有人能監視我這個因為常識與大家不同、不曉得會做出什麼事來的問題兒童。波尼法狄斯多半也沒辦法。

「只要羅潔梅茵放棄出席領地對抗戰，就能讓她與波尼法狄斯大人一同待在宿舍裡。明年妳就在宿舍裡待命吧。」

「斐迪南，明明是你自己說過，不讓她出席領地對抗戰很殘忍吧？」

「我確實深感同情，但有時也是不得不為。」

自從在圖書館與中央的騎士團長交談過幾句後，斐迪南的樣子就有些奇怪。他變得和之前不一樣，感覺在極力避免靠近貴族院。剛才的對話總結來說，就是斐迪南不想去貴族院吧。

……阿妲姬莎之實究竟是什麼意思呢？

儘管滿腹疑惑，但眼看斐迪南那麼提防戒備，我想最好不要隨意說出口。這時只能草草結束這個話題，靜觀其變。

「明年的事還是明年再說，現在先思考即將到來的祈福儀式吧。而且說不定等到了明年，我也會有所成長，就算沒有斐迪南大人也能管理自己的身體狀況。」

「我看是不可能。」

……神官長，不要讓我的一番苦心白費！

我強忍下想「唔嘎——！」吶喊的衝動，繼續祈福儀式這個話題。祈福儀式因為要做好長途遠行的準備，也必須與韋菲利特以及夏綠蒂討論。既然斐迪南也在，擇日不如撞日。我問齊爾維斯特接著要發展印刷業的土地是哪裡後，考慮到還要載著古騰堡們移動，敲定誰要前往哪些地方。

「父親大人，既然領主的孩子都要舉行祈福儀式，那麥西歐爾受洗完後呢？」

「麥西歐爾還沒有操控過魔力，還是從明年開始再讓他一起分擔吧。」

當初因為我遇襲後在尤列汾藥水中沉睡，夏綠蒂才不得不趁著冬季的社交界期間學習如何操控魔力，然後前往參加祈福儀式。相較之下，麥西歐爾完全沒有練習時間，所以說好從明年開始再讓他一起參加。

「對了，那關於祈福儀式的舞臺做法，是否找到了相關紀錄呢？」

「很遺憾，還是沒有。今後我也會繼續找，但恐怕希望渺茫。」

也因此，聽說今年的祈福儀式，會派斐迪南與幾名文官前往哈爾登查爾，研究儀式舞臺與臺上的魔法陣。

「為了準備洗禮儀式用的服裝與物品，我必須回神殿一趟才行呢。」

「如果妳只是要回去拿東西，交給侍從就好了。否則我何必允許妳的近侍出入神殿。」

經齊爾維斯特這麼一說，我拍向掌心。這我倒是完全沒想到。我從沒想過可以把儀式的準備工作交給城堡裡的侍從。

「我本就打算吩咐尤修塔斯去一趟神殿拿東西，屆時也讓妳的侍從同行吧。我會先用書信魔導具聯絡法藍，要他整理好需要物品。」

「那就麻煩斐迪南大人了。」

想起有關神殿的事情後，我接著想起平民區的事情。

「養父大人，普朗坦商會的書本販售會要訂在什麼時候呢？」

「妳再聯絡兒童室的侍從或莫里茲，你們自己決定吧。」

「知道了。那我的魔力壓縮講座要辦在什麼時候呢？今年夏綠蒂也會參加，還有剛成為我近侍的羅德里希也是。要參加的人都已經確定了嗎？」

「嗯，應該也都送出邀請函了。」

我請他把羅德里希與菲里妮也加入名單裡。因為必須把菲里妮的契約從領地性的，改成全國性的才行。

「那麼向各單位販售貴族院的情報一事，妳打算訂在何時？我是希望一等妳準備好就馬上進行……」

「在那之前我要先召集文官，所以兩天之後什麼時候都可以。」

「好。我會聯絡各單位，等我們敲定時間再通知妳。」

趁著貴族們都在貴族區，我與齊爾維斯特一一為該做的事情都訂下大概日期。因為若以書信的方式往來溝通，不知道要花上多少時間，趕不及在慶春宴前處理完。

「羅潔梅茵。」

聽見斐迪南的呼喚，我轉過頭去。只見他注視著我輕敲太陽穴。

「販賣貴族院的情報這項工作，也讓韋菲利特與夏綠蒂加入吧。」

「為什麼呢？」

如果是從明年開始也就算了，但兩人至今從沒參與過這件事，馬上就要加入恐怕會一頭霧水吧。見我偏頭不解，斐迪南緩緩吐氣。

「妳曾說過，當初會開始蒐集情報，其實只是基於個人興趣，想要蒐集各地的故事吧？因此蒐集到的其他情報反而不在妳的預料之中。但是，如今各單位都非常重視從貴族院蒐集來的消息，似乎還翹首期盼著情報販售會。那麼情報的買賣，便不該把即將成為下任領主的韋菲利特排除在外。」

聞言，韋菲利特反應過來似的猛然抬頭。每年各單位的高層都會聚在一起選購情報，要是都只有我在場，高層們就只會對我這個領主候補生最有印象。

「再者，既已更改契約內容，印刷業變成由領主主導，那麼蒐集各地的故事並印製成書，也算是領地的事業之一。不該僅用羅潔梅茵的經費負擔所有支出。」

即使到了現在，我仍然覺得印刷業是基於個人興趣所發展的事業，但既然已經更改契約內容，確實應該由艾倫菲斯特撥出預算。

「此外，最好也減少羅潔梅茵負責的工作，把其中一些分配給韋菲利特與夏綠蒂的近侍。妳不管做任何事情，總會讓規模越變越大，努力想跟上妳腳步的近侍也因此成長飛快。這固然是件好事，但與其他近侍的差距卻太過明顯。」

但文官們會成長顯著，不是因為在神殿經歷了斐迪南的摧殘嗎？我在心裡這麼反駁。斐迪南接著小聲說：「畢竟妳日後不是要當領主，而是領主夫人，表現別太過突出。」意思似乎是要我多從旁協助韋菲利特。

「可是蒐集故事與印刷書籍，都只是我自己想做的事情，韋菲利特哥哥大人與夏綠蒂又不是我的部下，要我分配工作給他們太強人所難了……啊，還是說因為斐迪南大人訓練了我的近侍，現在換我分配任務給兩人的近侍，教育他們嗎？」

……但這好像更不是我的分內工作吧……

「我說過好幾遍了，妳別額外找事給自己做。兩人的近侍，交給兩人教育即可。但印刷業務並不只是妳一人的工作，記得有用的情報要與他們分享。」

斐迪南帶著非常冰冷的目光提醒我。明明他自己是秘密主義者，工作都一個人攬下來，這讓我心裡有些不平衡。不過，他確實始終不忘輔佐領主，所以我也表示明白。

隔天，我照著斐迪南的吩咐，也喚來韋菲利特與夏綠蒂的文官們，分享在貴族院蒐集來的情報。

「夏綠蒂，這個麻煩妳計算；韋菲利特哥哥大人，請您把這些資料整理成表格。」

反正本來就要指導新加入的羅德里希學會這些事情，所以我的工作並未因此增加。

教了大家如何整理資料後，接著將情報分類，以備之後賣給各個單位。與此同時，我也請菲里妮統計紙張與墨水的使用情況，計算金額。

在我察看工作進度的時候，發現韋菲利特與夏綠蒂都是一邊一起工作，一邊向自己的文官們確認。原本那些工作量哈特姆特一個人就能完成，現在卻是三個人湊在一起邊做邊確認，所以進度比原先預期的落後不少。

……就如神官長說的，近侍的實力差距非常明顯，但這下該怎麼做才能彌補呢？

我只是靜靜看著，一點也想不到能夠拉近差距的方法。

分類完後，我與各單位的高層交涉時，也讓韋菲利特與夏綠蒂一同出席。我提高情報的價值，大撈了一筆之後，再把報酬發給提供情報的學生們。

「妳去年就算才剛醒來，也做了這件事情嗎？」

韋菲利特一臉不敢置信地看我。

「我完全可以明白，為什麼叔父大人想減少姊姊大人的工作量呢。請姊姊大人多依賴我們一些吧。」

「夏綠蒂，謝謝妳。」

我向夏綠蒂道謝後，韋菲利特重重點頭。

「我明明是妳的未婚夫，但妳根本任何事都沒告訴我嘛。以後妳與父親大人要討論工作的時候，記得也找我一起過去。」

「知道了，韋菲利特哥哥大人。下次開始我會這麼做。」

緊接著魔力壓縮講座結束後，經常可以看到羅德里希為了壓縮魔力而感到頭暈想吐，但又很努力想要壓縮。與此同時，羅德里希不再回家、成了我的近侍一事在社交界傳開，他的父親便向我提出會面請求。然而他的請求遭到駁回，後來是齊爾維斯特出面與羅德里希的父親談話。

兒童室與優蒂特的弟弟

「今天我會去兒童室。除了要宣傳普朗坦商會的販售會，黎希達也提醒過我，要在低年級生中尋找近侍的候補人選。」

「……羅潔梅茵大人，倘若您在尋找近侍的候補人選，能否為您介紹我的妹妹呢？當然，是否願意招攬她全看您的決定。但我覺得，可以考慮在我畢業後將她納為上級見習侍從。」

布倫希爾德看著我說道。她說其實去年就想介紹給我了，但因為看到我連自己的近侍們都感到陌生，便打消了這個念頭。而到了貴族院，經常得與王族以及大領地往來，因此我的見習侍從中至少需要一名上級貴族。

「那請務必介紹給我吧。」

「羅潔梅茵大人，能否也為您介紹我的弟弟呢？」

優蒂特說，堇紫色雙眼燦亮生輝。這麼說來，我記得優蒂特說過自己是長姊，為了弟弟妹妹必須好好表現。我笑著點點頭。

抵達兒童室後，兩人喚來自己的弟弟妹妹。兩個孩子面帶笑容，喊著「姊姊大人」走來的模樣十分可愛。

「羅潔梅茵大人，容我向您介紹。這是舍妹貝兒朵黛。」

貝兒朵黛整體看起來與布倫希爾德非常相像。雖然兒童室裡的所有孩子都來向我問候過，但如果很少接觸，還是很難記住所有人。

「姊姊大人時常告訴我有關羅潔梅茵大人的事情，很高興能與您說上話。」

她說自己從小就聽布倫希爾德發表對流行的看法，而且自從布倫希爾德開始侍奉我後，也神采奕奕地走在流行前端，讓她感到十分羨慕。

「我也希望自己就讀貴族院時，能夠侍奉羅潔梅茵大人。」

「妳得先通過艾薇拉大人那一關，才能侍奉羅潔梅茵大人喔。」

聽說貝兒朵黛兩年後要就讀貴族院，目前正在接受訓練，學著服侍親族中的女性艾薇拉。既然在服侍艾薇拉，肯定正在接受能夠成為我近侍的教育吧。

……貝兒朵黛。好，我記住了。

「羅潔梅茵大人，這是舍弟泰奧多。他明年就會進入貴族院。」

「姊姊大人，請放開我。我可以自己問好。」

優蒂特把一個五官與她神似、但氣質沉穩的男孩子拉到我面前。感覺男孩子平常就負責在優蒂特過於激動時制止她。

……雖然性別不同，氣質也不太一樣，但就像安潔莉卡與莉瑟蕾塔那樣？

「羅潔梅茵大人，我是泰奧多。望您不吝指教。」

「羅潔梅茵大人，您可以考慮將泰奧多納為近侍。」

柯尼留斯提議後，站在一旁的安潔莉卡也點頭同意。

「我也看過泰奧多在訓練時的表現，他很有潛力。」

「兩位能這麼說，是我的榮幸。」

泰奧多難為情地紅了小臉，抬起那雙與優蒂特十分相似的堇紫色眼睛，看著柯尼留斯與安潔莉卡。眾所皆知兩人是波尼法狄斯的愛徒，所以想成為見習騎士的孩子似乎都把他們視為目標。

「泰奧多，這跟你對我的態度也差太多了吧？」

優蒂特不滿地瞪著弟弟。也許是覺得弟弟被搶走了吧。這大概就像是我明明想當夏綠蒂的完美姊姊，卻被人搶走了這個位置。這樣想像以後，我好像可以明白優蒂特的心情。

「既然明年要進入貴族院，那我也考慮將泰奧多納為近侍吧。」

我說完，泰奧多的表情忽然變得非常為難。他不知所措地看向柯尼留斯、安潔莉卡還有我後，最終低下頭去。

「那……那個，我……不能成為羅潔梅茵大人的近侍。」

「泰奧多，你在說什麼啊？你要拒絕羅潔梅茵大人的招攬嗎？」

優蒂特瞪大雙眼，不敢相信他會這麼說。我輕抬起手制止她，微微一笑。

「說不定是泰奧多已經先答應麥西歐爾的招攬了。優蒂特，不可以這麼咄咄逼人喔。因為要侍奉誰得由本人決定。」

「不，不是的。我並不是要侍奉麥西歐爾大人，而是將來想與父親大人一樣侍奉基貝，所以無法成為領主一族的護衛騎士。」

泰奧多縮成一團回道，像是感到過意不去。他大概是覺得竟敢拒絕成為領主一族的護衛騎士，真是大不敬吧。但是，聽到泰奧多的夢想是「成為像父親那樣的騎士，與父親一起侍奉基貝」，想起自己也曾許下「要和父親一樣，連同這座城市守護大家」的諾言，我大受打動，對泰奧多的好感度也大幅提升。

「好棒的夢想呢。泰奧多，我會支持你的。既然如此，你願不願意在貴族院的時候擔任我的近侍呢？」

「……什麼？」

我提議後，不光泰奧多一臉茫然，身邊的近侍們也都瞠大雙眼。

「你只要在貴族院的時候服侍我就好了。還能當作是學習與練習的機會，將來就能服侍基貝。就讀貴族院的時候，你願不願意擔任我的護衛騎士呢？」

聽到我不是要他始終只侍奉我一人，而是僅限一段時間，看得出來泰奧多有些動搖。黎希達想要插嘴：「羅潔梅茵大人，請您稍等一下。」但我制止了她，繼續說道：

「我待在艾倫菲斯特的時候，護衛騎士的人手已經足夠，所以現在迫切需要的，是我就讀貴族院時的護衛騎士。因此，你要不要只在貴族院的時候服侍我呢？」

「……我會考慮看看。」

說完，泰奧多輕輕笑了起來。

「看來有必要好好說教一番哪。」

一回到房間，黎希達就氣勢洶洶地環顧我們。

「首先是優蒂特。在把親族介紹給大小姐之前，妳應該要先與對方好好商量，做好萬全的準備！否則只會給雙方造成困擾。」

她說在介紹近侍的候補人選之前，很多事情都得先探問清楚。比如對方有沒有服侍我的意願、至今的工作表現如何、是能夠託付工作的對象嗎？倘若還未成年也要先了解父母的意願，等等諸如此類。

布倫希爾德是花了一年的時間觀察我這個主人，也確認過在艾薇拉身邊接受訓練的貝兒朵黛的意願及其工作表現，再考慮到葛雷修發展印刷業的情況，才將貝兒朵黛當作是近侍的候補人選介紹給我。

「但是，妳只是看到大小姐答應了布倫希爾德要介紹妹妹給她，也跟著想湊熱鬧吧。這種沒有做好事前準備的行為，只會給身邊的人造成困擾。事實上泰奧多根本無意成為近侍不是嗎？」

聽著黎希達的訓斥，優蒂特縮成小小一團。

「大小姐既已明白說了，她會尊重泰奧多的意願，就不會強行將他納為近侍吧。但換作是優先注重自己需求、會命令對方成為近侍的大人，泰奧多很可能將因為姊姊的衝動之舉，再也無法實現心願。尤其現在領主候補生的年齡都十分相近，就讀貴族院時能夠納為近侍的孩子本就不多。況且泰奧多的地位較低，即便無視他個人的意見也很正常。」

「是我想得不夠周到，真是非常對不起。」

優蒂特垮下肩膀道歉，黎希達嚴肅的表情於是稍稍放柔，微笑道：「從今以後妳一定要格外小心。」看這樣子，對優蒂特的說教似乎結束了。接著黎希達一骨碌轉向我，臉上又變回了可怕的表情。

「大小姐，我提醒過您多少遍了？不要想到什麼事情就脫口而出！如今您既已在其他孩子面前明言，只有在就讀貴族院的時候想將泰奧多納為近侍，那便不能反悔。請您與齊爾維斯特大人以及斐迪南小少爺好好商議此事！」

黎希達氣呼呼地寄出奧多南茲，向監護人們報告了這件事。我隨即接到傳喚，前往領主辦公室。最先開口的，是臉色最為難看的斐迪南。

「羅潔梅茵，我們收到了黎希達的報告，聽說妳打算只在貴族院時將泰奧多納為近侍。妳到底在想什麼？」

「也沒有在想什麼……我只是參考了斐迪南大人的做法啊。」

「參考我的做法？」

斐迪南一副不明所以地蹙眉。

「斐迪南大人會帶往神殿的心腹近侍，就只有艾克哈特與尤修塔斯而已，在城堡時如果有需要，才會再借用養父大人的文官，或是請並非近侍的文官來幫忙吧？參加領地對抗戰的時候，為了維持體面，您也只是從騎士團裡挑了幾個人擔任護衛騎士，但他們並不是斐迪南大人的近侍吧？」

領地對抗戰上坐著喝茶時，雖有好幾名騎士站在我們身後，但那些人我只是認得長相，他們並非斐迪南經常帶在身邊的近侍。事實上表揚儀式時，開始討伐軻拿斯巴法隆以後，他們也是優先保護領主夫婦，跟在斐迪南身邊的護衛騎士只剩艾克哈特一人。

「斐迪南大人也是領主一族，就讀貴族院時也曾有很多的近侍吧？那他們現在在哪裡呢？倘若有需要的時候再找人就好，那我也可以雇用只在貴族院服侍的近侍啊。既然養父大人不同意我與麥西歐爾共用近侍，我也只是參考監護人的做法而已。」

「……我和妳不一樣。」

「哪裡不一樣呢？老實說，在貴族院時我也只要能維持體面就好了。雖然我預計再栽培幾名心腹文官，但其他的目前已經足夠了。」

斐迪南露出老大不高興的表情，一旁的卡斯泰德垂下頭嘀咕：「妳還真是專挑不好的地方學。」黎希達扶額，齊爾維斯特則是來回看著我與斐迪南，大聲笑了出來。

「哈哈哈，只要能維持體面就好……斐迪南，這跟你說過的話根本一模一樣嘛。你才應該好好栽培自己的近侍，為羅潔梅茵立下榜樣。」

「我貴族院時期的近侍大半是舊薇羅妮卡派，現在也都是警戒對象，跟能自由選擇的妳不同。此外，但凡正常一點的人都不會想成為我的近侍，隨我出入神殿。」

如今我已訂下婚約，日後將成為領主夫人，成年後也會離開神殿；而斐迪南雖說已經還俗，但今後仍會繼續擔任神官長，所以他說我們兩人的情況並不一樣。但是，能夠納為近侍的候補人選並不多這件事，我想還是沒有太大的改變。

「斐迪南大人，雖然您說我可以自由選擇，但既要不與韋菲利特哥哥大人以及夏綠蒂和麥西歐爾重疊，還要所屬派系也沒有問題，並且同時得與我一起在貴族院就讀，符合這些條件的上級貴族與中級貴族已經幾乎找不到了。那我到底可以栽培誰呢？如果還有合適的候補人選，請您告訴我吧。」

在我浸入尤列汾藥水中沉睡的那段時間，因為由韋菲利特與夏綠蒂負責管理兒童室，主要上級貴族的小孩，都已經依性別分別成了兩人的近侍候補人選。除此之外剩下的人，有的是芙蘿洛翠亞已經選定要給麥西歐爾當近侍的，有的因為隸屬舊薇羅妮卡派而從一開始就被黎希達排除在外，有的因為是下級貴族、不可能被列為領主一族的近侍候補人選，有的則是有自己的理由在試探階段就婉拒了。

之前我根本不知何時才會醒來，所以聽說大部分的孩子都很理智，沒人想當我的近侍。就連我剛醒來那陣子，兒童室裡的孩子們甚至不曉得有我的存在。而我之所以還能招攬到哈特姆特與布倫希爾德，是因為他們不僅是萊瑟岡古的貴族，也親眼見過我在首次亮相時以及在兒童室裡的表現。

至於與我從無交集的低年級生們，似乎都在試探階段就婉拒了，還有人說只要先預留高年級的候補人選，等到往後實際有需要的時候，我可以再自己挑選吧。但說句實在話，真希望不只高年級生，低年級生中也能留些候補人選給我。

「泰奧多是妳近侍的弟弟，明顯並不屬於舊薇羅妮卡派。別只在貴族院時雇用他，就讓他一直服侍妳吧。都怪妳說出了只在貴族院時雇用他，情況才這麼麻煩。」

「可是泰奧多說過，他想和自己的父親一樣服侍基貝．克倫伯格，以騎士之姿為基貝效勞。我想支持他的夢想。所以，我絕不會把他納為領主一族的近侍，讓他一直服侍我。」

確實是我的提議讓情況變得這麼麻煩，但我想守住泰奧多將來的夢想。至少，我不想去摧毀它。

「而且托勞戈特那時候，黎希達也說過，姑且不論個人的目的與動機，近侍只要有心願意服侍我，也能做好自己該做的工作就好了。那麼，泰奧多若願意在貴族院的時候視我為主人，這樣就沒問題了吧。只要雙方能預先說好，只在就讀貴族院時服侍我，我想總比納為近侍以後才發現彼此合不來、只好解任的這種情況要好吧。」

我也不希望僅憑血緣關係挑選後，再次發生像托勞戈特那樣的情況。我覺得至少在貴族院的時候，願意認真服侍我就好了。我如此主張，毫不畏懼地迎向斐迪南的目光。齊爾維斯特不疾不徐地摸著下巴，說：

「你們兩個別大眼瞪小眼了，雙方說的都有道理。斐迪南擔心的也沒錯，羅潔梅茵是該為了將來栽培自己的近侍。但確實如羅潔梅茵所說，目前能招攬為領主一族近侍的孩子太少了。畢竟羅潔梅茵之前沉睡了兩年，儘管成年貴族與大一點的孩子們都知道她的事蹟，但小一點的孩子們根本看不出來。」

說完，齊爾維斯特盤起手臂，神情認真地沉思道：「不過，就只在貴族院嗎……」

斐迪南一聽，臉色十分難看。

「奧伯．艾倫菲斯特，你該不會打算同意吧？」

「跟之前與麥西歐爾共用近侍的提議比起來，至少這還可以接受。不是嗎？」

倘若同時服侍兩人，一定會在不自覺間進行比較。所以若要共用近侍，對麥西歐爾來說似乎太過危險。

「但領主候補生與基貝不同，不會成為比較對象，再者若能得到在貴族院接受過羅潔梅茵訓練的見習護衛騎士，對基貝．克倫伯格來說也有好處。因為他一直十分在意，跟葛雷修及哈爾登查爾相比，自己與羅潔梅茵沒什麼交情。」

假使其他基貝為了與領主一族建立交情，也想派來自己的孩子擔任短期近侍，接受與否仍取決於領主一族。況且就算要納為短期近侍，也沒什麼問題吧——齊爾維斯特如是說。

「只不過，倘若短期近侍與一般的近侍待遇完全相同，說不定會引人心生不滿。羅潔梅茵，妳若沒能好好帶領近侍，小心以後惹來麻煩。」

齊爾維斯特提醒道，我點一點頭。

「那麼，我會與基貝・克倫伯格談談看。」

於是就這麼敲定了由齊爾維斯特出面交涉。然而，斐迪南仍是一臉不滿。

「還有一件事妳得注意。女性近侍結婚後都會請辭。妳也要考慮到這一點，挑選近侍時可以招攬像奧黛麗那樣，孩子都已進入貴族院就讀、能夠重回工作崗位的女性，否則日後會有不便。因為妳將成為領主夫人，留在艾倫菲斯特。」

一般來說，女性領主候補生多是嫁給他領的領主候補生或者同領的上級貴族。據說偶爾在領主一族人數過少的情況下，也可能會招贅夫婿，但通常會因此引發紛爭，所以很少有這種情形。嫁往他領時，並未陪同前往的近侍們都會解除其職務；嫁給上級貴族時，則因身分不再是領主一族，所有近侍都要解任。但我以後將成為領主夫人，不會將近侍解任。

「……這部分我打算畢業之前再尋找。畢竟能重回工作崗位的已婚女性，無法在貴族院擔任我的近侍，不是我現在迫切需要的人才。」

「說得也是。」

斐迪南表示理解後，我在心裡頭偷偷補充如下：

……而且就我所知，符合這些條件的女性們幾乎都加入了母親大人所率領的「戀愛故事寫作小隊」，為了有更多新書怎麼能挖走她們呢。比起近侍，書更重要吧？

而齊爾維斯特與基貝・克倫伯格交涉後，他同意了讓泰奧多只在貴族院時擔任我的近侍。只不過條件是，明年得派遣古騰堡們前往克倫伯格。

與普朗坦商會的會談

眼看城堡的販售會即將到來，我在兒童室裡努力宣傳。羅潔梅茵工坊今年的主打商品，就是收錄了奧蕾麗亞所說故事的亞倫斯伯罕騎士故事集。明年應該還會一舉推出不少在貴族院蒐集來的他領故事，真是教人期待。

「他領的故事嗎？真好奇會是什麼內容。」

「自從看過貴族院的故事以後，我就好想早點去貴族院。」

尚未進入貴族院的孩子們雖說年紀都比我小，但大多數人都比我還高。不過，孩子們嘰嘰喳喳開心談天的模樣還是十分可愛。

「現在就連在貴族院，閱讀艾倫菲斯特的書也開始變成流行。大家入學前最好都先看過這些書籍喔。若能與朋友互相借書，就可以看到更多的書。」

書對貴族來說十分昂貴。很少有家庭買得起好幾本書，所以購買時只能審慎挑選，或是與人互借書籍。今後普朗坦商會若想讓書的銷量再往上成長，勢必得在他領展開販售。

「哈特姆特，養父大人的文官會用書信魔導具聯絡普朗坦商會，通知他們日期吧？麻煩你請文官在信上補充，上午我想與他們討論事情。」

「如今城堡的販售會已是每年的例行活動，還有事情需要討論嗎？他們還得與基貝面談，只怕十分繁忙……」

這次因為還要販售哈爾登查爾與葛雷修寄賣的書籍，普朗坦商會得與兩位基貝會談。到時我也必須出席，確保條件不會對普朗坦商會太過不利，也要確保班諾不會向基貝們獅子大開口。

「因為我想先告訴他們，領主會議上我們將與戴肯弗爾格討論販售權一事。」

除了要告知迪塔獲勝後取得的販售權，也要和普朗坦商會討論今後的規劃。如果想在領主會議前請大家提供意見，也得先提供給他們該知道的消息。

「遵命，那我立即前往領主辦公室。」

「大小姐，與普朗坦商會約定的時間到了。」

在黎希達催促下，我帶著文官們離開房間。一出房門我就看見夏綠蒂，韋菲利特也在樓下等著了。

「為了販售書籍，原來事前還會與普朗坦商會討論呢。雖然我曾拜託姊姊大人的騎士幫忙聯絡普朗坦商會，但因為後來就全部交由姊姊大人的護衛騎士與兒童室的侍從去處理，所以這是我第一次參加會談。」

我也聽斐迪南說過，在我沉睡的那段期間，達穆爾幫忙處理了不少事情。不過，聽了努力管理兒童室的夏綠蒂說起當時的情況後，我才知道原來自己的護衛騎士們還火速幫忙決定好分工。

「那時候非常感謝你的幫忙。」夏綠蒂轉頭看向達穆爾，微笑說道。對此，達穆爾顯得十分惶恐。我坐在小熊貓巴士裡仰頭看他，挺起胸膛。

「達穆爾雖是我的護衛騎士，但他也很擅長文官工作，在神殿幫了我不少忙。斐迪南大人也經常把工作指派給達穆爾呢。」

「難怪。當時他不管是分配工作還是下達指示，都很明確簡潔，我非常佩服呢。」

夏綠蒂說她當時是第一次去兒童室，完全不曉得該怎麼辦，也無法向自己的近侍下達指示，是我的護衛騎士們伸出了援手。

「姊姊大人的護衛騎士們全都能夠勝任文官的工作，這也讓我大吃一驚。」

夏綠蒂用尊敬的眼神朝我望來。但我真不知道該如何回答她，轉頭看向安潔莉卡。實在很難告訴她真相說：「其實並不是所有人。」最後我只是笑笑帶過。

我們抵達的時候，兩位基貝已經與普朗坦商會開始討論。班諾、馬克與達米安都來了。結束了貴族間的冗長寒暄，確認販售會的流程就和去年一樣後，達米安便與兒童室的侍從們一起離開去做準備。

「關於販售其他工坊所印製的書籍一事……」

班諾開始簡單說明，讓首次出席的韋菲利特與夏綠蒂的文官們也能理解。這次由於還要販售哈爾登查爾與葛雷修寄賣的書籍，因此要一起訂定合理的委託費用。一直以來，普朗坦商會都只販售羅潔梅茵工坊製作的商品，但今後各地都將設立印刷工坊。雖然也預計增設販售書籍的店鋪，但目前仍由普朗坦商會負責所有售書業務，也是將來向他領售書的聯絡窗口。最一開始的費用訂定非常重要。

訂定時必須預想各種情況，比如是由託售方把書送來，還是普朗坦商會得前往收書，以及在城堡寄售與由商會負責保管商品時等等，都有不同的收費標準。

「不過是由我們主動送來，費用未免差太多了吧？」

基貝．葛雷修用狐疑的眼神打量班諾。我轉向基貝們，微笑著開口說道：

「因為差別在於運費。基貝雖能利用轉移陣將書送到城堡，但平民運送貨物的主要方式是船隻或馬車。光是雇用人力，就會讓運送成本大幅增加。除了距離以外，道路的修整程度也會影響到隊伍的行進速度，成本更會因此有所不同。所以，哈爾登查爾的運費才會比葛雷修高。」

若能在徵稅時，連同稅收一起把書用轉移陣送來城堡，儘管需要付出魔力，卻不用付錢。然而，如果要讓平民駕著馬車運送書籍，不僅書本有碰撞毀損的可能，也必須額外收取運費才划得來。聽完我的說明，基貝們可以理解地點點頭。

「目前因為印量不多，還能在徵稅時順便送來城堡，但總不可能永遠如此……」

基貝．哈爾登查爾沉著臉說道。現在哈爾登查爾正在印製艾薇拉她們組成的「戀愛故事寫作小隊」寫的書，而且賣得很好。但是，並非只要書的數量增加就能獲利。

「最近我已請人改良轉移陣，希望用少一點的魔力就能轉移商品。等到印刷工坊陸續增設、各地也都成立印刷協會的時候，應該就可以用少許的魔力運送書籍了。」

「羅潔梅茵大人真是有先見之明。」

「妳什麼時候請人改良轉移陣了？」

基貝與韋菲利特他們都驚訝地雙眼張大，似乎沒有人像斐迪南那樣，察覺到我請人研究的目的其實是為了呈繳制度。因此我沒有多做解釋，只是加深臉上笑意。

「現在斐迪南大人也認可的弟子正在研究如何改良，相信交給他一定沒問題。」

大家對運費沒有異議後，明訂收費標準的契約便順利簽訂。我環顧氣氛緩和下來的房間，然後看向兩位基貝與韋菲利特及夏綠蒂。

「那麼，基貝與普朗坦商會的談話便結束了。兩位基貝、韋菲利特哥哥大人、夏綠蒂，你們可以先離開沒關係喔。」

「羅潔梅茵，那妳呢？」

韋菲利特的綠眼發光，看了看我，再看向普朗坦商會。

「我還有事情要與普朗坦商會討論。除了要告訴他們今後的計畫，我還想問些私人的問題。」

之前商會收了庫拉森博克商人的女兒為都盧亞，我必須問問這件事情，還有時間的話也想了解古騰堡夥伴們的情況。

「今後的計畫不能讓我聽見嗎？」

「怎麼會呢。如果哥哥大人有興趣也有時間的話，歡迎留下來一起聽。」

「若是與印刷業有關，我也希望能在場聆聽。」

韋菲利特與基貝．哈爾登查爾都表示想留下來。這樣似乎就不能聊些太深入的私人話題，但我也沒有理由拒絕。同意大家留下來後，我重新轉向班諾。

「由於我會抄寫在貴族院向他領借來的書，見習文官們也很努力在蒐集他領的故事，所以預計從明年開始，會在貴族院推廣印了他領故事的書籍。」

「明年從貴族院開始推廣嗎？」

看得出來班諾馬上在腦海中進行各種計算。我點一點頭。

「真正開始販售，會是隔年的夏天吧。而聖典繪本因為會直接影響到學生在貴族院的成績，所以我還沒有推廣的打算，請以騎士故事集與戀愛故事集為主進行準備。觀察今年在貴族院得到的迴響，應該能有不錯的銷量。」

班諾的赤褐色雙眼就像捉到獵物的肉食性動物般猛然發光。現場氣氛忽然變得緊繃，這種商人之間利益至上的互動，讓我也不自覺揚起嘴角。

「此外，我們在貴族院的領地對抗戰上，向排名第二的戴肯弗爾格贏得了印製該領書籍的權利。詳細內容預計領主會議時才會談定。今後也會根據屆時談妥的條件，與其他領地簽約。至於該談妥哪些條件，領主會議前我們再找時間討論吧。」

齊爾維斯特的文官並不熟悉印刷業，不能把這件事完全交給他們。關於要向戴肯弗爾格提出的條件與契約內容，必須由我們先擬份大綱。

「羅潔梅茵大人，您要將蒐集來的他領故事印製成書嗎？」

基貝・哈爾登查爾問道，我重重點頭。

「是啊。例如艾倫菲斯特的騎士故事集，參考來源大多是我在兒童室裡向孩子們蒐集來的故事。看見自己說過的故事出現在了書本上，孩子們都非常開心。既然要向他領販售書籍，若能收錄與該領有關的故事，相信更能引起他們的興趣。」

「有道理，那我們也需要蒐集他領的戀愛故事吧……」

基貝・哈爾登查爾喃喃說道。那張嚴肅的臉孔實在與戀愛故事這幾個字不搭，但他似乎完全只把戀愛故事當成是獲利的商品。平常也願意與平民溝通交流的他，馬上就開始思考今後該印製哪些書籍；對照下基貝．葛雷修卻像是毫無頭緒，只是神色凝重地坐在位置上。

「哈爾登查爾會印製艾薇拉她們寫的故事，所以我想手邊還有很多原稿吧。而葛雷修應該還沒有人擅長寫作，倘若不嫌棄，願不願意印製我蒐集到的故事呢？」

我不只想印製收錄了他領故事的尤根施密特騎士故事集，也想印羅德里希創作的迪塔故事。現在反而是可印原稿太多，印刷工坊卻太少。葛雷修若願意負責印製其中幾份原稿，也算幫了我大忙。我提議後，基貝．葛雷修猛地抬頭，一口答應：「請務必交由我們印製。」

「羅潔梅茵大人，古騰堡也有消息向您報告。約翰表示，葛雷修的鍛造工匠們如今技藝已有一定水準，春天就可以讓他們回去。薩克也傳來消息，說是羅潔梅茵大人訂做的物品已經完成，想請問您該送往神殿還是城堡的房間。」

我之前向薩克訂做了彈簧床。聽到舒適的床墊已經完成，我發出輕笑。

「我請他送去神殿，詳細情況等到了結算報告時再說吧。」

「最後，是商會預計收留一年的那名庫拉森博克商人……」

我還沒開口問起，班諾先主動報告了有關卡琳的事情。

「收為都盧亞以後，她的工作表現非常出色。她也不愧是來自大領地的商人，有些做法令人刮目相看，敝商會也考慮往後加以採用。此外，向她打聽了一路從庫拉森博克來到艾倫菲斯特的所見所聞後，我們也獲得了一些他領的情報。希望能對羅潔梅茵大人有所幫助。」

班諾說完，馬克立刻遞來一疊紙張。哈特姆特接過後交給我。我很快地大略翻看，發現不只普朗坦商會，裡頭也整理好了公會長與大店老闆們提供的消息。

「班諾，真是太謝謝你了。奧伯．艾倫菲斯特想必也會很高興。」

在這麼多人的注視下，勢必不能再問些更深入的私人問題了。

「羅潔梅茵大人，您也會接受平民提供的情報嗎？」

聽完我與班諾的對話，基貝．葛雷修眨了眨眼睛。在葛雷修，貴族區與平民區是徹底區分開來。儘管基貝似乎很努力在接納印刷方面的意見，但一定從沒想過也能從平民那裡獲取情報吧。

「商人與許多地方都有往來，所以能從他們那裡得到有用的情報喔。甚至有不少情報是在貴族區這裡無法獲得的。韋菲利特哥哥大人與夏綠蒂在參加了祈福儀式與收穫祭之後，也有許多新發現吧？」

我向現在因為儀式，有比較多機會離開貴族區的兩人尋求同意，兩人都點點頭。

「是呀。有好多事情，我都是自己親眼看了才知道呢。」

「每次灌注完魔力，得到人民的感謝，我就會湧起想要更加努力的心情，也會下意識鞭策自己要當個好領主。」

韋菲利特說完，基貝．哈爾登查爾顯得有些驚訝，隨即表情放柔。

「平民需仰賴我們的魔力才能生存，但我們貴族也需要仰賴平民的幫助。能夠理解這點，並且持續努力，相信您未來會是個好領主吧。」

貴族們都在背地裡說，韋菲利特是有汙點的領主候補生，是因為和我訂了婚才被內定為下任領主，自己根本沒有實力——所以能得到基貝・哈爾登查爾的認可，想必讓他非常高興吧。他露出自豪的笑容點頭。

「嗯，我一定好好努力。」

與此同時，只見夏綠蒂目不轉睛地注視這樣的韋菲利特。

販售會在下午舉行，艾薇拉她們寫的戀愛故事集極受好評，銷量可以說是遙遙領先。銷量第二高的，則是羅潔梅茵工坊印製的亞倫斯伯罕騎士故事集。舊薇羅妮卡派的貴族們都興沖沖地掏出荷包購買。我也買了一本，但不是要給自己。

「蘭普雷特，這本書請幫我送給奧蕾麗亞吧。是她為我說了故事的回禮。」

我出聲喚來在韋菲利特身邊執行護衛任務的蘭普雷特，將剛買好的書遞給他。書上都是染布比賽時，奧蕾麗亞與我們分享的故事，所以印好後我也想讓她看看。蘭普雷特接過新書後，笑得十分開心。

「感激不盡。內人非常喜愛閱讀羅潔梅茵大人的書籍，她一定會很高興。」

眼角餘光中，我看見達穆爾在聽見「內人」兩字時別開目光。

麥西歐爾的洗禮儀式

書本販售會順利落幕後，再過幾天就是慶春宴。由於還有麥西歐爾的洗禮儀式，我請莉瑟蕾塔與布倫希爾德跑了趟神殿，拿取服裝與儀式用品。

「羅潔梅茵大人，法藍與莫妮卡的準備毫無疏漏喔。」

檢查過神殿長的儀式服與必要物品後，莉瑟蕾塔微笑說道。聽說他們抵達神殿時，法藍他們與神官長的侍從們都已經把東西搬到了玄關大門外，還各別分開包好，方便他們搬運。

「這是孤兒院孩子們要給羅潔梅茵大人的禮物，據說叫作帕露果汁。」

「這是冬天特有的甜味飲品，請交給艾拉吧。」

布倫希爾德拿著裝有帕露果汁的小瓶子走向廚房。

「法藍十分擔心羅潔梅茵大人的身體狀況，還問您精神不錯的話，是否記得做些增強體力的運動。因此我告訴他，您都會在騎士的訓練場做些簡單運動。」

以護衛騎士身分同行的達穆爾向我報告這件事。除了法藍，我也問了莫妮卡與其他人的近況，聽起來神殿裡的大家還是一如往常，我就放心了。

這時，奧黛麗回來了。她手上拿著邀請函。

「羅潔梅茵大人，夏綠蒂大人與韋菲利特大人想邀請您參加茶會。儘管非常臨時，但聽說是兩位想在洗禮儀式前先向您介紹麥西歐爾大人。」

夏綠蒂還在邀請函上寫道：「因為當時能在洗禮儀式前先與姊姊大人舉辦茶會，我也非常開心。」其實第一次與夏綠蒂舉辦茶會時，韋菲利特中途闖了進來，結果演變成盤問大會，對我來說並不是很美好的回憶。但在夏綠蒂心裡，這似乎是十分愉快的回憶。

……的確，我也是因為那場茶會，才知道妹妹夏綠蒂有多麼可愛呢。

目前為止我從未與麥西歐爾說過話，所以也想在洗禮儀式前與他交談幾句。回覆我會出席以後，我一邊與文官們認真抄寫書籍，一邊等著茶會的到來。

……為了當個好姊姊，這次我也要努力才行！

「姊姊大人，歡迎。」

「夏綠蒂，很高興收到妳的邀請。」

與主辦人夏綠蒂打過招呼後，我看向站在韋菲利特身旁，等著介紹給我的麥西歐爾。麥西歐爾有著遺傳自父親的藍紫色頭髮，眼睛是遺傳自母親的藍色，五官也像母親，所以整個人看起來柔順乖巧。緊接著，我確認最重要的一件事情。

……贏了！

雖然只有一點點，但身高是我贏了。

……就算只有一點點，但還是我比較高。就算看起來像是只差一歲，但至少別人會覺得我是姊姊沒錯。好耶！啊，我可沒偷踮腳尖。

與麥西歐爾見面時最讓我擔心的身高問題解決了，確認自己看起來像是姊姊後，我的心情頓時雀躍起來。

「他就是我們的弟弟麥西歐爾，以後麻煩妳多關照……麥西歐爾，這位是你的姊姊羅潔梅茵，她也是將在洗禮儀式上給予你祝福的神殿長。」

「羅潔梅茵姊姊大人，我因為尚未受洗，無法真的為您獻上祝福，但請容我向您問候。」

麥西歐爾神色有些緊張地上前，然後低頭跪下來。

「我是麥西歐爾，奧伯．艾倫菲斯特之子。歷經生命之神埃維里貝的重重嚴格遴選，得以有幸與您會面，願能為您獻上祝福。」

「准許你。」

「願生命之神埃維里貝的祝福與羅潔梅茵姊姊大人同在……往後請不吝賜教。」

照著所學順利問候完後，麥西歐爾一臉心滿意足地抬起頭來，看向韋菲利特與夏綠蒂，想要知道兩人的感想。兩人都看著弟弟，露出溫柔的笑容。

「麥西歐爾，你做得很好。」

「是呀，第一次問候時我也非常緊張。麥西歐爾真是努力呢。」

聽到兄姊稱讚，麥西歐爾露出了老么特有的天真無邪笑容，看起來非常可愛。看得出他是在芙蘿洛翠亞身邊無憂無慮地長大。望著他的笑臉，我也不自覺面帶微笑。

「自從姊姊大人搬來北邊別館以後，我一個人在兒童房好寂寞，好希望可以趕快搬過來。真高興現在可以像這樣一起舉辦茶會。」

「相隔許久又能與麥西歐爾一起生活，我也很高興喔。」

夏綠蒂溫柔地輕摸弟弟的頭，麥西歐爾的髮絲在她掌心下輕柔擺動。

「嗯？麥西歐爾與羅潔梅茵的髮色很像，你們看來還真像姊弟呢。」

韋菲利特輕碰麥西歐爾的頭髮，再看向我的頭髮這麼說。那遺傳自齊爾維斯特的藍紫色頭髮，與韋菲利特及夏綠蒂的淡金色頭髮相比，確實跟我的髮色比較接近。

……加米爾長大後也是這個樣子嗎？現在應該快五歲了吧？從小到大應該備受爸爸、媽媽和多莉的疼愛，長大後的感覺肯定與麥西歐爾差不多吧。

最後一次在神殿見到加米爾，是什麼時候的事了呢？陷入回想後，再看向麥西歐爾那遺傳自齊爾維斯特的藍紫色頭髮，彷彿看見了加米爾那頭與我相似的髮絲。

……我也好想聽加米爾叫我一聲姊姊喔。雖然這是絕不可能實現的心願……

「姊姊大人今天又帶來了麥西歐爾沒吃過的點心唷。」

我們在夏綠蒂的招呼下入座，茶會正式開始。先各吃一口自己帶來的點心，喝了口茶。而我帶來的甜點，是口感類似慕斯的帕露口味巴巴露亞（Bavarois）。渥多摩爾商會為領地對抗戰送來磅蛋糕時，順便送了冬天剛做好的吉利丁給我。之前我就拜託過艾拉製作巴巴露亞，但這還是我第一次請其他人品嘗。只見布倫希爾德靜靜觀察著三人的反應。

「這道甜點滑順綿密，甘甜又美味呢。感覺也能延伸做出許多口味吧？」

「是的，可以做成各種口味喔。這次使用的是名為帕露的冬季果實。」

我也吃了口巴巴露亞。對我來說，帕露是熟悉的平民區味道。熟悉的甘甜在口中擴散開來後，我不由自主揚起微笑。

「……雖然甜甜的，但羅潔梅茵姊姊大人的新點心口感真奇妙呢。」

「我還是比較喜歡餅乾。」
夏綠蒂的反應還不錯，但男孩子似乎不太能接受。若不根據大家的評語加以改良，便不能在貴族院端給其他人享用。
……布丁一開始的評價也不太好，看來大家也無法接受巴巴露亞呢。
「麥西歐爾，明天就是洗禮儀式了。你會緊張嗎？」
茶會上聊起的話題，不出所料就是明天將舉行的麥西歐爾的洗禮儀式。聽見韋菲利特這麼問，麥西歐爾小聲回答：「因為大家要我一個人進場……」
「記得洗禮儀式當天，進場後發現有那麼多貴族看著自己，我也非常緊張呢。但一看到姊姊大人站在臺上等我，心情便稍微冷靜下來。麥西歐爾，明天你也只要朝著姊姊大人走過去就好了。」
夏綠蒂微笑說道，試圖緩解麥西歐爾的緊張。
「但妳是在冬天舉行洗禮儀式，幾個要首次亮相的孩子還跟妳一起入場吧？麥西歐爾卻要跟我一樣，到時候得一個人進場喔。緊張的程度完全不一樣。」
貴族冬天的洗禮儀式會與首次亮相同時舉行，春天至秋天的洗禮儀式則是邀請神官，在自家的宅邸裡進行。韋菲利特說他春天舉行洗禮儀式的時候，得一個人走進有那麼多人在的大禮堂。想起自己受洗時，是卡斯泰德與艾薇拉帶著我一起走向舞臺。當時雖然也邀請了許多賓客，但跟城堡這種幾乎集結了所有貴族的洗禮儀式相比，確實是小巫見大巫。
隨後，我與一臉緊張的麥西歐爾一起複習儀式流程，也笑著注視韋菲利特與夏綠蒂你一言我一語。「這邊應該要這樣。」「不對，應該要這樣。」

「麥西歐爾，你平常喜歡哪些東西呢？」

「我喜歡羅潔梅茵姊姊大人製作的玩具。聽說那些玩具全是您為我做的吧？哥哥大人與姊姊大人都跟我說，羅潔梅茵姊姊大人非常厲害喔。」

由於芙蘿洛翠亞與夏綠蒂都會帶著我做的書去為他朗讀，韋菲利特也會教他怎麼玩歌牌與撲克牌，因此在麥西歐爾的認知當中，我似乎成了非常了不起的姊姊。

……太好了，身為姊姊這真是完美的開始！韋菲利特哥哥大人、夏綠蒂，謝謝你們！

感動之餘，情緒跟著激動起來。我在桌子底下用力握拳，下定決心要當麥西歐爾的完美姊姊。就在這時，他對我露出了非常可愛的笑容。

「羅潔梅茵姊姊大人做的書非常有趣，我很想再看到更多呢。我最喜歡書了。」

……不──────！我要被稱讚淹沒了！弟弟居然笑著說他最喜歡書了！愛書的弟弟，這是多麼美好的存在啊！好想馬上向賜予我這個可愛弟弟的神獻上感謝！

為了壓下就要往外溢出的魔力，我渾身不住顫抖，黎希達擔心地朝我走來。今天因為只是兄妹間的茶會，並沒有佩戴斐迪南給我的、可以儲存魔力的項鍊。

「大小姐，請您冷靜一點。」

「黎希達，我沒事。我還撐得住……」

在貴族院與愛書朋友們舉辦了幾次茶會後，我控制情緒的功力也稍微有所長進。在把更多書推薦給麥西歐爾、讓他變成更愛書的可愛弟弟之前，我可不會甘心瞑目。

「麥西歐爾，你喜歡怎樣的故事呢？想必是騎士故事吧？我這裡還有很多他領的故事喔。雖然還沒有印製成書，但我可以說給你聽。」

只要弟弟想聽，要我說多少都沒問題。好，來吧！我笑容滿面地催促後，麥西歐爾微微歪著頭笑道：

「我最喜歡神話了。現在我也會玩歌牌了，所以常常請侍從們唸聖典繪本給我聽。而且哥哥大人也說，如果想和羅潔梅茵姊姊大人一樣，我也要了解所有神祇。」

……喜歡聖典繪本？

在艾倫菲斯特，聖典繪本被歸類為參考書。大家會看聖典繪本，通常是為了在玩歌牌時獲勝，要不就是為了背下神的名字與神具，很少有人單純只是喜歡神話。

「我知道了。既然麥西歐爾說他喜歡神話，那我當然要竭盡所能滿足他的願望。黎希達，現在馬上去神殿拿神殿長的聖典……」

但我話還沒說完，黎希達便輕拍我的肩膀。

「大小姐，我知道您覺得麥西歐爾大人非常可愛，但請冷靜下來。斐迪南小少爺不是說過，神殿長的聖典不能隨意拿給他人翻閱嗎？」

因為聖典會浮出奇妙的文字與魔法陣，不能隨便拿給別人看。

「那如果是抄寫版的聖典呢？」

「書上的內容太難了，麥西歐爾大人說不定還看不懂呢。尚未印成繪本的故事，由大小姐說給他聽就夠了。」

……但本人都那麼說了，真想讓他看看書呢。

不過，黎希達說得也有道理，所以我決定為麥西歐爾講述尚未印成繪本的神話。麥西歐爾那雙像極了芙蘿洛翠亞的眼睛閃閃發亮，聽得十分入迷。看樣子為了新弟弟，得趕緊印製新繪本才行。

盡情享受了與新弟弟的交流時光後，我目送麥西歐爾與他的近侍們返回本館。

「麥西歐爾真是太可愛了，我以後一定會盡己所能疼愛他。」

我向主辦茶會的兩人表明決心後，夏綠蒂有些不滿地嘟起小嘴。

「怎麼有種姊姊大人被麥西歐爾搶走了的感覺呢。」

「夏綠蒂，羅潔梅茵對年紀小的孩子總是特別偏愛，對女性更是寬容。光是初次見面，她對妳跟對我的態度就有天壤之別。她對我從來沒有那麼溫柔過。」

韋菲利特用鬧彆扭的表情看著我說。

「羅潔梅茵，妳對我應該再寬容一點吧。妳不是我的未婚妻嗎？」

「哎呀，可是斐迪南大人一直跟我說，我對哥哥大人太寬容了喔。」

「唔？妳對我寬容過嗎？」

韋菲利特歪過頭，一臉納悶。

「像是首次亮相之前，還有白塔一事。他都說我對韋菲利特哥哥大人太寬容了，還是說您喜歡我嚴厲一點嗎？」

韋菲利特吃驚得睜大雙眼。

「就好比芙琉朵蕾妮與洛古蘇梅爾的治癒並不相同，哥哥大人即將成為下任領主，我對您的寬容，自然會與對弟弟妹妹的不一樣。而我同時也是您的未婚妻，應該要督促您不斷成長。我認為不需要給您與弟弟妹妹一樣的寬容喔。」

我如此斷然表示後，韋菲利特「唔唔」地說不出話來。

很快到了麥西歐爾的洗禮儀式當天。與去年不同，我身為神殿長並沒有與韋菲利特以及夏綠蒂一起進場，而是與神官長斐迪南。

「羅潔梅茵，使用身體強化也無妨，大力邁步前進吧。」

斐迪南穿著藍色儀式服走在我後方，小聲提醒道，我於是讓魔力遍布全身。撇開我與斐迪南的腳長不一樣、他的一步等於我的三步不說，這下子我應該就可以如同常人，優雅地邁步前進。

我們在貴族齊聚的大禮堂內邁步。眾人的目光至今仍會讓我緊張得挺直了背，但也漸漸習以為常。就連我也覺得自己稍微成長了。

舞臺中央設有祭壇，左側是領主夫婦與其護衛騎士及侍從們。我們上臺走向左側後，齊爾維斯特站起來，走到舞臺中央。

「幸得水之女神芙琉朵蕾妮的清澄水流庇佑，生命之神埃維里貝已然遠離，土之女神蓋朵莉希破縛而出。為融雪獻上祝福！」

接著在慶春宴上宣布今年的優秀者有哪些，並由齊爾維斯特贈予紀念品。

「首先，在此宣布今年的優秀者。這次有多達十三名的學生取得了優秀成績。」

現場響起了難以置信的驚呼與讚嘆，然後是如雷掌聲。

獲得最優秀表彰的人好像只有我，而獲得優秀表彰的，我的近侍中就有萊歐諾蕾、柯尼留斯與哈特姆特，另外還有韋菲利特與他的三名近侍，以及夏綠蒂與她的兩名近侍，舊薇羅妮卡派中則有馬提亞斯與另一個人。

「羅潔梅茵，妳做得很好。這是給妳的紀念品，希望往後能對妳有所幫助。」

我從齊爾維斯特手中接過紀念品。今年的魔石比去年要小。可能是因為獲選為優秀者的人數比預期要多，預算不夠了吧。我拿著魔石淡淡一笑。

宣布完優秀者，接著發表艾倫菲斯特在貴族院的成績。聽說領地對抗戰的迪塔得到了第十名。原本在模擬賽中是第六名，所以這樣的成績或許不算出色。不過，齊爾維斯特說明這是因為這次出現的魔獸，是非常耗時耗力而且鮮為人知的渾德爾泰連，但見習騎士們仍以準確的應對將其討伐，然後稱讚大家的團隊合作能力有明顯進步。

「今年因為在貴族院發生了不少事情，波尼法狄斯將繼續指導見習騎士與新進騎士。大家要認真學習。」

接著也發表了見習文官的成果，以及見習侍從有哪些成長。齊爾維斯特告訴眾人，現在因為開始與中央以及庫拉森博克有貿易上的往來，艾倫菲斯特的影響力明顯有所提升，因此在領地對抗戰上備受矚目。

「今年他領提出的聯姻請求也增加了。關於這點，我們會在仔細斟酌後再做決定……此外，今年還試著在貴族院的社交期間推廣艾倫菲斯特的書籍，得到的迴響相當不錯。我打算明年起正式開始販售書籍。請大家各自做好準備。」

領主如此提醒後，那些開始發展印刷與製紙業的基貝們，及其周邊的貴族們都忽然正色。畢竟開始販售前能夠做好多少準備，是非常重要的事情。

最後，是讓今年從貴族院畢業的貴族們上臺亮相，並且宣布他們的所屬單位。今年的畢業生們都上臺了，只不過柯尼留斯與哈特姆特因為是我的近侍，所屬還是不變。但是，從此刻起兩人將不再是見習生，而是能夠獨當一面的成年人。

「那麼，接下來為我的孩子麥西歐爾舉行洗禮儀式。神殿長請上前。」

慶春宴結束後就是洗禮儀式。齊爾維斯特往後退，我則小心著不要踩到下襬，踏上置於舞臺中央的腳凳。斐迪南站到我旁邊，朗聲開口：

「歡迎艾倫菲斯特的新成員。」

他的聲音在大禮堂內迴盪，樂師們一致演奏起樂器，大門緩緩打開。只見麥西歐爾帶著稚氣的笑容等在門外，身上穿著綠中帶藍的服裝，與他的髮色十分相襯。雖然看起來不太緊張的樣子，但可能是參考了夏綠蒂的建議：「只要看著姊姊大人就好了。」那雙藍色眼睛定定注視著我，筆直地走到臺上來。

「麥西歐爾，握住這個……」

我用魔力不會穿透的薄皮革包著，遞出檢測魔力用的魔導具。麥西歐爾握住後，使其發光。在貴族們拍手鼓掌，獲得認可以後，接著要登記魔力。我把魔導具按在白色牌子上，登記麥西歐爾的魔力。

「麥西歐爾，你擁有暗、水、火、風、土五位神祇的加護。若能合乎諸神的加護，秉持言行端正，定能得到更多的祝福吧。」

登記完魔力後，斐迪南立刻把牌子收進保管盒裡。與此同時，齊爾維斯特拿著魔導具戒指走到舞臺中央，將鑲有綠色魔石的戒指贈予麥西歐爾。

「在諸神與諸位的見證下，在此將戒指贈予我的兒子麥西歐爾。恭喜你。」

「謝謝父親大人。」

齊爾維斯特看著露出高興笑容的麥西歐爾，接著抬頭向我示意。我輕輕點頭，往自己的戒指注入魔力。

「為麥西歐爾獻上水之女神芙琉朵蕾妮的祝福。」

……啊，是不是有點太多了？

可能因為要給予愛書的可愛弟弟祝福，比預期要多一些的綠光飛向麥西歐爾。

……但應該還在可以接受的範圍內吧？神官長，應該還可以吧？

我往斐迪南偷瞄一眼，卻發現他以冰冷的眼神回望，像在罵我「妳這笨蛋」。

……啊嗚，跟原本預期的量比起來，好像是有點太多了。

但沒辦法，祝福都已經送出去了，也沒辦法收回來嘛。我厚著臉皮將錯就錯，接受了祝福的麥西歐爾也往自己的戒指注入魔力。

「感謝神殿長。」

輕柔的綠光往我飛來。麥西歐爾回以祝福後，他的洗禮儀式便宣告結束。就這樣，北邊別館又搬進了一名領主的孩子，我在城堡的生活也變得更加熱鬧且愉快。

……為了慶祝自己得到了愛書的可愛弟弟，向神獻上祈禱與感謝吧！

亞倫斯伯罕的魚料理

慶春宴結束後，冬季的社交界也劃下句點。貴族們開始返回各自居住的土地，住在貴族區的人們也重回工作崗位。

「照往年的行程安排，近幾日羅潔梅茵就會返回神殿了吧？」

如今麥西歐爾也跟我們一起用餐，晚餐時間變得比往常熱鬧一些。齊爾維斯特聊起今後的行程時，我輕睨他一眼。如果所有事情都和往年一樣，那他說得沒錯，但今年可不是。他答應過我的那件重要事情還沒做到。

「我還不能回去喔。」

「為何？羅潔梅茵，怎麼了嗎？」

還問我怎麼了嗎。看來齊爾維斯特早就忘了那件重要的事。我噘起嘴唇。

「養父大人，您何時才要教我的廚師如何煮魚呢？從貴族院回來以後，我一直在等您開口喔。」

當初明明說好從貴族院回來後就會教給我的廚師，但現在我都快要返回神殿了，可不能再等下去。我傾訴自己的不滿後，齊爾維斯特終於想起來似地拍向掌心。

「啊，對喔。那妳叫斐迪南把食材帶來城堡吧。我會命人吩咐廚師，一收到食材就製作亞倫斯伯罕的傳統料理。」

「謝謝養父大人。」

我露出貴族該有的優雅微笑回道，在桌面底下用力握拳。

……終於！終於讓我等到這一刻了！好耶！是魚！我總算可以吃到魚了！

不是艾倫菲斯特汙濁河川裡充滿土味的魚，而是亞倫斯伯罕海邊的魚。上一次吃魚是幾年前的事情了呢？我的心情不由得非常亢奮。得好好感謝從亞倫斯伯罕帶魚過來的奧蕾麗亞才行——想到這裡，我忽然意識到一件事。

「養父大人，由斐迪南大人保管的那些食材，是奧蕾麗亞嫁過來時，為了能夠吃到故鄉的料理才帶過來的。我希望想念故鄉味道的她也能一起品嘗，所以廚師們煮魚的那天，可以邀請她出席嗎？」

聞言齊爾維斯特思索片刻，看向站在身後的卡斯泰德。

「……嗯。要邀請奧蕾麗亞是沒問題，但如果她會出席，就必須增加護衛的人數，也得決定是否要連同蘭普雷特，招待卡斯泰德一家。」

得到許可的我非常高興。芙蘿洛翠亞看著這樣的我，柔聲喚道：

「羅潔梅茵，即便奧蕾麗亞很想念故鄉的味道，但目前還不曉得她的身體狀況能否出門。妳在送去邀請函之前，記得先向蘭普雷特或艾薇拉確認清楚。」

芙蘿洛翠亞刻意沒有提到「懷孕」，面露擔憂地提醒我。萬一奧蕾麗亞現在正有嚴重的孕吐，就算她想吃魚，也沒辦法來城堡吧。要是明明身體不舒服，還在意旁人的眼光而勉強自己出席，那麼料理即便再美味也可能食不知味。更何況，奧蕾麗亞本來就不喜歡出席人多的場合。所以我如果直接寄出正式的邀請函，等於是半強迫地要求她參加。

……雖然我很想讓奧蕾麗亞也吃到亞倫斯伯罕的傳統料理呢。

「韋菲利特哥哥大人，能從您身邊帶走蘭普雷特一會兒嗎？我想問他有關奧蕾麗亞的事情。」

「嗯，沒關係。」

用完晚餐，回房的半路上，我向韋菲利特徵得許可後，占用了蘭普雷特一點時間。在距離北邊別館最近的本館房間裡，我與蘭普雷特以家人的身分面對面。柯尼留斯跟在一旁擔任護衛，表情也顯得比較放鬆。

「蘭普雷特哥哥大人，奧蕾麗亞現在的情況怎麼樣呢？能邀請她來城堡品嘗亞倫斯伯罕的傳統料理嗎？」

我開口詢問後，蘭普雷特盤著手臂發出沉吟。

「嗯……我想奧蕾麗亞可能不方便過來。現在她就已經時常吃不下飯，萬一收到領主養女寄來的邀請函，我們根本無法拒絕。若能讓她不用出席，我會非常感激。」

蘭普雷特只講述了一些片段，但聽起來奧蕾麗亞懷孕後的身體狀況相當不好。聽說她老是頭暈想吐，幾乎動彈不得，每天過著不是吐就是睡的生活。記得母親懷加米爾的時候，雖不至於無法動彈，但也經常身體不舒服，總是感到反胃。

「而且如果要在城堡用餐，她可能會不想摘下面紗。」

……啊，這點確實會讓她很為難吧。

想起總是戴著面紗的奧蕾麗亞，我往蘭普雷特瞥了一眼。

「雖然我一次也沒見到過，但哥哥大人應該能看到不戴面紗的奧蕾麗亞吧？」

聽到我這麼問，蘭普雷特睜大眼睛後輕笑起來。

「那當然啊。在房裡的時候她幾乎不會戴。她戴面紗就只是不想招來誤解，讓艾倫菲斯特與亞倫斯伯罕的關係變得更糟。在貴族院那時候根本不會戴。」

聽到他說奧蕾麗亞以前是見習騎士，怎麼可能戴著面紗上課，我也可以理解。我本來還很納悶，蘭普雷特要怎麼與戴著面紗的奧蕾麗亞變成戀人，原來在貴族院的時候並不會戴。

「除非與亞倫斯伯罕的關係變好，否則我想奧蕾麗亞大概會一直戴著面紗吧。因為她的個性本來就比較膽小。」

「社交場合上看到她一直跟在母親大人身後，我也有這種感覺呢。」

左思右想之後，我決定到時候使用停止時間的魔導具，把熱騰騰的餐點送去給她。因為奧蕾麗亞原本就是利用魔導具把食物帶來，以便自己想吃的時候可以享用，所以沿用她本來的方法就好了。

「那麼，要品嘗亞倫斯伯罕的傳統料理那天，再麻煩哥哥大人為奧蕾麗亞帶來暫停時間的魔導具。」

我這麼提議後，蘭普雷特露出欣喜的笑容，摸摸我的頭。

「羅潔梅茵，謝謝妳這麼為奧蕾麗亞著想。她一定也很高興。」

「不過這樣一來，我就無法受邀了吧……」

採用這種方式，餐會就不需要邀請卡斯泰德一家。柯尼留斯似乎很期待吃到亞倫斯伯罕的料理，表情有些不滿地戳了戳我的臉頰。

回到房間，我馬上向斐迪南送去奧多南茲說：「養父大人要教我的廚師怎麼做亞倫斯伯罕的傳統料理，請斐迪南大人把魚帶過來吧。」聽到斐迪南回覆說「知道了」以後，我安心地上床睡覺。醒來時，魚似乎就已經送到城堡了。

用早餐時，聽到黎希達向我報告這件事，我便送出奧多南茲向斐迪南道謝，還說：「斐迪南大人竟然這麼快送來，嚇了我一跳呢。想必您也很期待吃到魚吧。」然而斐迪南卻這麼回我：「我並不期待。只是因為保管那些魚太耗魔力，我希望盡早用掉，而且也是為了讓妳盡快返回神殿。」不過，聽說他今天一天都會留在城堡工作，我覺得他明明就很期待吃到魚。

我在騎士訓練場做著簡單的運動時，看見斐迪南也來參加訓練，便央求他讓我看看魚。

「請問有哪些魚呢？斐迪南大人，請讓我看一眼吧。」

「那些魚已在諾伯特的指示下送往廚房。今晚妳在餐桌上就能看到，死心吧。」

出身高貴的貴族千金想當然不能踏進廚房。結果我無法親眼看到魚，只能待在房裡等著晚餐到來。老實說，這樣好無聊。不過，今天是宮廷廚師要教雨果與艾拉怎麼處理食材，也是為了奧蕾麗亞要做亞倫斯伯罕傳統料理的日子，所以也不能依自己的喜好要求東要求西。

……今天就先忍耐吧。忍耐。

「話說回來，斐迪南大人居然沒去幫忙養父大人處理公務，而是來與騎士們一起訓練，真難得呢。」

「……我只是想轉換心情。」

他嘴上這麼說，訓練時卻顯得很認真。波尼法狄斯與艾克哈特都興高采烈地當他的對手，安潔莉卡則是露出了非常想加入的表情。

「安潔莉卡，我會和達穆爾在這裡做平常的體操，所以妳可以過去加入他們喔。畢竟很少有這樣的好機會嘛。」

「羅潔梅茵大人，非常感謝您！」

安潔莉卡揚起燦爛無比的笑容說完，如旋風一般咻地衝過去。至於我呢，則是做完收音機體操就休息，做完簡單的運動再休息，和平常沒有兩樣。

做完運動回房，我請人通知廚房，留點食材讓我能帶回神殿。隨後，我試著把自己記得的食譜寫下來。在這裡能做的，應該都是西式料理吧。好比醋漬魚、薄切冷盤、油漬魚、香草烤魚、法式魚排、義式水煮魚、馬賽海鮮湯那類的湯品，還有炸魚餡餅與炸白肉魚，做成焗烤我也喜歡。但目前還不曉得那些魚類能否生吃，所以也不確定我想到的食譜哪些能用，但光是想像就讓我雀躍不已。

……不過我最想吃的，還是簡單樸實的鹽燒口味呢。先在魚的表面劃十字，然後撒鹽燒烤。

烤了一會兒後，魚皮表面會浮現一層白白的鹽，一直烤到微焦、魚皮變得酥脆為止。端上桌後，用筷子輕輕把魚皮撥開，熱氣便翻湧而上。一邊聞著四散開來的烤魚香氣，一邊拿起柑橘類的酸性果實擠下果汁，然後將魚肉送進口中。如果能再配上剛煮好的白米飯或是辛口日本酒，那就更完美了。

……雖然我現在的年紀還不能喝酒啦。

想著想著，我跟著想起了麗乃那時候品嘗過的各種美食，不由得肚子餓了。如果這裡有醬油的話，也可以考慮做燉煮類的魚料理，但這裡不可能有能讓我滿意的醬油吧。說不定亞倫斯伯罕那裡有類似魚露的調味料，但我絕不承認那是醬油。因為洛古蘇梅爾與芙琉朵蕾妮的治癒是不一樣的。

在我滿腦子都想著魚料理時，不知不覺到了晚餐時間。我興沖沖地離開房間，與兄妹們一起前往餐廳。

「今天的晚餐使用了奧蕾麗亞從亞倫斯伯罕帶來的食材，特別製作了亞倫斯伯罕的傳統料理喔。這還是我第一次品嘗，非常期待呢。」

「亞倫斯伯罕的料理嗎？我以前常吃喔。因為祖母大人很喜歡。」

韋菲利特說話時臉上流露出懷念。由薇羅妮卡拉拔長大的韋菲利特，似乎小時候經常吃亞倫斯伯罕的傳統料理。「請問是怎樣的菜色呢？」我從小熊貓巴士往外傾身發問，走在旁邊的麥西歐爾張大眼睛。

「羅潔梅茵姊姊大人，您這麼喜歡沒吃過的餐點與點心嗎？」

聽見他這麼問，夏綠蒂咯咯笑了起來。

「麥西歐爾，姊姊大人就是因為自己想吃到美味的餐點與點心，才推出了那麼多新流行喔。吃完今天的料理，她說不定又會想出新菜色呢。」

「我也從來沒有吃過，所以很期待呢。」

如今禁止與亞倫斯伯罕的貴族交流，想當然耳也不再有食材送來。也是因為薇羅妮卡被捕之後，沒人再要求製作亞倫斯伯罕的傳統料理吧。麥西歐爾似乎從來沒有吃過，夏綠蒂吃過的次數也少到她只有隱約的印象而已。

「這道湯品名為川貝爾茲沛，是用魚、普瑪與藥草一起煮成的湯。」

前菜之後一道湯品端上桌，看起來跟名為海鮮湯但其實只有魚的馬賽海鮮湯很像。只不過馬賽海鮮湯的湯頭是紅色的，而這裡的湯是用黃色普瑪去熬煮，所以外觀看來大不相同。但只要想成是普瑪魚湯，味道應該會和馬賽海鮮湯差不多吧。

我內心滿是期待地拿起湯匙，舀了口湯送到嘴邊。喝了一口之後，我放下湯匙，忽然間渾身無力。

……好久沒喝到尤根施密特式的傳統湯品了。好讓人失望！

這道湯使用了尤根施密特的傳統調理方式，也就是把食材煮到軟爛後，再把滿是食材精華的湯全部倒掉，所以如今喝起來一點魚的鮮甜也沒有。不管是魚的滋味還是普瑪的清甜，全都消失無蹤，就只是碗浮著煮爛魚肉的湯。這就是川貝爾茲沛。期望有多高，失望就有多大。

……如此珍貴的魚、如此重要的精華全都流失了。精華快回來啊！

現在就只有奧蕾麗亞帶來的這些魚，如此彌足珍貴，結果竟然使用這種調理方式，我覺得自己都能化身成不停說著「好浪費、好浪費」的妖怪了。

「嗯……以前是這樣的味道嗎？」

「平常的湯還比較好喝。」

喝了湯的眾人也都一臉複雜。現在大家早就喝慣了平常那種充滿食材精華的湯，似乎不太能適應喝起來無滋無味的川貝爾茲沛。

「這道菜是菲肯。」

外表看來像是香煎白肉魚排，奶油的香氣引人食指大動。不過，說不定這道菜也先燙過魚肉，已經失去本身該有的味道了。我心跳飛快地切了塊菲肯，放入口中。

「有……有魚的味道。」

煎得焦香酥脆的魚排表面裹有厚重奶油。隨著奶油香氣在嘴裡擴散開來，還吃得出其中使用了味道像是大蒜的藜葛。想必沒有煎得太久，魚排在口中綿密化開。咀嚼時雖然奶油的香氣過於濃郁，但當中確實有著魚的味道。終於吃到自己心心念念的海水魚，我高興得感到想哭。

……是真的魚。不是奇怪的食材，也完全沒有土味，是我一直想吃的魚。

我一口一口慢慢品嘗，仔細感受珍貴的魚肉滋味。整塊白肉魚預先調好了味道，裹上麵粉後再以奶油煎至金黃，其實就只是一道普通至極的香煎魚排。雖然加了藜葛增添風味，但跟麗乃那時候，我記憶中常見的法式魚排相差無幾。換作在麗乃那時候，我的感想大概會是：「不難吃也不好吃，總之就是普普通通。」但是這一刻，「普通的味道」對我來說卻非常重要。和煮過後再把精華倒掉的湯不一樣，這道菜無疑是好吃的，而且確實有魚的味道。

……是魚！我不知道多久沒有吃到的魚！

既沒有腥臭味，也不用煩惱到底該怎麼吃，而且是可以讓人吃得津津有味的海水魚。我感動得都要哭了。

……奧蕾麗亞，謝謝妳！妳就是我的海之女神緋亞弗蕾彌雅！

我懷著感恩的心吃完了菲肯。雖然做成香煎魚排也很美味，但我還是很想吃吃看鹽燒口味。

「可以請廚房再切一小塊魚肉，撒鹽烤過以後，淋上柑橘類的果汁送來給我嗎？」

「遵命。」

我內心雀躍不已地等待，結果當餐點端來到我面前時，看起來就只是檸檬風味的法式魚排。這次的魚肉確實照著我的要求撒了鹽，額外添加的柑橘類果汁也降低了奶油的油膩，口感更加清爽，整體比剛才的魚排更美味。但是，這不是我想吃的口味。我想吃的，是非常簡單、真的只撒鹽烤過的烤魚而已。

但我絕對不能當場抱怨宮廷廚師處理得不好。因為一不小心，可能會害得廚師丟掉工作。是我的指示不夠明確吧。畢竟指示要經過好幾人轉達才能傳入廚師耳中，我應該要說明得更清楚具體，不讓廚師會錯意。

……唉，好想吃撒了鹽的烤魚喔。

不過，實在太久沒吃到魚了，所以我還是感到心滿意足。但與笑容滿面的我不同，看著端上桌的食材，斐迪南露出了非常完美的假笑。那是他非常不滿或非常不高興時會出現的表情。大概是覺得自己不僅花了勞力，還花了魔力使用暫停時間的魔導具，這些餐點的美味程度卻沒有與他的付出成正比。

「廚房應該留了一些食材給我吧？請告訴我的廚師，把剩下的食材放回暫停時間的魔導具裡。」

「羅潔梅茵，妳把食材放回魔導具裡做什麼？」

我請莉瑟蕾塔幫忙傳話時，負責提供魔力的斐迪南臉上的假笑更燦爛了。看得出來假笑底下的他很生氣，在暗示我別讓他浪費更多勞力。似乎是察覺到了斐迪南的笑容中帶有駭人的氣息，韋菲利特與夏綠蒂一臉直冒冷汗地看著我們。

「我想把魚帶回神殿，再研究一下可以做成哪些餐點。」

在神殿比在城堡自在，也方便向廚師下達指示。在城堡這裡，並不適合開發新餐點。然而，斐迪南臉上仍帶著代表不滿的假笑。

「只要以正確的方式熬煮，魚也可以煮出美味的魚湯喔。我打從心底想把川貝爾茲沛改良得更加美味。」

我不會貪心地說想喝海鮮濃湯，就算是義式水煮魚或馬賽海鮮湯也沒關係。我只是想把理應美味的食物，用正常的調理方式將其烹煮得美味可口。

「不管是書、料理或點心，對於自己想要的東西，妳的執念還真驚人。」

斐迪南一臉受不了地說。但我覺得對於美麗的法式清湯與魔導具研究表現出驚人執念的斐迪南，實在沒有資格說我。不過，眼看他臉上的假笑消失了，代表他對我的料理研究多少也有些興趣。

由於沒有不准我帶回神殿，我再吩咐莉瑟蕾塔，除了處理完的魚肉以外，還要麻煩廚師帶回一樣東西。

「請妳一定要告訴廚師，別忘了把『魚骨』也帶回去。」

「羅潔梅茵大人，您說『魚骨』是嗎？請問那是什麼呢？」

莉瑟蕾塔靜靜聽著要給廚師的指示，這時納悶地側過臉龐。我先看向擠出禮貌性微笑的斐迪南，然後微微一笑。

「跟雞骨一樣，是用魚煮湯時會用到的材料。妳只要這麼告訴我的廚師，他應該就知道是哪個部位了。」

「遵命。」

莉瑟蕾塔靜靜走向廚房，沒有發出半點腳步聲。望著她的背影，我堅定了要吃到美味魚料理的決心。

順便補充說明，儘管川貝爾茲沛不合我們的口味，但聽說想念故鄉料理的奧蕾麗亞卻吃得非常開心。可能是因為裹滿奶油的菲肯再怎麼美味她也不能吃，反倒是徹底失去精華、沒什麼味道的湯，剛好不會令她反胃。

返回神殿以及與古騰堡們會面

返回神殿之際，斐迪南要我用小熊貓巴士載運裝了魚的暫停時間魔導具。接到指示的我，興高采烈地準備好小熊貓巴士。我和往常返回神殿時一樣，把騎獸變成了休旅車大小，斐迪南看了立刻就說：

「羅潔梅茵，這樣不行。太小了，放不下魔導具。騎獸再變大一點，就和妳載古騰堡他們時一樣。」

聞言我納悶偏頭，但還是把小熊貓巴士變成公車大小。

「暫停時間用的魔導具這麼大嗎？」

「妳自己看。」

在諾伯特的指示下，幾名男性下人搬來了一個成年男子可以輕輕鬆鬆躺平的大箱子。

「這個箱子裡面一定有很多魚吧？」

「有的已經用掉了，不可能還是滿的。」

這天坐在副駕駛座的護衛騎士是優蒂特，然後我操縱著小熊貓巴士返回神殿。除了護衛騎士外，文官也與我們同行。首次前往神殿的羅德里希坐在騎獸上，神情緊張。

「我回來了。」

「羅潔梅茵大人，恭迎您的歸來。」

一如既往，我與斐迪南的侍從已經在神殿裡等著我們回來。

「法藍、薩姆、吉魯、弗利茲，如果你們四人搬不動的話，請找其他人一起幫忙，把這個箱子搬去廚房。另外關於新食材，我有問題想問雨果與艾拉，請他們過來我房間吧。」

我向侍從下達指示，請他們立即將偌大的魔導具搬去廚房。幾名灰衣神官在法藍的呼喚下現身，幫忙搬運魔導具。侍從們忙著搬出巴士裡的行李時，近侍們則收起騎獸在旁待命。不同於已經習慣來神殿的其他近侍，羅德里希一臉不解地歪過頭。

「羅潔梅茵大人，您會傳喚廚師進自己的房間嗎？」

「其實侍從們也會制止，但有很多事情還是當面詢問會比較清楚。」

例如有關義大利餐廳的事情、是否願意成為宮廷廚師等等，很多事情最好當面詢問。本來一開始還很反對我把廚師叫進房內，總是一臉不甘不願的法藍，近來也已經徹底看開，覺得既然是廚師本人才聽得懂的問題，那也沒辦法。

「羅德里希，適時看開也是很重要的事情喔。你也趕快習慣我的行事作風吧。因為既已接受獻名，你將成為與我關係最為親密的近侍。」

「是，我一定努力。」

羅德里希點了點頭，菲里妮看著他輕笑起來。

「就連召開印刷與製紙業的相關會議時，羅潔梅茵大人也會邀請平民商人出席，聽取他們的意見。如果只是這樣就大驚小怪，以後會很辛苦呢。」

一等法藍他們搬完行李，我便收起小熊貓巴士，進入神殿。神殿長室裡，妮可拉已經為我備好了茶。「羅潔梅茵大人，恭迎您的歸來。」有她明亮的笑容與點心的香氣迎接，我有種回到了家的感覺。

「菲里妮，麻煩妳為羅德里希說明神殿的工作內容。達穆爾，你與護衛騎士們一起討論，決定好來神殿值勤的順序吧。神殿有兩名護衛騎士就夠了，不需要五個人都擠在我的房間裡。」

「遵命。」

我喝著妮可拉泡的茶，吃著今年最後一塊帕露煎餅，向近侍們下達指示。這時雨果與艾拉走了進來，一臉緊張地覷著近侍們。

「雨果、艾拉，告訴我新食材的情況吧。」

我開口後，雨果的眼神有些飄向遠方。

「亞倫斯伯罕的食材十分不好處理，廚房都變成戰場了。要是不知道怎麼宰殺，真的會很危險。」

聽說暫停時間的魔導具裡裝有各種神奇生物。有的是從魔導具裡拿出來後，必須立刻放進裝了水的鍋子裡蓋上蓋子，並且壓上重物將其煮熟，否則會飛起來攻擊人的小魚；有的魚是你得拿起鍋蓋當盾牌，然後用木棒敲打，直到牠完全吐出石頭；有的是連宮廷廚師也不知道該怎麼處理的奇妙生物。廚房在處理這些食材時，現場似乎就像在打仗一樣。

畢竟這個世界的菇類會跳舞，有些蔬菜還很殘暴，魚也不可能多正常。

……雖然味道就跟普通的魚一樣，但果然這裡的魚也不簡單。

「此外，因為不曉得羅潔梅茵大人是否需要，我們還是把剩下的所有食材都放進魔導具裡，帶回神殿來。不過宮廷廚師說了，有些食材光靠平民廚師根本應付不來，最好還是直接丟掉。而且不管是多麼狂暴的魔物，離開水後也活不了多久，他們說只要扔在地面上就好了。」

聽了艾拉的報告，我忙不迭搖頭。

「扔掉太可惜了。我會詢問神官長該怎麼處理，由我來動手吧。」

「……可是羅潔梅茵大人的力氣這麼小，恐怕沒辦法宰魚吧。」

雨果一臉非常難以啟齒似地說，艾拉也點頭同意。但好歹我也會基本的三片切法，真想叫他們放心交給我。只要使用思達普變成的小刀，相信我也能順利切魚。

「總之，在我問過神官長該怎麼處理之前，請別丟掉食材。」

「遵命。」

兩名廚師報告完他們在廚房的慘烈戰況後，我將一張紙交給妮可拉。上頭寫著我針對剩餘食材所想出來的調理方法。

「妮可拉，妳不用急著今天就做出來，請先看懂、消化這些食譜吧。因為就算我們說川貝爾茲沛所用的魚，妳也聽不懂吧？等妳看懂食譜以後，請再照著上面的做法試做看看。」

「我會試試看。」

廚師們退下後，我寫了封信給斐迪南，想請他教我怎麼處理魚。因為斐迪南對魔物十分了解，甚至知道如何打倒只在亞倫斯伯罕出沒、鮮為人知的魔獸，一定也知道該怎麼處理那些魚。

「薩姆，這封信幫我送給神官長。法藍，請報告我不在時發生了哪些事情。」

「遵命。」

根據侍從們的報告，神殿這裡似乎沒有太大變化。孤兒院的孩子們依舊活力充沛，聽說康拉德還在冬天學會了文字與簡單的計算。聽取葳瑪報告的時候，看得出來菲里妮在偷偷豎起耳朵。

「秋天在路茲的帶領下前往森林時，康拉德曾與平民區的孩子們玩在一起，好像因此為他帶來了良性刺激。他還朝氣十足地說，自己跟那些孩子約好，等到了春天還要在森林裡一起玩，所以在那之前要把歌牌上的內容全部背下來。」

看樣子孤兒院與平民區的孩子們也在慢慢加深交流，這真是太好了。

「另外，我想趁現在先訂下與古騰堡會面的日子，要訂在什麼時候比較方便呢？冬天的成年禮與春天的洗禮儀式都快到了吧？」

「是的。洗禮儀式結束後，又有祈福儀式。若要讓古騰堡們長期在外停留，最好是在成年禮前盡快會面。」

「工坊也需要預先進行準備，所以希望能盡早訂下出發日期。」

我根據法藍與吉魯的回答，決定列出幾個我們方便的日子，再去問古騰堡夥伴們哪個時間方便。正悠悠哉哉地討論著日期時，從神官長室回來的薩姆快步入內。

「羅潔梅茵大人，有急事向您稟報。神官長說他有事要問平民，因此與古騰堡們會面時也要一同出席。這些是神官長方便的日子。」

聞言，一時間神殿長室裡的所有人臉色大變。斐迪南如果也要出席，一切就不能如常照舊。日期得由我們決定，直接送去傳喚信函，房間也不能只是簡單做好準備。古騰堡夥伴們更是必須注意儀容，穿上體面服裝出席。

「成年禮之前，神官長方便的日子就只有這一天嘛！」

「那就決定是這天了，請您寫下要給普朗坦商會與古騰堡們的傳喚信函吧。」

聽薩姆這麼說，我立刻轉向書桌寫信。

「吉魯，麻煩你把傳喚信函送去普朗坦商會！順便說明一下情況。」

「知道了，我馬上就去！」

吉魯十萬火急地衝出神殿長室。法藍與薩姆開始討論要準備什麼茶葉與點心，也與當天會同行的護衛騎士們交換意見。

「羅潔梅茵大人，這次使用貴族區域的會議室吧。因為貴族人數變多了。」

不僅我的近侍人數增加了，斐迪南的近侍也會過來。到時孤兒院長室會太過狹窄，而且恐怕又會有很多人抗議，覺得所用家具不符合我的身分吧。我點頭同意了法藍的提議，請他訂下那天的會議室。薩姆則前往神官長室，告知已經敲定的日期。

大概是以最快速度送完了信，薩姆回來時，吉魯也氣喘吁吁地回來了。

「普朗坦商會說他們知道了。另外，他們想問已經完成的彈簧床墊該在哪一天送來。要會面當天呢？還是訂在其他日子？」

吉魯回來後轉達普朗坦商會的問題，我與法藍互相對望。

「春天有很多祭祀儀式，古騰堡夥伴們也要做好出發的準備才行吧？我覺得可以直接訂在同一天……但會不會太趕呢？神殿長室這邊來得及做好準備嗎？」

「即便事出突然，做好萬全準備即是侍從的工作。請羅潔梅茵大人不必擔心。」

法藍毫無異議地攬下工作，真是太可靠了。護衛騎士們也點點頭。

「站在我們護衛騎士的立場，畢竟是平民工匠要出入羅潔梅茵大人的房間，若能趁著您在會議室時請他們搬運完畢，我們也覺得這樣最為妥當。」

達穆爾與柯尼留斯也發表了意見後，決定請他們同一天把彈簧床送來。

……話說回來，神官長想問平民的事情是什麼呢？

很快到了與古騰堡夥伴們會面的日子。除了神殿的侍從，我與斐迪南各自還帶了近侍，因此擠在會議室內的人相當多。普朗坦商會的人有班諾、馬克、達米安與路茲，他們因為受過教育，就算要出入城堡也沒問題，但其他的古騰堡成員明顯非常緊張。尤其墨水工坊的約瑟夫表情僵硬得要命，彷彿在說：我連到孤兒院長室都很緊張了，為什麼還要來貴族區域！

「羅潔梅茵大人，談話開始之前，請容我先為您介紹一樣新商品。這是椅面添加了床墊所用彈簧的椅子。您要不要連同床墊一起購買呢？」

班諾開始介紹後，薩克與英格將一張椅子搬進會議室。那是張豪華的女性單人用椅，扶手有著精美雕刻，椅腳的線條優美流暢，椅面還使用了染色過的布。

「這是在床墊的試作階段所做的椅子。木椅是由英格的木工工坊完成，彈簧坐墊是由薩克所屬的鍛造工坊完成，布料則是由您的文藝復興專屬伊娃所染色；而染布所用的染料，是由墨水工坊的海蒂提供。」

我立刻試坐那張椅子。雖然只是彈簧上面鋪了塊布，跟麗乃那時候的沙發比起來還是相當硬，但只要再鋪上椅墊就完全沒問題。因為不是木板，坐久了屁股也不會痛。如果能在同樣的彈簧床墊上鋪好現在所用的被褥，睡起來一定也很舒服吧。重點在於這是古騰堡所有人齊心協力為我完成的，這點讓我非常開心。

「我非常喜歡，就連同床墊一起購買吧。」

我拿出公會證與班諾的重疊，立即付錢。目前為止始終沒有插嘴，只是靜靜看著的斐迪南睨我一眼。

「那是什麼？我怎麼從未聽妳報告過。」

其實我個人是想讓古騰堡夥伴們優先發展印刷業，至少到了不需要長期出差的時候，再推廣彈簧床墊。這下該怎麼敷衍過去才好呢。

「呃，這個呢……這是我為了個人所購買的生活用品，而且還只是試作品而已，我本來打算等到改良完成後，再私下向你介紹……」

「我在問彈簧床墊是什麼？妳個人為何購買並不重要。」

被斐迪南狠狠一瞪，不得已下我只好簡單說明彈簧床墊。

「我所訂做的彈簧床墊，是用來鋪在床上的東西，可以提高睡眠時的舒適度。而且還如同薩克發現到的，可以把彈簧墊應用在椅子上。雖然我的小熊貓巴士並不需要，但馬車如果也能裝上這種彈簧坐墊，相信坐起來會更舒服喔。」

聽到我的補充，班諾與薩克猛然抬起頭來。兩人的表情都彷彿發現了偌大商機。肯定正在盤算著，到時候要高價推銷給公會長吧。

「羅潔梅茵，換我坐坐看。若我滿意，也要訂做同樣的椅子。」

「那請神官長教我怎麼處理魚吧。」

明明寫了信請斐迪南教我怎麼剖魚，薩姆回來時，卻只報告了斐迪南也要出席這場會面，關於魚這件事卻沒有任何回覆。我可沒忘了這件事情，也絕不接受敷衍。我仰頭看向斐迪南，在心裡打定主意，除非他答應否則我絕不離開這張椅子。斐迪南不高興地用力皺眉，隨後無可奈何似地嘆氣。

「……好吧。」

我揚起勝利的微笑，讓座給斐迪南。斐迪南坐下後，好幾次用手按壓椅面，還加上椅墊試坐，也試著拿走椅墊，最後站起來。

「會面結束後，我要訂做一張添加了彈簧的長椅。吉德，做好下訂準備。」

「是。」斐迪南的侍從接到指示後，馬上步出會議室。看來他相當喜歡加了彈簧的椅面，訂的還不是單人椅而是長椅。

……難不成神官長打算放進工坊裡頭，當成床舖使用？

我想著這件事情，同時重新面向古騰堡們。

「那麼，請各位古騰堡向我報告冬天的情況吧。」

班諾報告了城堡販售會的營業額，還分別列出葛雷修、哈爾登查爾與羅潔梅茵工坊的銷量，進行比較。雖說植物紙的出現讓成本稍有降低，但書本仍然十分昂貴。在艾倫菲斯特，買書的人數是固定的，因此整體來說營業額有下降趨勢。

「聽聞明年將在貴族院公開艾倫菲斯特印製的書籍，我們都期盼著能往外拓展銷路。此外，照著羅潔梅茵大人提供的做法，文具種類也漸漸齊全。用來整理寫在植物紙上的資料時非常有幫助。」

比如從前就有的穿線固定式資料夾，還有收納用的盒子等等，都是麗乃那時候百圓商店裡常見的文具。班諾他們正非常努力地加以重現。

「那請印上羅潔梅茵工坊的徽章，各送二十個來神殿長室吧。此外，既然現在文具的種類變多了，好像也該製作用以打洞、方便穿線的機器，以及可以把紙裁切成相同大小的機器呢。」

我想訂做打孔機與裁紙機，可以的話真想要也訂做釘書機。我正思考著這些事情時，只見約翰身體一抖。他的反應非常正確。這些都將是約翰的工作。

緊接著，約翰向我們報告手壓式幫浦的普及進度，以及冬季期間葛雷修的工匠們來這裡接受指導後的學習成果。

「現在從城北直到中央，幾乎所有水井都已經裝好幫浦。我們照著羅潔梅茵大人的吩咐，先從他領商人會看到的地方開始裝設。今後預計往工匠大道普及，最終會讓城南的所有水井都裝上幫浦。」

聽說徒弟丹尼諾栽培得十分順利，多了幫手以後，約翰做起細膩的零件也比較輕鬆。而薩克所屬的工坊，由於這陣子來大家一直在製作床墊要用的螺旋彈簧，即便薩克之後不在，也有能力接下斐迪南的委託。

「那墨水有什麼進展嗎？」

我轉頭問向約瑟夫。他開始報告使用了葛雷修的材料以後，近來有哪些新發現。今天因為有許多貴族在場，海蒂便沒有出席，但她所提交的研究成果還是非常精采。調出的墨水顏色多得超出預期。

「因此，海蒂非常期待能再前往外地，取得新的材料。」

「我知道了。這份研究結果，我會請城堡的人送去給基貝．葛雷修。然後請告訴海蒂，今年春天將前往萊瑟岡古，屆時一樣會有文官與領主候補生同行。雖然辛苦，但請大家多多擔待了。」

我宣布了今年要派往的地點後，約瑟夫戰戰兢兢地舉起手來，請求發言。

「約瑟夫，怎麼了嗎？」

「羅潔梅茵大人，很抱歉向您提出如此無禮的請求，但我希望今年能和去年在葛雷修一樣，住在平民區裡頭，而不是住進貴族的宅邸。」

為了研究墨水，海蒂必然要一起前往，但到時候要是住進附設在貴族宅邸旁的別館裡，約瑟夫說他的壓力實在很大。回想海蒂的言行，我完全可以明白他的煩惱。

「倘若住在平民區比較自在，我會與基貝．萊瑟岡古商量，請他在平民區為你們準備住處。」

「感激不盡。」

不只約瑟夫，薩克與約翰聽了也都顯得如釋重負。

至於啟程前往萊瑟岡古的日期，就和去年一樣，訂在直轄地的祈福儀式結束之後。

我請大家預先做好準備，一等祈福儀式結束就能馬上出發。不過，大家似乎早已習慣了長期出差，全都一派鎮定地點點頭。

聽完冬天的工作進展，也談好要去萊瑟岡古出差後，我轉頭看向斐迪南。

「神官長，你有事想問平民吧？」

「嗯。」斐迪南抬起頭來，瞬間古騰堡夥伴們都變得非常緊張。

「我想知道，艾倫菲斯特的平民區裡有買賣魔石的店鋪嗎？」

班諾與馬克只是歪了歪頭。對比下工匠們似乎知道些什麼，但可能是不曉得該怎麼回答才不會失禮，所以面面相覷起來，像在互相催促對方開口。

「神官長，儘管隨從之身實乃不敬，但請您允許小的發言。」

眼看遲遲無人應聲，斐迪南的表情開始流露出不耐時，站在班諾身後的路茲舉手請求發言。路茲既與工匠們在同樣的環境下長大，後來又在普朗坦商會學會了與貴族應對的方式，正好適合由他來回答問題。

斐迪南輕輕挑起單眉後，准許路茲發言。

「平民區裡有間石鋪，當我們在森林裡沒能成功把魔獸分解時，就會把魔石拿去販售。」

路茲說明，在靠近西門的市場那一帶有間收購魔石的店家。從未去森林打過獵的我自然是不可能知道，但原來若沒能成功將魔獸分解，就可以從中取得魔石，並以一枚中銅幣到一枚大銅幣不等的金額賣給石鋪。

「有哪些魔獸的魔石？」

「通常是蘇彌魯。罕見一點的有亞梵特與薩契，石鋪收購的金額也會比較高。」

……蘇彌魯，也就是小一點的休華茲與懷斯吧？原來會獵捕蘇彌魯啊。

我還是第一次聽說，內心有些受到衝擊。但畢竟我以前曾是平民，所以能夠理解那也是不得不做的事情。雖然我還是不想知道這種事實啦。

「嗯，所以都是碎魔石吧。你知道店家收購的魔石都賣給誰了嗎？」

「我想這可能得問石鋪的人或者商業公會。」

「是嘛。」

斐迪南開始陷入沉思，我於是轉向班諾。

「班諾，那名庫拉森博克的商人現在怎麼樣了呢？上次在城堡裡頭，因為還有其他基貝在場，我不方便問你吧？」

我自認為已經是看過場合才發問了，班諾卻帶著笑容狠瞪向我，彷彿在說：「妳這蠢丫頭，現在斐迪南與貴族近侍也在，一樣不適合問好嗎！」但撇開斐迪南不說，我覺得今後如果想挑貴族人數更少的場合，恐怕是不可能了。

「她成為都盧亞後，表現十分優秀。除此之外的報告，我應已送上資料供您參考。」

「關於庫拉森博克與其他領地的消息，我確實已經收到，上頭的資料也十分有趣。但我還是無法看出，提供這些消息的卡琳是什麼樣子的人，也不曉得有多少情報傳進了她耳裡。既然你是負責人，我想直接聽你說明。」

我目不轉睛地望著班諾，繼續追問。班諾拗不過似地垂下目光。

「當初本人似乎並不曉得她會被留在艾倫菲斯特。平常她總是表現得開朗堅強，但偶爾臉上也會流露出不安。我們一直警戒著她可能會與傳遞情報的人聯繫，但從秋季尾聲直到現在，她從未與外地人接觸過。」

「那麼，班諾打算如何處置卡琳呢？」

我提問後，班諾緩緩撫著下巴。

「目前我並沒有任何打算，我想就和一般都盧亞中止契約時的處置一樣。」

……什麼啊，所以不打算娶對方嗎？

因為珂琳娜說過，他們的關係或許會在冬季尾聲產生變化，我本來還有些期待，但看來還是什麼也沒發生。虧我還很期待班諾的星結儀式，真是可惜。

「這樣子啊。因為之前聽完歐托與珂琳娜的說明，我還以為說不定下次的星結儀式，就能給予班諾祝福了呢……」

「這種事絕不可能發生。」

班諾的赤褐色雙眼噴出火來，好像在說：「別開玩笑了！」我瞬間嚇得一抖，打從心底慶幸身邊有護衛騎士在保護自己。幹嘛對我生氣，要生氣也應該是對歐托與珂琳娜，還有想讓卡琳嫁給班諾的公會長才對啊。最先開口說的人又不是我。

「總之，我認為若真要提高警覺，也是在春末到夏天那段時間。因為卡琳的父親會再次前來。商人的事情，我們商人自己解決，絕不會給領主大人與神殿長造成麻煩。」

聽得出來班諾已經打定主意，他會在自己的能力範圍內了結此事。我慢慢點頭。

「班諾，我很相信你的判斷與覺悟喔……但如果有需要我幫忙的時候，也請儘管開口吧。」

「感激不盡。」班諾向我道謝，臉上卻帶著無畏的強悍笑容。彷彿可以聽見他在對我說：「傻丫頭，別說那種大話了，包在我身上吧。」

剖魚教學

平民在冬季尾聲舉行的成年禮結束了。在初春的洗禮儀式來臨之前，有個行程我一直翹首以盼，那就是處理亞倫斯伯罕的魚。至少我已經認定有這個行程。

每天幫忙完公務以後，我都會這麼詢問斐迪南。到了第三天，他露出了厭煩至極的眼神冷冷看我。但是，我可不會因為他可怕的眼神就退縮。

「神官長，我們什麼時候要處理魚呢？地點要在哪裡？」

「神官長，我們什麼時候要處理魚呢？地點要在哪裡？」

「……就後天下午吧，在妳的工坊裡進行。」

「但我希望可以在上午處理好魚，讓廚師們來得及做晚餐。剖魚日那天，就由我招待神官長吃晚餐吧。不如這樣，處理好的魚請廚師們煮成餐點以後，大家就一起享用吧。考慮到還要分給孤兒院裡的人，得做很多才行呢。」

我滔滔不絕地說出自己想到的主意與安排，斐迪南一臉疲憊，懶得反對地立刻妥協說：「那就上午吧。」

「那需要準備什麼東西嗎？」

「記得喚來所有護衛騎士，妳也要換上騎獸服，把頭髮綁成一束。別大意了。」

聽完斐迪南的提醒，實在很難想像這是準備煮魚料理的前置作業，因此我沒有特別放在心上，但還是向城堡送去奧多南茲，請侍從送來騎獸服。

在萊歐諾蕾與優蒂特的護送下，莉瑟蕾塔帶著騎獸服前來。

「莉瑟蕾塔，可以請妳教莫妮卡怎麼綁頭髮嗎？莫妮卡說她想要學會怎麼綁出貴族該有的髮型。」

「遵命……練習綁頭髮可能會花不少時間，羅潔梅茵大人要不要看本書呢？」

莉瑟蕾塔咯咯笑著，提出了非常迷人的建議。她似乎打算在我專注看書的時候，教莫妮卡怎麼綁頭髮。我馬上請法藍拿來書籍，開始看書。

「羅潔梅茵大人的頭髮充滿光澤，摸起來非常柔順，但也很容易從指間滑開，所以想要綁好是件很困難的事情呢。」

莉瑟蕾塔梳著我的頭髮，動作輕柔地掬起一綹髮絲。一開始我還有聽到她在說什麼，但進入書裡的世界後馬上就聽不到了。

轉眼到了剖魚日當天。我興沖沖地起了大早，吃完早餐，便請莫妮卡幫我綁好頭髮，由妮可拉幫我換上騎獸服。一切準備圓滿就緒。

「萊歐諾蕾、安潔莉卡，護衛騎士都到了嗎？」

「是的，全都到了。我剛在窗外看見優蒂特一閃而過。」

安潔莉卡得意洋洋地表示：「我現在也能強化視力了。」對比之下，萊歐諾蕾卻是看著我一臉憂心，表情十分沉重。

「羅潔梅茵大人，您看來十分興奮，會不會又暈倒呢？」

「放心，我不會暈倒的。至少在吃到美味的魚之前！」

「……羅潔梅茵大人這麼有精神，那我就放心了。」

換好了衣服，我請薩姆去通知斐迪南，說我們已經做好了準備，也請安潔莉卡去叫來其他騎士。

「羅潔梅茵大人，神官長要我轉告，請您先將這些魔導具搬進工坊裡頭。還有，這個鍋子也要搬進工坊裡。」

聽到薩姆這麼說，我馬上打開工坊門扉，要侍從們把調合時使用的桌子與木箱移到角落，騰出中心的空間把魔導具搬進來。然後照著斐迪南的吩咐，讓雨果與艾拉把有蓋子的堅固鍋子搬進工坊內。

「剖魚這件事需要這麼謹慎小心嗎？」

「留下來的食材裡頭，還包括了連宮廷廚師都不知該如何處理的魚吧？如果是亞倫斯伯罕的可食用魔物，而且連平民也應付不來，我倒是可以想到幾個。」

萊歐諾蕾說出了幾個名字，但我根本不曉得是什麼魚。

「萊歐諾蕾，這當中有適合撒鹽燒烤的魚嗎？」

我說明調理方法，也就是先在魚皮劃十字，然後撒鹽燒烤，就這麼簡單。然而萊歐諾蕾聽完，卻露出非常為難的表情。

「在魚皮上劃十字嗎？也就是說，您打算不取內臟，直接烤來吃吧？……我想這不太可能喔。採用其他的烹煮方式不行嗎？」

聽到她說撒鹽燒烤是不可能的，換我困惑不已。因為撒鹽燒烤的要求竟然會被駁回，實在出乎我的預料。

「我一直以為撒鹽燒烤是最簡單的調理方式呢。所以最好還是選擇其他種烹調方式，像是紅燒或油炸之類的比較好嗎？」

「若能將魚皮與內臟清理乾淨，那要燒烤也沒問題喔。」

原來不是不能撒鹽燒烤，而是不能整隻拿去烤。看來我只能努力地切魚去骨了。

我正思索著鹽燒以外的烹煮方式時，斐迪南帶著尤修塔斯與艾克哈特走了進來。他們進入工坊後，與護衛騎士一起站在魔導具前。

「先從棘手的魔物開始解決吧。羅潔梅茵，妳站在那裡參觀，免得礙手礙腳。」

本想展現三片切的刀工來幫大家的忙，但我畢竟不了解這裡的常識，就連提議想要撒鹽燒烤也被拒絕，現在還是乖乖在旁邊看著就好了。於是我走到被移至角落的桌子旁參觀，由見習騎士優蒂特擔任護衛。

「你們變出風盾，圍成一圈。待會要圍住陶納頓。」

「是！」

斐迪南下達指示後，護衛騎士們詠唱著「哥替特」變出盾牌，圍作一圈。看起來就像是運動比賽開始前，選手們圍成一個圓圈的那個畫面。接著斐迪南打開暫停時間魔導具的蓋子，抓出陶納頓粗魯地丟進圓圈當中後，馬上蓋回蓋子。

……好像長了尾巴的黃色海膽喔。還是刺魨那一類的？

我歪著頭定睛細看，只見陶納頓被丟出來以後，身上的針開始變細變長。緊接著在針變成了紫色的那一瞬間，全身的針突然往外飛射。

這魚也太有攻擊性了吧！我目瞪口呆，但由於陶納頓被困在風盾形成的圓圈裡，細長長的針悉數彈回到牠自己身上。騎士們就只是拿著盾牌站在原地，看起來一點緊張感也沒有。但換作是平民，要一邊抵擋飛針一邊與之對抗，恐怕得受不少皮肉傷。

「要一直等到牠完全釋出毒針。這些針有毒，被刺到就麻煩了。不可大意。」

「是！」

斐迪南提醒後，護衛騎士們全都一臉認真地回應。我的耳朵一動，驚覺剛才那句話可不能聽聽就算。

「那個，神官長。我看那些毒針好像全都刺回到了陶納頓身上，那麼這之後牠的肉還能吃嗎？」

「不知道。」

斐迪南答得簡潔有力，我不禁倒吸口氣。

「我明明是為了吃才請神官長教我怎麼處理魚，並不是請你打倒牠們喔！」

「我以前分解原料從不是為了食用，怎麼可能知道如何處理魚。如果只是要回收原料，那倒完全沒問題……妳要是真的想吃，再用藥水檢測肉有沒有毒就好吧。」

那種灑過藥水的魚，就算煮了我也不覺得吃起來會好吃。我並不是就算難吃也要吃，而是想要美味地品嘗魚料理。

……我太失望了！從以前到現在這是神官長最讓我失望的一次！

等到陶納頓徹底放出毒針，騎士們便戴上手套，從牠身上回收毒針。聽說這些將是很好的原料。

「妳想要的不是肉嗎？」

「……我才不要沾滿毒的肉。這下子根本不能吃了嘛。」

我沒好氣地瞪向斐迪南。「妳的任性要求還真多。」他一邊嘮叨，一邊幫忙把幾根毒針放進我調合用的原料盒裡。但不對，我想要的又不是這個！

……我想要的是食材，不是原料！我真的能吃到魚嗎？

正當我對魚料理的期待感急遽降低時，斐迪南朝我走來。

「來吧，雷根辛正好適合妳。妳想學會把魚分解吧？這種魚沒有毒，分解後應該可以食用。」

「真的嗎?!」

我忍不住往前傾身，斐迪南把兩條長約三十公分、身體呈虹色的魚放在桌上。可能是暫停時間的魔導具效力還未完全退去，兩條魚幾乎動也不動。

「艾克哈特、柯尼留斯，按住雷根辛的尾巴，別讓牠們逃了。」

「是！」

「羅潔梅茵，妳負責一口氣灌注魔力。」

聽說魚鱗很硬，用刀子割不下來，而且吸收了魔力後還會變得更硬。

「一旦徹底盈滿魔力，魚鱗就會膨脹展開。等妳一鼓作氣注入大量魔力，要立刻把隆起的鱗片拔下來。」

雷根辛很明顯是貴族才處理得來的魚。明明平民廚師絕對應付不來，當初到底是為什麼會把這種魚放進奧蕾麗亞的行李中呢？簡直讓人百思不解。我一邊想著這件事情，一邊傾注魔力。暫停時間的功效似乎已經徹底消除，雷根辛突然狂暴地掙扎起來。

「嗚哇哇！」

柯尼留斯慌得大叫，拚命按住尾巴。我則把平常壓縮在深處的魔力也釋放出來，毫不客氣地全部灌向雷根辛。

「乖乖別動！」

下一秒，鱗片猛地膨脹展開，變成了帶有厚度的水滴狀，看起來就像魔石一樣。而被我用魔力猛力一灌的雷根辛正無力地顫抖著，柯尼留斯還按著牠的尾巴。

「快拔。」

正往另一條雷根辛也灌注魔力的斐迪南指示道，我馬上噗滋噗滋地拔起很像魔石的鱗片。吃魚之前要去鱗，這可是基本中的基本，所以我毫不猶豫。拔完了單面的魚鱗後，我翻到另一面繼續拔。

……不過，這種看起來超過五公分的偌大水滴狀鱗片，我還是第一次拔呢。

雷根辛的鱗片閃耀著虹色光輝，晶瑩剔透，美得令人讚嘆的同時，大小還非常一致。我用拇指與食指拿起鱗片，舉到光線底下凝視。

「這些鱗片全都閃閃發亮，好漂亮喔。只要稍微加工，就能當作飾品使用吧。」

我正想著要不要畫好設計圖，再請薩克或約翰加以雕磨時，在場所有人卻都露出了不敢置信的表情看著我。

「……怎、怎麼了嗎？我說了什麼奇怪的話嗎？」

「笨蛋，這可是帶有虹色光澤的魔石。不僅全屬性，還是盈滿了自己魔力的貴重原料，怎能用在那種無謂的事情上。」

我知道有著虹色光輝的魔石是全屬性，只不過我並未想到這些鱗片也是魔石。但似乎是在我灌注了魔力以後，鱗片就變成魔石了。

「剛才討伐陶納頓時讓眾人消耗了不少魔力，妳給每個人一顆魔石吧。」

我照著斐迪南的吩咐，把自己拔下來的鱗片魔石分給大家。我很自然地也分給了負責保護我的優蒂特，她反而一臉困惑。

「……但我並沒有加入討伐，可以拿魔石嗎？」

「優蒂特剛才不是負責保護我嗎？就像討伐靼拿斯巴法隆那時候，不光是出力打倒魔獸的人而已，在旁邊提供協助或是盡到自己職責的人，也要給予表揚喔。要不然如果所有人都只想打倒敵人，沒人想擔任護衛的話，那就糟糕了。」

「前幾天波尼法狄斯大人才訓了我們一頓，說我們討伐完靼拿斯巴法隆後，計算貢獻的判斷標準並不正確，原來也能套用在現在這種情況呢。」

優蒂特一臉佩服地點點頭。看來之前就算遭到了訓斥，她也沒有真正明白。也許有必要向波尼法狄斯報告這件事。

各給了一片魚鱗給在場所有人後，我看向被拔掉了鱗片後、正抽搐抖動著的雷根辛。雖說鱗片是非常珍貴的原料，但沒了魚鱗以後，看起來就只是一尾尋常可見的白肉魚。若能做成香草或鹽燒烤魚，一定很好吃。油炸的也不錯。

「神官長，雷根辛可以撒鹽燒烤嗎？」

「在妳光想著要怎麼烹煮前，應該盡快分切回收魚肉，否則雷根辛徹底斷氣後就會變成魔石。」

「對喔！」

魚的外形讓我徹底忽略了這件事，但魔物徹底死亡後就會變成魔石。也就是說，到時候就不能吃了。我終於明白，為什麼亞倫斯伯罕的魚無法整隻烤來吃。

……那就照著我最一開始的預定，用三片切法來切魚吧。

我變出思達普詠唱「密撒」，往手中的小刀灌注魔力，正打算切下魚頭——

「笨蛋！怎麼能從頭切起?!應該先切魚肉！」

「啊。」

要是我照著自己的常識先切下魚頭，雷根辛就會徹底一命嗚呼。那該怎麼切才好呢？我拿著小刀僵直不動，不知所措地看著大家。

「羅潔梅茵大人，請交給我吧。我十分擅長分解。」

「主人的主人，放心交給我們吧。」

安潔莉卡提著斯汀略克，悠然往前一站。緊接著，她伸手抓起柯尼留斯按著的雷根辛尾巴，將牠輕輕拋到空中。斯汀略克劍身上的魔石閃過亮光。安潔莉卡一臉凜然，「咻咻」地輕揮幾下魔劍後，才一眨眼工夫，眼前就是完美地只取下魚肉的雷根辛。

「羅潔梅茵大人，請。」

……怎麼辦？太帥了。從以前到現在這是安潔莉卡最帥的一次！

看著安潔莉卡凜然颯爽的英姿，我不禁心頭怦怦跳，艾克哈特似乎也深受感動。他臉上寫滿佩服，來回看著雷根辛與被切開來的魚肉。

「安潔莉卡，想不到妳在這種奇怪的事情上手這麼巧。」

「因為我與師父一起做了很多練習。」

……祖父大人！你太棒了！

我發自內心，希望下次開始能請波尼法狄斯與安潔莉卡來負責切魚。

之後斐迪南又拿出了好幾種奇怪的魚，像是魚身長達一公尺以上、和鞘拿斯巴法隆一樣有很多眼睛，長得還很像海蛇的迷爾沙朗，以及形似比目魚但背上有很多眼睛的魔物。不過，這些魚都只是外觀有些奇特而已，分解方式倒是沒什麼不尋常。聽說平民廚師是沒有辦法處理這些眼睛。

不僅安潔莉卡，斐迪南處理迷爾沙朗時看起來也非常帥氣。雖然我至今已經多次看過他戰鬥時的英姿，但是我敢斷言，他切魚時那俐落的身手，簡直能與處理鰻魚的大廚媲美，是他看起來最帥的一次。

……太讓人心動了！啊啊，魚啊。

另外比較奇怪的，是一種叫作索普勒什的魚。斐迪南把處理好的迷爾沙朗切成大塊以後，丟進堅固的鍋子裡；緊接著他把幾尾和小竹筴魚差不多大的索普勒什用力扔進鍋內，然後火速蓋上蓋子，向在一旁待命的騎士們下令：「所有人按住蓋子！」

騎士們立刻撲上前按住蓋子。這幅畫面實在詭異。我正目瞪口呆時，下一秒鍋子內部突然傳來「砰！」的巨響，讓我整個人嚇得一跳。緊接著「砰！砰！」的爆炸聲響依然持續不斷，鍋子也劇烈搖晃。

「那個，神官長，鍋子裡面傳來了爆炸聲耶……」

「不必理會，直到它平息即可。牢牢按緊了，別讓蓋子彈開。」

等到爆炸聲平息後，我們輕手輕腳地打開蓋子。探頭一看，哎呀真神奇，鍋子裡頭竟然躺著已經完成的魚肉泥。

……嗚哇，好想喝迷爾沙朗與索普勒什的魚丸湯喔！啊，可是這裡沒有味噌！要是有醬油的話，做成清湯倒是也可以。

腦海中率先蹦出這個想法後，我發覺自己似乎已經相當融入這個奇幻的世界。

原本我還期待著，暫停時間的魔導具裡會有貝類或蝦子那類的海鮮，可惜並沒有。要是也有帶殼海鮮，就能請廚師製作麗乃那時候最常見的馬賽海鮮湯，但沒有的話也沒辦法。就做只有魚的馬賽魚湯吧。沒問題的。法國馬賽當地還訂定了「馬賽魚湯憲章」，裡頭有一條就是「馬賽魚湯必須使用棲息於地中海岩礁的魚類，不能添加蝦類、貝類、章魚與烏賊」。就算只有魚，應該也完全沒問題。雖然從只能使用地中海魚產這點來看，我們就已經不符合憲章，但凡事不用太計較。總而言之，氣魄才是最重要的，要心想著「只用魚也煮得出來」！

於是，我請廚師也使用剩下的魚骨煮出濃郁湯頭，為了添加馬賽魚湯的風味，魚肉泥則做成魚丸子加進湯裡頭。

當天晚餐在雨果與艾拉的努力之下，滿滿一桌都是魚肉料理。我也招待了幫忙切魚的騎士們一起品嘗，只不過他們得輪流用餐。

主餐是使用雷根辛與其餘看來比較正常的魚，做成香草烤魚或炸魚排等各種菜色，讓大家能依自己的喜好選擇。至於我呢，自然是點了心心念念的鹽燒烤魚。

「神官長，口味還可以嗎？雖然做法跟川貝爾茲沛差不多，但只要像這樣煮出濃郁湯頭，魚料理也可以很美味吧？」

「……既得到了珍貴的原料，現在餐點的口味也不錯。」

斐迪南哼了一聲說，把食物送入口中的速度倒是挺快。

……嗯，總之神官長似乎很滿意味道，那真是太好了。

「呼，魚真是好吃呢。我忽然好想得到亞倫斯伯罕喔。」

「唔?!妳在胡說八道什麼！」

斐迪南猛地嗆到，在場的護衛騎士們也都瞪大眼睛，唯獨哈特姆特附和我說：「這真是好主意呢。」我才意識到自己說出了不得了的發言。

「哎呀？看來是我的表達方式不太正確呢。其實我想說的是，真羨慕亞倫斯伯罕隨時隨地都能吃到魚……」

「聽起來根本是不一樣的意思吧。」

我「呵呵呵」地笑著敷衍帶過，等著自己的鹽燒烤魚上桌。法藍拿著盛有鹽燒烤魚的盤子，輕輕放在我面前。這道菜僅在白肉魚片上撒了鹽，我還要求「千萬別再多做其他事情」，終於完成了這道鹽燒烤魚。

「那就是妳一直嚷著想吃的鹽燒烤魚嗎？味道真香。」

斐迪南看著我盤裡的烤魚說。「對吧？」我笑容滿面地回應後，把烤魚送進口中。

這味道對我來說真是太懷念、太幸福了，同時也很想來碗白米飯。專心品嘗了一會兒後，我忽然覺得哪裡不太對。總覺得以前好像也有過類似的情況，有人說過類似的話。

……是什麼時候呢？呃……對了，是養父大人！

記得齊爾維斯特假扮成青衣神官時，說了句貴族特有的迂迴催促，要我把餐點遞給他。那句話好像就是「味道真香」。

……不不不，神官長又不是養父大人，會想搶走我盤子裡的食物嗎？

我瞄向一臉若無其事、繼續用餐的斐迪南，再低頭看向自己盤子裡僅此一份的鹽燒烤魚。這時的正確做法，應該是如對方所願遞出自己的盤子，等到對方滿足後再分給自己，但我一點也不想交出自己的盤子。

「我沒辦法全部給你，一半的話倒是可以喔。」

我試著原樣不動地丟出當時的回答，斐迪南輕輕挑眉。

「既然妳還記得，應該知道正確的應對方式吧？」

「看來正確的應對方式，應該是假裝沒聽懂才對吧？這可是我的鹽燒烤魚喔。」

我哼了一聲，繼續吃起烤魚，毫不理會斐迪南那欲言又止的眼神，一直吃到了烤魚只剩大約一半為止。

「好了，神官長。一半的話倒是可以喔。」

我遞出盤子後，斐迪南輕笑了聲，老老實實地接過盤子。

「羅潔梅茵，這不叫給我一半，而是神殿長把食物分給神官長。」

「咦？」

「嗯，也罷。在神殿妳的地位比我還高，那就多謝妳的款待了。」

……我根本不是想要高高在上地把食物分給神官長啊，快還給我！

我在心裡頭這麼吶喊，但沒有真的說出來，只是用欲言又止的眼神忿忿看著斐迪南享用鹽燒烤魚。

終於實現心願吃到了鹽燒烤魚，此刻的我心滿意足地喝著飯後的茶。斐迪南也喝著茶，看向我以及我的近侍們。

「羅潔梅茵，之後就是祈福儀式。萊瑟岡古想必會由衷歡迎妳的到來，但對於與薇羅妮卡有血緣關係、還因進過白塔而留下汙點的韋菲利特，未必會同樣歡迎吧。妳要仔細觀察周遭情況，協助韋菲利特。」

他說在我剛醒來時，那年冬季的社交界，是韋菲利特與夏綠蒂站在前面保護了我；到了萊瑟岡古，應該換我挺身擋下可能的攻擊。

「你們也要保護將來會成為領主夫人的羅潔梅茵。」

千萬別被萊瑟岡古的花言巧語蒙蔽了——斐迪南以凌厲的目光注視近侍們。

「遵命。」

祈福儀式與前往萊瑟岡古

在春天的洗禮儀式到來前，韋菲利特便帶著聖杯與魔石，出發前往舉行祈福儀式。因為祈福儀式結束後，他還得為了印刷業立即趕往萊瑟岡古做最後確認，可以說是忙得不可開交。

「我會參考妳的做法以騎獸代步，上午和下午都各舉行一場祈福儀式。因為要趕快處理完，前往萊瑟岡古。」

「要參考我的做法是沒關係，但哥哥大人有沒有記得準備回復藥水呢？如果上午和下午都要舉行祈福儀式，會對身體造成很大的負擔喔。」

到時會使用盈滿我魔力的魔石，也許不太需要消耗到自己的魔力吧。但是，我想一天之內要舉行兩場祈福儀式還是很辛苦。我提醒後，韋菲利特往斐迪南瞥了一眼，緩緩點頭。

「嗯，我準備了。因為我現在會自己做了。」

……意思是不需要神官長的好心藥水囉？

儘管味道非常可怕，但效果卻與課堂上教的回復藥水截然不同。我還是讓蘭普雷特帶了一些斐迪南做的回復藥水作為備用，並要他小心別讓韋菲利特太過勞累，然後目送一行人出發。

「沒問題嗎？一天要舉行兩場祈福儀式，應該會很疲倦吧。」

「妳還是青衣見習巫女時，可是一天之內得去好幾個地方舉行祈福儀式，比起來這根本不算什麼。他和妳不一樣，有體力也有魔石。妳不用擔心，放心交給他吧。」

韋菲利特回來並把聖杯交接給我後，換我出發前往直轄地的祈福儀式。

只不過這次出發之前，發生了一點麻煩。而給我帶來麻煩的，正是成年後因為能夠出外執行任務、都想跟著我前往祈福儀式的哈特姆特與柯尼留斯。

「你們兩個人都必須留下來。」

「為什麼？」

我列出三個主要原因。一是我是以神殿長的身分出外舉行儀式，不需要有貴族文官陪同；二是三餐要吃的食材我們必須自己帶過去；三是沒有那麼多房間供人留宿。除了非帶不可的護衛騎士外，其他近侍都得留下來。哈特姆特滿臉不甘地看向預計與我同行的護衛騎士達穆爾，瞪了他老半天後，像是想到了什麼，忽然拍向掌心。

「沒辦法。那麼羅潔梅茵大人不在的這段期間，為了之後的收穫祭能與您同行，我去學習徵稅官的工作吧。」

「咦？近侍能做徵稅官的工作嗎？」

「如今因為人手不足，只要學會了徵稅的工作，再向奧伯傾訴我想與羅潔梅茵大人同行的這份忠心，相信他會點頭同意的吧。」

……感覺真的會如他所願。

所謂人才不足，意思其實是齊爾維斯特與斐迪南很難找到能安心指派給我的人才。與稅收有關的重要工作，似乎都由舊薇羅妮卡派的貴族牢牢占據，就算換掉了身居要職的人，也不可能把所有人都換掉。要是哈特姆特能學會徵稅的工作，可以想見齊爾維斯特到時一定會說：「正好，那就交給你了。」

……但與其來的是完全不認識的人，至少哈特姆特比較讓人放心吧？雖然哈特姆特是其他方面讓人很不安啦。

「那麼哈特姆特為了學習徵稅官的工作，確定留下來了吧。還有柯尼留斯，雖然對你很過意不去，但護衛騎士有達穆爾與安潔莉卡就夠了。請你也留守吧。」

「羅潔梅茵大人，為何我已經成年了，您卻不讓我執行護衛任務？」

柯尼留斯不高興地皺起臉龐。但就算露出那種表情，不行就是不行。

「因為平民的冬之館裡幾乎沒有能夠接待貴族的房間，這是最主要的原因。」

一般青衣神官，根本不會帶著一群護衛騎士前去舉行儀式。冬之館裡通常會預留三個房間給青衣神官使用，但從未預想過會有人帶著好幾名貴族護衛騎士同行，所以若是帶了太多人去，只會造成他們的困擾。

而且即便沒有提供給青衣神官的房間，達穆爾在侍從用的房間裡照樣能睡。可是，柯尼留斯是純粹的上級貴族。還是個會問「我可以帶著能照料生活起居的侍從一起去嗎？」的貴族少爺。他不適合在會被平民包圍的直轄地裡執行護衛任務。

「再加上我也已經決定好了，拜訪萊瑟岡古時的護衛會拜託柯尼留斯哥哥大人、萊歐諾蕾與安潔莉卡。直轄地是達穆爾，萊瑟岡古是柯尼留斯；這樣才是適材適用。」

去萊瑟岡古時不只要舉行祈福儀式，還要處理印刷業務，因此會住在萊瑟岡古的夏之館。既是上級貴族的夏之館，帶著有血緣關係的柯尼留斯同行會比帶達穆爾適合。帶侍從過去更是很正常的事，房間肯定也很多，對方不會有怨言吧。

「遵命。」

經過這樣一番波折，我總算出發前往祈福儀式。接下來就和往年一樣。首先前往哈塞，向鎮長利希特確認小神殿與哈塞是否一切如常。舉行完儀式後移動至小神殿，聽取灰衣神官們的報告，換新一批人員留下。接著提供新的一年要印刷的原稿。

「普朗坦商會送來的紙張與墨水都已經收到了，印刷作業十分順利。不過，前陣子哈塞的居民曾問我們小神殿的人是如何過冬。說明了印刷一事後，居民表示也想過來幫忙，當作是冬天男人們的手工活。」

「這件事我會先好好考慮，在利希特正式提出請求時才有辦法回答他。雖然印刷人手能夠增加是件好事，但冬天的時候如果遇上暴風雪，居民很可能會沒辦法回家吧？要是沒有預先儲備更多糧食，到時可就麻煩了。我無法馬上給予回覆。」

「的確，萬一眾人都被困在小神殿裡頭，必須避免爭奪食物的情形發生。」

這件事必須從過冬準備開始重新安排，所以暫時先擱著吧。與灰衣神官還有灰衣巫女們討論完事情後，我走向自己的房間。

如果要參與印刷作業，首先我想提升哈塞居民的識字率。但若從工作開始接觸書籍的話，居民應該會更勤奮學習吧。也許到了該認真考慮開辦神殿教室的時候。可是，比起距離稍遠、又無法確切掌握情況的哈塞，我比較想先在領主跟前的艾倫菲斯特神殿裡創辦。為此，需要哪些冠冕堂皇的藉口呢？

煩惱的同時，我請人換下神殿長服，換上用母親所染布料做成的服裝，再戴上多莉做的搭配用髮飾。

……要穿去給爸爸看，唔呵呵～

用完晚餐，我走向士兵所在的桌子。他們因為仍有任務在身，不能喝酒，但大啖了艾拉與雨果做的餐點後，正吵吵鬧鬧地開心談天。能與護送灰衣神官們來小神殿的士兵們——其實主要是父親——有短暫的交流，對我來說是十分寶貴的時光。這件事絕對不能省略。

「大家，好久不見了。方便的話，請告訴我最近平民區的情況吧。因為士兵會在城裡四處巡邏，得到的消息應該又與古騰堡他們提供的情報不太一樣。」

我開口攀談後，大家就像在等著這一刻，七嘴八舌地說起來。

「神殿長，其實士長夫人就是您選的文藝復興喔！」

「聽說是冬季中旬的時候被選為神殿長的專屬，消息一下子就傳開了。您知道嗎？」

「哎呀！這世上居然還有這麼神奇的巧合。」

哪有什麼神奇的巧合，我其實就是在觀察過多莉的反應後，指定了文藝復興的人選。不過，我還是裝作十分吃驚的樣子。緊接著，大概是父親到處跟別人說，士兵們紛紛講述起母親被選為文藝復興時的情況。內容鉅細靡遺，像是母親雖是候補人選之一，但因為沒能得到文藝復興的稱號，便卯足了勁發憤努力，終於得到稱號。

「之前因為沒能得到神殿長賜予的稱號，士長不甘心得要命，好一陣子脾氣都很暴躁；所以我們所有士兵都由衷祈禱著，希望下次士長夫人一定要被選為專屬。神殿長，真的非常感謝您選了士長夫人為文藝復興。」

「喂，你們話太多了。」

父親嘴上這樣斥道，臉上卻帶著喜不自勝的笑容看我。

「神殿長，我的妻子伊娃非常努力。她一直很希望自己所染的布，能夠做成衣服讓神殿長穿在身上。她還會與同樣是專屬、負責製作髮飾的女兒一起討論哪種布料更適合您，經常一陷入沉思就想很久。」

聽了父親的描述，我腦中馬上浮現母親與多莉一起思考布料花色的畫面。我的表情不禁放柔，稍微捏起裙子。

「這件衣服就是用新布料做的。用的正是伊娃染的布喔。」

士兵們「噢噢」地喊叫起來，瞪大眼睛說：「神殿長真的會穿在身上啊。」大家一定以為父親講的話都在誇大吧。畢竟父親的愛家程度可是讓人不敢恭維，還常常不懂得克制，一旦炫耀起來就會越講越誇張。就連這些也令我感到懷念。

「士長女兒也是神殿長的專屬吧？神殿長，您認識士長的女兒嗎？」

「認識喔，我每天都會佩戴多莉做的髮飾。今天這個也是多莉的作品。」

我輕碰自己頭上的髮飾。父親樂呵呵地瞇起雙眼，轉頭向士兵們炫耀起勇於挑戰新染法的母親，以及還能為王族製作髮飾的多莉。內容果然是誇大了點。

「士長，你這些話我們都不知道聽多少遍了。難不成你連喝果汁也醉了嗎？」

在場士兵全垮下臉來，彷彿在說他們聽得已經夠多了。父親聽了卻回道：「那換說我兒子吧。」顯然一點也沒有要反省的意思。

「這個我們也聽過了！」

「哎呀，我倒是有些好奇呢。平民區的孩子們平常都是怎麼生活呢？與孤兒院的孩子們有什麼不同嗎？」

「平民區的孩子哪像孤兒院的孩子們那麼守規矩，淨愛調皮搗蛋。」

有個人擺擺手說完，其他士兵也點頭同意。聽說孤兒院的孩子們前往森林時，都會乖乖聽從領頭大人的指示、排好隊伍，也一定會向守門士兵打招呼。雖然講話時很努力改成平民的說話方式，但偶爾下意識開口時還是用敬語。

「平民區的孩子們對守門士兵可不會那麼恭敬有禮。有的孩子看到士兵是朋友的爸爸，還會故意惡作劇。」

士兵們接著回憶自己小時候的事情，或是分享自己的孩子平常在做什麼；父親則是告訴我，現在加米爾開始會去森林採集了，在路茲的介紹下還會與孤兒院的孩子們玩在一起。

「我兒子說，孤兒院裡年紀跟他差不多的孩子，都很熟悉神話和騎士故事。」

……等一下。孤兒院裡與加米爾年紀差不多的孩子，就只有戴爾克與康拉德吧?!

發現自己與加米爾之間竟然有這麼微弱的聯繫，我高興得只差沒跳起來。這麼說來，葳瑪報告時好像說過，平民區的孩子們對康拉德帶來了正面影響。回去後要仔細問清楚才行。

我正這麼心想時，第七鐘響了。由於鐘聲來自哈塞的冬之館，因此比平常在神殿裡面聽到的還要小聲又遙遠。

「羅潔梅茵大人，就寢時間到了。」

始終靜靜候在身後的法藍喚道，我點點頭後，向大家告辭。

「很遺憾，我必須就此告辭了。今年夏天又將有許多他領的商人前來，屆時大家想必得奔波勞累，但為了艾倫菲斯特的治安，還請各位多多幫忙。大家晚安。」

帶著滿滿的收穫結束了直轄地的祈福儀式後，我把聖杯交接給夏綠蒂。

「夏綠蒂的騎獸是懷斯呢。因為是白色的，額頭上還有金色魔石。」

「因為我印象最深刻的蘇彌魯，就是休華茲與懷斯嘛。」

「我覺得很好，而且很可愛喔。」

「其實我還想和姊姊大人一樣自由變換大小，但一直不是很順利。」

夏綠蒂因為總看著我的小熊貓巴士，似乎已經在不自覺間認定，乘坐型的騎獸就是要能自由變換大小。因此雖然得辛苦地多花一點時間、多消耗一些魔力，但聽說她也能稍微改變大小了。

「這也只能練到熟能生巧為止了。但在熟練之前，妳要記得隨身攜帶回復藥水，魔力一有減少就要馬上恢復喔。」

目送夏綠蒂出發去舉行祈福儀式後，我一邊等著去萊瑟岡古做最後確認的韋菲利特捎來消息，一邊調養生息，做好要去萊瑟岡古的準備。
這次的護衛騎士已確定會帶柯尼留斯、萊歐諾蕾與安潔莉卡，侍從則是奧黛麗與布倫希爾德。問題在於文官。由於會討論到印刷業務，其實我很想帶所有文官一起去，但菲里妮是下級貴族，羅德里希又是舊薇羅妮卡派。
「羅德里希與菲里妮要是一起去了，可能很多事情都會讓你們感到不太愉快。要在宿舍留守也沒關係，你們打算怎麼做呢？」
「我要一同前往。身為羅潔梅茵大人的近侍，印刷業務是絕對不能逃避的工作。」
菲里妮語氣堅決地立即回答，羅德里希也贊同。
「我也是。我不能錯過可以參與印刷業務的機會。身為羅潔梅茵大人的近侍，我都還沒能做好自己該做的工作，哪有多餘的心思再去管所處環境愉不愉快。」
羅德里希就像要與菲里妮較勁一樣，現在幾乎每天都來神殿，處理斐迪南交代的工作，然後一再接到「重做」的指令。完全就是去年菲里妮的翻版。羅德里希因此意志消沉，覺得自己什麼事都做不好。菲里妮會安慰他說：「大家都是這麼過來的，你不用放在心上。」安潔莉卡卻在旁邊正經八百地宣告：「不管過去還是未來，我都不打算接受這種磨練，所以護衛工作絕不讓給任何人。」哈特姆特說的話更是落井下石：「我從一開始就會了，所以從來沒有這種煩惱。」這兩個人實在讓人想搖頭嘆氣。近來是達穆爾不忍心羅德里希再受到更多打擊，每次都在安潔莉卡與哈特姆特又多嘴亂說話之前，先把他們趕到一邊去。
就在夏綠蒂快回來的時候，最終負責人艾薇拉捎來音信，告知確切的出發日期。我也馬上通知應該已經做好了準備的古騰堡夥伴。

「這次又要長期外出工作，但就麻煩大家了。」

到了出發當天，古騰堡夥伴們帶著大量工作用具前來會合。確認過行李上都別有牌子，我請人依序放進小熊貓巴士裡。即將前往製紙工坊的灰衣神官們，全都不太自在地穿著陌生的新衣服，照著吉魯的指示幫忙作業；法藍與莫妮卡則把祈福儀式所需的行李搬進小熊貓巴士裡。

「薩克，真的很感謝你開發出了彈簧床墊。睡起來非常舒服，我都捨不得離開床鋪了呢。神官長訂做的長椅想必也很耗時耗力，再麻煩你們了。」

「包在我們身上吧。接到神官長的委託，我們工坊裡的人可是幹勁十足，都說一定要做出最好的品質！非常感謝您的介紹。」

薩克說，因為他們至今從未接到過來自領主弟弟斐迪南的委託，這次能接到長椅的訂單，整個工坊都無比振奮，希望能就此成為領主一族的專屬。

「另外，鍛造協會也希望彈簧床墊能和手壓式幫浦一樣，在他們那裡辦理登記。只是可以的話，請至少到今年底為止都由我們工坊獨占。」

「我隨時都可以把設計圖轉讓給鍛造協會喔。而且我倒覺得，最好在訂單多得忙不過來之前公開設計圖，讓更多工匠能學會這項技術呢……」

當初雖然是我提出想法、下了訂單，但反覆試做改良的是薩克與他所屬工坊裡的人。就算把設計圖讓給鍛造協會後能定期獲取報酬，但要什麼時候轉讓其實都可以。

「恕我直言。羅潔梅茵大人總是不斷地訂做新商品，就算能夠獨占，也持續不了太長的時間。而且在我長期外出的時候，都會把工作交給工坊裡的人，感覺後進們手藝進步的速度都變快了。」

薩克苦笑說道。他說他離開前都會留下一堆工作，而徒弟們在完成他交代的工作以後，功力都會精進不少。一旁的約翰聽了也聳聳肩。

「在我們工坊也是。因為身為古騰堡被派往外地的時候，不得不把手頭的工作交給其他人。」

「約翰的徒弟現在怎麼樣了呢？記得是叫丹尼諾吧？」

「他最近明顯進步飛快，好像是葛雷修的年輕工匠們刺激到他了。」

之前工坊裡的人都對丹尼諾稱讚有加，說只有他能繼承約翰的工作，所以他似乎有些得意忘形。就算告訴他哈爾登查爾的工匠們都有進步了，他也不怎麼相信。然而，自從把葛雷修的工匠們帶回來，親眼看到其他地方的工匠真能做出品質和自己差不多的金屬活字後，總算讓他心生警惕，開始認真工作。

「之前英格為書架訂做的滾輪，現在我也終於做好樣品了。這次我出給丹尼諾的作業，就是要他多做點滾輪，我想回來的時候應該就已經完成了。」

聽說要把滾輪做成完美的圓形，以及要具有能夠支撐書架重量的耐重性，這兩點都不容易。總之我非常期待書架的完成，希望丹尼諾能好好加油。

確認神殿的侍從與古騰堡們都坐進小熊貓巴士後，我也讓護衛騎士優蒂特坐進副駕駛座，接著先前往城堡與其他人會合。今天斐迪南也和我們一起離開神殿、前往城堡，只不過目的地不一樣。他要帶著一群文官前往哈爾登查爾，檢查魔法陣。
「希望可以有新發現呢。」
「光是能看到魔法陣，就已是十足的收穫了。」
斐迪南的嘴角泛著淺淺微笑。看他這麼期待，真是太好了。
到了城堡，大家都已經做好準備，在等著我們前來會合。一組人是要去哈爾登查爾的文官，另一組人是為了印刷業要去萊瑟岡古。要去萊瑟岡古的隊伍當中，不只負責印刷業務的文官，還有韋菲利特與夏綠蒂的近侍們。這是為了向萊瑟岡古昭告，在發展印刷業的人並不只有我而已。
「羅潔梅茵，妳準備好了嗎？」
聽見齊爾維斯特的呼喚，我轉過頭去。我知道最終負責人艾薇拉也會一起去萊瑟岡古，但這時在她身邊，還跟著卡斯泰德與五名騎士。
「因為同時有三名領主候補生在移動，我決定和哈爾登查爾那時一樣，派騎士團與你們同行。況且對卡斯泰德來說，那裡也是母親的老家。他是最適合的人選吧？」
齊爾維斯特咧嘴說完，隨即露出有些擔心的眼神看向韋菲利特。
「羅潔梅茵，他們兩人因與亞倫斯伯罕有血緣關係，待在萊瑟岡古時絕不能鬆懈大意。但既然韋菲利特將成為下任領主，總不可能永遠避不見面。能否得到萊瑟岡古的支持，對領地的未來至關重要。」
他說就算肉體沒有實際受到傷害，但精神層面也會感受到巨大的壓力。

「我會盡可能挺身保護兩人的。因為冬季社交界的時候，是韋菲利特哥哥大人和夏綠蒂保護了我啊。」

「麻煩妳了。也不知是像到誰，韋菲利特的個性太過樂天，實在教人不安。」

齊爾維斯特盤起手臂說完，我也看向韋菲利特。他正與斐迪南在說話。

「韋菲利特，你一定要隨時提高警覺。」

「我去做最後確認的時候，發現完全不需要擔心喔。一切非常順利就結束了。」

韋菲利特曾前往萊瑟岡古做最後確認，得意洋洋地這麼表示。然而，斐迪南立刻用冰冷的話語粉碎他的自信。

「你這笨蛋，那也是當然的。若在做最後確認的時候發現問題，就代表萊瑟岡古的準備工作有疏漏。他們怎麼可能讓你找出任何缺失。更何況若沒能通過你的檢查，他們那般殷切期盼的羅潔梅茵就不會去萊瑟岡古。」

韋菲利特頓時安靜下來，但斐迪南繼續說道：

「在萊瑟岡古，有許多人都認為應該由羅潔梅茵當下任領主。儘管早已透過那些身為血親的近侍，傳達過羅潔梅茵本人並無成為領主的意願，而且打算與你結婚、永遠在旁輔佐，但還是有人無法死心。對你來說，那裡就等於是敵人的根據地。你一定要將此牢記在心，謹言慎行。明白了嗎？」

「……遵命，叔父大人。」

我們站在一段距離外，看著韋菲利特垂下頭，不甘地咬住嘴唇。齊爾維斯特無奈地輕嘆口氣。

「現在他有些想法還太天真了。羅潔梅茵，妳要多多幫他。」

齊爾維斯特說完，我走向韋菲利特。

「哥哥大人，雖然斐迪南大人說話很嚴厲，但他其實是在擔心您喔。他要是不在乎，一句話也不會說。」

韋菲利特一臉懷疑。當然我可以明白他的心情，但斐迪南那些話，其實算是他非常擔心的表現了。

「我想等您到了萊瑟岡古後就知道了。因為斐迪南大人也吩咐過我，一定要處處小心，到了萊瑟岡古之後，也要盡量挺身保護哥哥大人。」

「要妳挺身保護我嗎？」

因為在萊瑟岡古，有憎恨薇羅妮卡血親的曾祖父在。我必須審慎以對。

「羅潔梅茵，妳想我過去以後沒問題嗎？」

韋菲利特的臉色忽然變得不安。為了讓他放心，我拍拍自己的胸脯回答：

「有我陪著，當然沒問題啊。」

「……怎麼反而更讓人不安了。」

韋菲利特噘嘴說完，重新露出了一如往常的笑容。

基貝・萊瑟岡古

「羅潔梅茵大人，路上請小心。」

必須留守的優蒂特下了小熊貓巴士後，換安潔莉卡坐進來。周遭的貴族們都變出騎獸準備出發，依序朝著天空起飛。

「安潔莉卡，妳這幾天有沒有好好休息呢？」

「是的。除了師父安排的訓練以外，我都在休息。」

……聽起來好像根本沒休息嘛。

由於不只直轄地的祈福儀式，前往萊瑟岡古時安潔莉卡也要擔任我的護衛，所以我給了她幾天休假，但現在看來好像沒什麼意義。

「我告訴師父，切魚一事得到了羅潔梅茵大人的讚揚後，他便幫我安排了切魚訓練，說下次要讓您看看更犀利的招式。還有，師父說他之後也想參加。」

「請幫我轉告祖父大人，若下次還有機會，他也不嫌棄來神殿的話，我再邀請他。」

「遵命，我想師父一定會很高興。」

隨後，安潔莉卡以興奮又雀躍的嗓音，與我分享波尼法狄斯有多麼厲害、騎士團裡誰是最強的人、艾克哈特與斐迪南擅長的戰鬥方式是什麼。我在旁邊隨聲附和，不久柯尼留斯操控著騎獸稍微靠近，說：

「羅潔梅茵大人，我們進入萊瑟岡古了。很快就會抵達夏之館。」

聞言，我俯瞰眼下的景色。只見黑漆漆的地表一望無際，到處都留有積雪，幾乎看不見多少綠意，顯得有些荒蕪。但我記得蘭普雷特結婚儀式那時候，蒼鬱的森林間遍布農地，綠油油的田園風景悠哉宜人。

「季節不同，景色也差很多呢。我都沒發現自己進入萊瑟岡古了。」

「現在這樣真不錯，就算有敵人躲起來，也能馬上發現。」

我來萊瑟岡古的時候，確實經常發生險些遇襲的情況，但這次應該不會再遇到危險了吧。因為不只護衛騎士，也有幾名騎士團員同行。況且祈福儀式這段時間的活動會影響到今後一年的收成，不管哪個地方都很忙碌。

……對了，記得第一次來的時候，養父大人還假扮成青衣神官……

前方負責帶路的人們開始下降。看來是到了。儘管我已經來過萊瑟岡古好幾次，但明確記得的就只有神殿人員使用的別館而已。

蘭普雷特結婚儀式那時，我雖然也曾進入夏之館，但因為只吃完午餐就馬上出發，儀式結束後我又累得馬上進入為自己準備的房間裡休息，所以沒有什麼印象。

走出騎獸後，法藍、莫妮卡與雨果便把各自的行李與食材搬進神官使用的別館裡。我身為神殿長，該做的工作就只有把小聖杯交給基貝．萊瑟岡古而已。神官該做的工作並不多，但我們還是得在這裡停留一段時間，直到印刷業的相關會議結束為止。不同於冬之館是建在堅固城內的哈爾登查爾，萊瑟岡古設有別館，因此法藍他們不會與貴族接觸到。

至少這點讓我比較放心。

「羅潔梅茵大人，問候結束後要交付小聖杯吧？」

「對，法藍。麻煩你拿來小聖杯。」

把小聖杯交給基貝・萊瑟岡古後，就要請人帶路，前往古騰堡們預計生活一段時間的地方。在那之前，古騰堡們會在小熊貓巴士裡待命。

我拿著小聖杯，帶著法藍與莫妮卡，和大家一起成排站開。

「歡迎各位來到萊瑟岡古。」

基貝・萊瑟岡古與印刷業的代表艾薇拉道完冗長的寒暄後，我捧著小聖杯走上前。基貝・萊瑟岡古看起來比卡斯泰德年長一些，散發出來的氣質很像文官。記得第一次見面時，他雖然面帶沉穩的笑容，眼神卻顯得野心勃勃。儘管這次不再有相同的感覺，但最好還是不要大意。

「帶來治癒與變化的水之女神芙琉朵蕾妮，與侍其左右的十二眷屬女神，已賜予土之女神蓋朵莉希孕育新生命的力量。由衷希望水之女神芙琉朵蕾妮的貴色，能夠滿布瀚瀚大地之萬事萬物。」

「能夠感受到土之女神蓋朵莉希，確實盈滿了水之女神芙琉朵蕾妮的魔力。為融雪獻上祈禱，為春之降臨獻上祝福。」

交付小聖杯後，我身為神殿長的工作就結束了。我暫時往後退開，吩咐法藍與莫妮卡去整理別館，並指示雨果準備餐點。同樣地，我也請奧黛麗去整理為我準備的客房。至於布倫希爾德我則是要求她留下來，跟我一起移動。因為我覺得若能看看葛雷修以外的土地，一定會對她有所幫助。

「羅潔梅茵大人，您是因為這樣，才堅持要讓還未成年的我同行吧？」

「還有其他原因喔，我不是說明過了嗎？」

像是侍從如果只帶奧黛麗，她一個人會太辛苦，而黎希達因為服侍過直接導致萊瑟岡古沒落的嘉柏耶麗與薇羅妮卡，這裡的人對她都沒有好印象；此外與莉瑟蕾塔相比，布倫希爾德不僅是上級貴族還是親戚，讓她同行也更加恰當。

「但您說明時可沒說過，帶我來，也是為了讓我去參觀萊瑟岡古的平民區。」

「哎呀，我沒說過嗎？看來是我太粗心了呢。」

我「呵呵呵」地笑道，便轉身背對布倫希爾德，再次走向基貝・萊瑟岡古。

「那麼事不宜遲，能請人帶我們前往古騰堡他們的住處嗎？」

「遵命。」

基貝・萊瑟岡古輕輕抬手，當地負責印刷業務的文官隨即上前。可能是已經聽哈爾登查爾與葛雷修的人提起過了，對於我用騎獸載著古騰堡們移動，文官什麼也沒說，開始帶路。

「為古騰堡提供的住處與夏之館有段距離，在名為福陸斯的一個小鎮裡。」

萊瑟岡古的夏之館坐落在小山丘上，四面森林環繞，聽說最近的平民城鎮叫作福陸斯。我們所有人坐上騎獸，越過圍起夏之館的高牆。福陸斯就在山丘下，整體給人的感覺跟哈塞很像。尤其是居民的工作以農業為主，農民以外的勞動人口也都會聚集在冬之館附近這點十分相似。

對於要去平民居住的城鎮，有幾名貴族稍稍皺起臉龐。韋菲利特與夏綠蒂因為會在新福儀式與收穫祭時前往農村，倒是顯得十分開心：「跟直轄地的農村好像喔。」

「鍛造工坊與木工工坊也在這裡，還請不吝指導福陸斯的居民。」

「是。」

我們依序前往鍛造工坊與木工工坊，和師傅打了招呼，讓古騰堡們放下行李。這些工作就和在葛雷修時一樣。古騰堡夥伴們的動作都已經非常熟練。布倫希爾德看著他們，似乎突然注意到什麼事情，微微瞠目環顧四周。

「這裡與葛雷修的平民區不同，髒汙與臭味都不明顯呢。這是為什麼？」

「因為這裡是農業比較興盛。」

葛雷修在建造當時模仿了艾倫菲斯特，立起高牆將平民區徹底圍起來，但萊瑟岡古只把夏之館圍起來而已，高牆內並沒有平民區，往外更是綿延不絕的農田。因為以農業為主要產業，人口密度自然偏低，臭味也不會積在牆內散不出去。

「萊歐諾蕾，妳是萊瑟岡古的貴族，曾經去過平民居住的城鎮嗎？」

布倫希爾德轉向萊歐諾蕾問道，她點了點頭。

「有喔。因為我是見習騎士，曾為了討伐魔獸，離開夏之館進入農地與森林。但這是服侍羅潔梅茵大人前的事了，所以只有幾年而已。」

布倫希爾德說她是萊瑟岡古的親族，也曾多次前來拜訪；但因為她每次都只在夏之館裡停留，從未注意到平民生活的地方與葛雷修不一樣，也不覺得需要去觀察或留意。真沒想到會有這樣的差異……布倫希爾德喃喃說道。

「葛雷修與其他的土地，真的有很大的不同呢。」

但布倫希爾德現在能夠進行比較，也是因為她願意親自踏進平民區。希望她能在見識過其他土地、看過不同的生活方式後，讓自己所在的土地變得更好。我這麼建議後，布倫希爾德露出了堅毅凜然的笑容說：「我會努力的。」

「對了，印刷工坊在哪裡呢？」

回答我問題的，是之前為了做最後確認，曾來過這個小鎮的韋菲利特。

「就在冬之館旁邊，聽說萊瑟岡古打算把印刷業當成冬天的手工活之一。」

萊瑟岡古的農地面積廣大，也因為與哈爾登查爾不同，地處南方，冬天的積雪很快就會融化，所以農業非常興盛，甚至有艾倫菲斯特的糧倉之稱。他們並沒有把印刷業發展成主要產業的打算，終究只是副業。

「基貝說過，萊瑟岡古必須以農業為優先。畢竟這裡可說是艾倫菲斯特的糧倉，總不能因此荒廢農業吧。」

萊瑟岡古的收成量，會直接反映在冬季社交界的餐桌上。聽說他們每年都投注大量心力，不讓人有機會說今年怎麼有些寒酸。

「韋菲利特哥哥大人，您很努力呢。」

「嗯？」

「您居然調查了這麼多有關萊瑟岡古的事情，我非常佩服喔。」

「因為在來萊瑟岡古之前，我跟伊格納茲一起調查了很多資料。」

韋菲利特有些得意地笑道。就在這時，我聽見艾薇拉愉快地喊道：「哎呀呀。」緊接著是柯尼留斯等著看好戲的嘀咕：「接下來的目標是羅潔梅茵啊。」

「在福陸斯停留的這段期間，還請古騰堡們住在這裡。」

我們在福陸斯鎮上到處移動，往各個工坊卸下工作用具，最終來到了古騰堡們將暫住一段時間的冬之館。聽說農民們現在都已回到自己原本的住家，所以文官請古騰堡們住進這裡。

「幸好我們有先見之明，帶了很多打掃用具過來。路茲，那馬上開始吧？」

「當然沒問題，吉魯。」

路茲與吉魯可說是最習慣長期出差的成員了，兩人跳下小熊貓巴士後，馬上開始分工合作。古騰堡夥伴們則是聽從兩人的指示，把行李卸下來。看著可靠的兩人，我輕笑著喚道：

「我們待在這裡的時候，三餐會麻煩雨果準備，到時請來別館用餐吧。」

說完我準備離開，路茲與吉魯吩咐眾人打掃的聲音仍從身後傳來。然後，我帶著普朗坦商會的班諾與達米安，返回夏之館簽約。

回到夏之館後，我們一邊喝茶，一邊在基貝．萊瑟岡古與艾薇拉的主導下對印刷業做最後確認，普朗坦商會則是要簽訂設立印刷協會與植物紙協會的契約。

萊瑟岡古這裡有山也有森林，聽說製紙業預計直接在那些地方發展，並由曾為林業工作者的人負責。而且連孤兒院的孩子也可以幫忙，將成為婦孺老者的工作。

「基貝．萊瑟岡古，我也知道這個問題十分唐突，但倘若您只將印刷業視為冬天的手工活之一，為此投入的資金恐怕難以收回吧？」

就這樣簽約真的好嗎？班諾的表情流露一絲不安。萊瑟岡古發展的印刷業，投入的勞動時間很短，又與哈爾登查爾不同，不會動員所有居民在冬天只製紙印刷。明明初期要投入這麼多資金，萊瑟岡古的獲利卻很少，我對此也有些在意。

「這不是商人該煩惱的事。我們投資的時候，考慮的並不只有那筆錢往後能否回收。不必擔心，我不會事後才要求撤銷契約。」

基貝．萊瑟岡古如此回應後，班諾答道：「感激不盡。」然後轉頭看向達米安。達米安遞出契約書後，很快簽訂完契約。

「那麼，普朗坦商會將成立印刷協會與植物紙協會的契約已正式簽訂。」

「是嘛，那你們去與其他古騰堡會合吧。」

班諾與達米安起身告退。待在四周全是貴族的房間裡，壓力一定很大吧。我輕輕頷首，目送兩人離開。希望他們可以在別館好好休息。

屋內只剩下貴族以後，基貝．萊瑟岡古讓人重新泡了壺茶，接著看向韋菲利特與夏綠蒂。儘管臉上還是溫和的笑容，眼中卻有著刺探與打量。我繃緊全身，準備好要保護兩人。

「眼下這樣的機會不可多得。我希望能聽到羅潔梅茵大人親口回答，不再經由他人之口。方便請教您幾個問題嗎？」

……結果不是要問韋菲利特哥哥大人或夏綠蒂，而是問我嗎?!

出乎預料的發展讓我嚇了一跳，立刻挺直腰桿。這種時候哪能回答「不行，我不太方便」。不只我的近侍，韋菲利特與夏綠蒂的近侍們也面露緊張。

「舅父大人。」

萊歐諾蕾喚道，但基貝搖搖頭，不許她插嘴。我看向艾薇拉與卡斯泰德，兩人都靜靜點頭。意思是要我好好回答吧。

……我必須主張自己只想輔佐韋菲利特哥哥大人，無意成為下任領主。

我在心裡回想著斐迪南的叮嚀，轉身面向基貝。

「我願洗耳恭聽。」

「感激不盡……個人一向認為，既已處在能夠獲得蓋朵莉希的位置上，埃維里貝豈有不伸出手的道理。不知羅潔梅茵大人對此有何看法？」

……什麼有何看法，我哪來的看法？等一下，這句話也太難解讀了吧！

「倘若蓋朵莉希就在眼前，埃維里貝確實沒有不伸出手的道理呢。」

我幾乎原樣不動地複述基貝說的話，藉此拖延時間，拚命思考。

呃……有時候蓋朵莉希也代表故鄉，或是自己居住的土地，所以在這裡大概是指艾倫菲斯特吧？

苦思了一會兒後，我將基貝這句話的意思解讀成這樣：「妳既已成為養女，成了領主候補生，也擁有能勝任下任領主的功績、能力、魔力與後盾，為何不想成為下任領主？」我想應該不會差太多。

「因為我並不是埃維里貝，不需要蓋朵莉希。」

並不是每個人都想得到領主之位喔。我帶著這樣的涵義回答後，基貝緩緩吐氣。

「不管是外甥女萊歐諾蕾、親族布倫希爾德，還是異母弟弟的兒子哈特姆特，他們也都如此回答，但我們還是無法理解。您為何不想得到蓋朵莉希？羅潔梅茵大人若是想要，一切便能圓滿落幕。」

基貝說。但原是平民的我若成了奧伯，一切根本不可能圓滿落幕。

「過往韋菲利特大人因為擅闖白塔，被取消了下任領主的資格，回到與弟妹相同的位置上。然而，自從與羅潔梅茵大人訂下婚約，他又重新變回了下任領主。明明羅潔梅茵大人更適合成為領主，被視為下任領主的卻是韋菲利特大人。您在萊瑟岡古的血親都對此感到憤恨不滿。」

他們似乎覺得，若能由我當下任領主，韋菲利特當我的未婚夫，這樣就不會有任何問題，但不明白為何結果是反過來。我側著臉龐，看向韋菲利特。雖然他很努力不低下頭，但緊緊握起的拳頭洩露了所有情緒。

「我也認為比起自己，韋菲利特哥哥大人更適合成為領主，因此從未有過應該反過來的想法。」

不只基貝，韋菲利特也驚訝地看著我。周遭的近侍與騎士們也睜大眼睛，往我看來。卡斯泰德則是一臉饒富興味。

「正因哥哥大人曾一度被取消資格，所以他更加明白唯有努力才能往上爬。為了減輕我身為神殿長的負擔，即便是多數貴族都避之唯恐不及的神殿，他也願意來幫忙舉行儀式。親眼見到在艾倫菲斯特生活的人們後，更是產生了領主該有的想法，也就是要守護人民，與人民同進退。這點也得到了基貝．哈爾登查爾的認可。」

我說完，基貝．萊瑟岡古慢條斯理地撫著下巴。

「但這點羅潔梅茵大人也一樣吧。您立下的功績，足以讓人忽視您曾在神殿長大的汙點，也以神殿長之姿為艾倫菲斯特鞠躬盡瘁，不僅守護人民，更為孤兒殫心竭慮。」

……被他這麼一說，我還真的像個聖女呢。

一點也不覺得這些事情是在說自己，聽著聽著我不禁意識飄遠。哈特姆特散布的聖女傳說，也是像這樣流傳開來的嗎？真不想去想像。

「基貝．萊瑟岡古，但我與韋菲利特哥哥大人有著決定性的不同。我甚至能夠斷言，就是這樣的差異決定了我們誰更適合成為領主。」

「那究竟是怎樣的差異呢？」

基貝．萊瑟岡古微微瞠目，往前傾身。可以感覺到所有人的目光都集中在自己身上。我按著胸口，微笑說道：

「因為我這一生都將奉獻給書本。之所以想製造價格更便宜的紙張、成立印刷工坊，全是為了增加書本的數量。雖然目前只看結果的話，這些都是能為領地帶來益處的事情，但其實我不過是為了自己，並不是為了領地才發展這些事業。與哥哥大人不同，我只想讓書本數量增加，然後一輩子看書、與書為伍。」

「……這、這樣子啊。」

大概是蒐集情報時，雖然知道我喜歡書，卻沒想到喜歡到了這種地步吧。基貝．萊瑟岡古驚訝的表情彷彿在這麼說。發現基貝不再板著臉孔，韋菲利特似乎也不再那麼緊張，露出笑容說：

「就像這樣，羅潔梅茵總是優先考慮自己想做的事情。所以大家都跟我說，我身為下任領主必須面臨的考驗，就是既要讓羅潔梅茵能做她喜歡的事情，同時還要讓艾倫菲斯特能因此獲利。我也知道自己還有許多不足，但一定竭盡所能。而基貝．萊瑟岡古對羅潔梅茵來說，可說是強而有力的後盾。因此為了艾倫菲斯特，我非常希望能得到您的協助，讓羅潔梅茵每次的臨時起意，都有化為現實的可能；最好偶爾能開導她，勸她適時放棄。萊瑟岡古可是羅潔梅茵的血親，有你們幫忙我會非常放心。」

……韋菲利特哥哥大人，你這些話的意思根本就是在說：既然你們想讓羅潔梅茵成為下任領主，那要阻止她的失控應該是輕而易舉吧?!

雖然韋菲利特這番話可能沒有太深的用意，但對於完全不曉得我可以有多失控的基貝來說，似乎是猛力一擊。

「兩位的主張我都明白了。不過，畢竟萊瑟岡古與艾倫菲斯特有段距離。雖然只能在能力可及的範圍內，但我願意盡可能提供協助。」

本來還說要當我後盾的基貝．萊瑟岡古，立刻不再極力推薦我，變成了「在可能範圍內提供協助」。

「但是，為此必須讓祖父大人的態度軟化下來……」

基貝轉過頭說。曾祖父的房間大概就在那個方向吧。

「當年因為嘉柏耶麗大人嫁過來，祖父大人感受到了嚴重的背叛，後來又受到薇羅妮卡大人打壓，長年來累積的憎恨早已根深柢固。而我也知道祖父大人是親眼看著萊瑟岡古一點一點沒落，所以不是不能明白他的心情……」

基貝・萊瑟岡古重新將目光拉回到我們身上，緩緩吐了口氣。然後，他環顧屋內包含近侍在內的所有人，苦笑道：「如今與五年前不同，領主一族的近侍反倒都是與萊瑟岡古有關的人哪。」接著又說：

「艾倫菲斯特的冬季漫長，領地北邊終年覆蓋冰雪，因此地處南邊的萊瑟岡古是非常重要的糧食地帶。早在這塊土地被命名為艾倫菲斯特之前，我們的歷代祖先便在此處以魔力拓荒、擴展農地面積。即使每有新的奧伯上任，也一直藉由聯姻與服從聽令，守著這片廣大的糧倉地帶。為了守護萊瑟岡古，就要服從奧伯，這便是我們的生存之道。所以其實我本打算等祖父大人過世後，也要向薇羅妮卡大人表示服從。」

韋菲利特不敢置信地瞪大雙眼。

「萊瑟岡古一直憎恨著祖母大人嗎……」

「受到那般明顯的欺侮，很少有人還能不抱負面情感吧。但是，無論遭受怎樣的對待，對方終究是領主一族。既然萊瑟岡古的生存之道是俯首聽令、守護土地，撇開內心的想法不說，表面上還是應該服從命令吧。」

曾祖父曾經擁有極大的權勢，但在他領的女性領主候補生嫁來以後，就親眼看著自己的女兒與孫兒備受欺凌。但是，基貝・萊瑟岡古是打從他出生開始，就一直處在受到打壓的情況下。因此他反倒認為應該要認清現實，表現出服從的態度，今後再慢慢讓家族恢復到往日榮光即可。他本還預計要讓萊瑟岡古的女性貴族嫁予齊爾維斯特當第二夫人，也預計與下任領主結親，和從前一樣以聯姻的方式建立關係。

「然而，情況卻一夕生變。也就是在祖父大人離開人世之前，薇羅妮卡大人便先一步垮臺。並且幾乎同一時期，卡斯泰德大人的女兒羅潔梅茵大人舉行了洗禮儀式，還當場成為領主的養女。」

得知了我在洗禮儀式上回給眾人祝福的光芒，並且成了奧伯的養女，聽說曾祖父大喜過望，認為這正是賜予萊瑟岡古的祝福，還大喊著：「萊瑟岡古將重返榮光！」自那之後變得精力充沛。

既然成了養女，我就有資格成為下任領主。當時因為韋菲利特的風評不太好，多數貴族似乎都認為，齊爾維斯特為了讓自己的血脈能傳承下去，應該會讓我當下任領主，並由韋菲利特成為我的伴侶吧。

同時，城堡內部的情況也在不斷改變。比如在城堡工作的文官與韋菲利特的近侍都被換掉了一大批人，兒童室推行了全新的教學計畫，各種新書和玩具還在我與斐迪南的主導下開始販售。基貝說即使相隔一段距離，這些消息也都傳進了他們耳中。

「羅潔梅茵大人若能成為下任領主，那麼您不僅出自萊瑟岡古，還與從亞倫斯伯罕嫁來的嘉柏耶麗大人沒有半點血緣關係。因此在祖父大人的號召下，備受薇羅妮卡大人欺壓的萊瑟岡古貴族們立即團結起來，自願成為您的後盾。」

不料，後來發生了夏綠蒂的綁架未遂事件，我還浸入尤列汾藥水中，一睡就是兩年。一旦失去可以號召眾人的核心人物，更別說要讓萊瑟岡古重新握有大權了。聽說曾祖父大喊著：「這世上沒有神嗎?!」隨即失去意識，昏迷了好一段時間。

「但在羅潔梅茵大人沉睡的那段期間，艾倫菲斯特的情勢仍在不停變化。」

萊瑟岡古的貴族逐漸取代薇羅妮卡派的貴族，一個個擔任要職，情況也演變成了由韋菲利特與夏綠蒂兩人競爭下任領主之位。原本想讓我當下任領主而團結起來的萊瑟岡古貴族們，也開始擔心我會不會從此不再醒來，無可避免地慢慢變成一盤散沙。

「就在我們快要死心時，竟得知羅潔梅茵大人已經醒來，還在冬季的社交界現身。」

「這是諸神的指引！一定要讓羅潔梅茵大人成為下任領主！」聽說曾祖父這樣大喊之後，一口氣噎到又暈了過去。但是，若有血親能成為下任領主，誰也沒有異議。因此基貝・萊瑟岡古到了冬季社交界時，又開始重新團結萊瑟岡古的貴族們。

「然而，祖父大人的心願卻因為韋菲利特大人與羅潔梅茵大人訂下婚約，再一次化作泡影。不僅如此，萊瑟岡古的女性貴族又將成為下任領主的第一夫人，這種情況很難讓人不回想起從前的往事。」

如今艾倫菲斯特的排名幾乎每年都往上提升。至今看也不看我們一眼的其他領地，都開始意識到艾倫菲斯特的存在。「萬一又有大領地的女性領主候補生要嫁過來，本是第一夫人的羅潔梅茵大人難道又要遭受同樣的屈辱嗎？就算成了下任領主的第一夫人，但明明是羅潔梅茵大人最竭盡所能在提升領地的順位，會不會屆時卻得不到應有的回報？」聽說曾祖父逕自假定了這樣的情況，逕自發火，把本來對嘉柏耶麗與當時奧伯懷有的憎恨，都傾注到了韋菲利特與齊爾維斯特身上。

聽說就是為了不讓我遭遇相同的不幸，曾祖父無論如何都想讓我成為下任領主。雖然常言道人老了容易變頑固，但曾祖父又因為經常昏睡在床、閉門不出，不了解外界的變化，因此更是固執己見。其實我覺得曾祖父這樣已經有些偏激，但在萊瑟岡古老一輩的貴族中，似乎仍有許多人贊同他的想法。
「畢竟祖父大人曾擁有極大的權勢，又長年來看著親族備受打壓，對亞倫斯伯罕恨之入骨。韋菲利特大人與羅潔梅茵大人，能夠化解他的怨恨嗎？」
基貝露出試探的眼光看向韋菲利特。但韋菲利特一副不以為意的樣子，聳了聳肩。
「雖然不曉得能否化解他的怨恨，但也只能見一面談談看了。而且我無意讓那樣的過去再發生第二次。」
「感激不盡。」
……不過，居然說要化解怨恨……曾祖父大人簡直像惡鬼或在作祟的活人嘛。
「在所有人忙著準備祈福儀式之前，安排一天讓幾位前去探望。」基貝・萊瑟岡古轉向自己的侍從說。
「對了，萊瑟岡古這裡的祈福儀式也會和哈爾登查爾一樣嗎？」
我聽說所有土地的基貝，都想重現冬季社交界時人們稱作哈爾登查爾奇蹟的祈福儀式。不知道萊瑟岡古這裡打算怎麼做？我開口詢問後，基貝靜靜搖頭。
「在萊瑟岡古，因為舞臺已經遺失，無法舉行和哈爾登查爾一樣的儀式。」
「難不成從前破壞了舞臺的，就是萊瑟岡古嗎？」
想起之前會打開聖典，就是為了調查舞臺的建造方法，進而導致後來發生了那麼多事情，我忍不住用力皺眉。基貝帶著苦笑否定。
「不是的。萊瑟岡古這裡並不是破壞了舞臺，而是在漫長的歷史中遺失了。」
據說萊瑟岡古在整頓農地並不斷擴張的過程中，為求方便換過好幾次根據地。因為已經是很久以前的事情，文獻也沒有記載，如今根本沒有人曉得最初的根據地在哪裡，甚至也不知道舞臺是否已經損壞。

「那現在這樣沒關係嗎？」

「像哈爾登查爾那樣位在北邊的土地，積雪能否提早消融，是生死攸關的大問題，所以北邊那些破壞了舞臺的基貝才會臉色鐵青。但萊瑟岡古位在南邊，就算沒有能夠喚來春天的魔法陣，對農業也沒有太大影響。」

與哈爾登查爾及其周邊的土地不同，不管有沒有魔法陣，對萊瑟岡古來說並不是太嚴重的問題。他們似乎頂多覺得，收成若能增加，那有的話當然最好。

「只要有羅潔梅茵大人帶來的小聖杯，一切便不用擔心。萊瑟岡古作為艾倫菲斯特的糧倉，今年一樣不會令眾人失望。」

探望曾祖父

「羅潔梅茵大人，去探望曾祖父大人的時間到了。」

布倫希爾德開口喚道。來回仔細一看，我發現在自己身邊擔任近侍的上級貴族，全是與曾祖父有血緣關係的人。

「布倫希爾德、萊歐諾蕾、哈特姆特、柯尼留斯哥哥大人……大家的曾祖父都是同一位呢。好神奇喔。」

「只要是貴族，多少都有些血緣關係。儘管曾祖父大人十分厭惡薇羅妮卡大人的血親，但韋菲利特大人與夏綠蒂大人畢竟同時也是領主的血脈，所以就算沒有那麼深厚，其實也跟萊瑟岡古有點血緣關係。」

柯尼留斯說完聳聳肩，萊歐諾蕾輕笑起來。

「在曾祖父大人眼裡，血緣關係的濃厚與否是最重要的吧。正因如此，他才希望羅潔梅茵大人能當上下任領主。」

「……對於我無意成為下任領主，身為近侍的大家會感到不滿嗎？」

我這麼詢問後，近侍們不約而同聳肩，表情明顯在說「我看還是算了吧」。

「羅潔梅茵大人，您只要做自己想做的事情就好了。而我會以侍從的身分在旁輔佐，讓艾倫菲斯特能因您推出的流行變得更加富裕。」

反正就算想要阻止，您也不可能停手嘛，布倫希爾德笑道。哈特姆特在她旁邊連連點頭。

「布倫希爾德說得沒錯，無論羅潔梅茵大人要做什麼，我都會不遺餘力輔佐您，讓人更加深信您就是聖女。不必害怕做錯事情，儘管放心交給我吧。」

哈特姆特帶著爽朗笑容說道，但明明講的話差不多，為什麼就是讓人無法開心接受呢？明明布倫希爾德給人可靠的感覺，哈特姆特的回答只讓我覺得非常不安。

我坐著小熊貓巴士在走廊上移動，一邊與大家聊天，不久就看見在等我的韋菲利特與夏綠蒂。

「韋菲利特哥哥大人、夏綠蒂，讓兩位久等了。你們表情這麼沉重，在想什麼呢？」

「我之前本來以為，自己因為是祖母大人的血親，又由她撫養長大，恐怕很難取得萊瑟岡古的協助。但後來聽基貝・萊瑟岡古那麼說，感覺只要能說服前任基貝，那要建立起合作關係好像並不難嘛？我們就是在討論這件事。」

韋菲利特說完，夏綠蒂依舊面色凝重地以手托腮。

「可是，應該要怎麼做、怎麼說服前任基貝・萊瑟岡古，才能化解他的怒氣呢？我們一點頭緒也沒有……姊姊大人有什麼好主意嗎？」

大家接著往曾祖父的房間移動，我開口回道：

「我沒有什麼好主意喔。就和對基貝・萊瑟岡古說過的一樣。也就是不經由第三者，由我親口告訴對方自己的決定與希望。」

曾祖父再怎麼要求，我也無意成為下任領主，也不可能當得上。原為平民的我，只能對他說「請您死心吧」。

「內心的憎恨與怒火，應該要曾祖父大人自己設法平息。我從一開始就不覺得自己有辦法化解。我只會直接向曾祖父大人表明，我無意成為下任領主。」

「真佩服妳這麼看得開。但我擔心的是，別人都說妳是萊瑟岡古的希望之星，前任基貝．萊瑟岡古要是聽到妳這麼宣告，不知道會不會突然就登上遙遠高處。」

聽了韋菲利特的擔憂，我不禁想起曾祖父在自己眼前暈倒、讓人留下些許心理陰影的那幅畫面。

「……那可不行呢。這樣一來，其實我只要能參與印刷業、盡情建造圖書館，最好能改當有更多自由時間的第二夫人這種真心話，更是不能說出口了呢。」

「這種真心話連我也沒聽說過喔！」

韋菲利特氣呼呼地對我大吼，我一臉認真地回他：「這才是我的真實想法。」

「姊姊大人，萊瑟岡古的貴族們絕不可能接受這種結果喔。」

「所以我一直都把真心話藏起來呀，只是偶爾會有點說溜嘴……」

韋菲利特與夏綠蒂重重嘆了口氣。

「妳講話一定要小心斟酌，我可不希望前任基貝在會面途中登上遙遠高處。」

「我知道。」

到了曾祖父居住的別館，我們在帶領下入內。走進豪華又寬敞的房間，本以為曾祖父會躺在床上，想不到他穿戴好了一身衣物，端坐在椅子上。氣色看起來似乎比去年還要好，是我的錯覺嗎？

「噢、噢噢，羅潔梅茵大人。歡迎您來到萊瑟岡古。能夠再一次見到您，想必是諸神的指引吧。」

曾祖父表現出非常開心的樣子。但從他的反應來看，好像徹底忽視了韋菲利特與夏綠蒂的存在。侍從還輕拍他的肩膀，卻被他一臉不耐地撥開。

「曾祖父大人，我的哥哥大人與妹妹也一起前來探望喔。這兩位分別是韋菲利特哥哥大人與夏綠蒂，您看得見嗎？」

我開口介紹後，曾祖父這才終於發現似的，眨了好幾下眼睛，凝神細看。

「到了這把年紀，視力實在差得很，在光芒四射的羅潔梅茵大人身邊，其他事物更是模糊得看不清哪。真是失敬。」

曾祖父一邊問候，一邊神色自若地這麼說，目光完全沒有對焦在兩人身上。讓人很難判別他是真的看不見，還是故意無視。

在招呼下落座後，茶水與點心端上桌來。由於曾祖父無法為了試毒先吃一口給我們看，便由侍從代為吃了一口，再請我們享用。

喝了口茶，端起點心，茶會就開始了。曾祖父對我的食譜讚不絕口，還說蘭普雷特結婚儀式那時候，雨果教了他的廚師怎麼烹煮餐點後，菜色的美味程度總算大幅提升。磅蛋糕因為鬆軟綿密、很好入口，他說他也很喜歡。

「若能在製作磅蛋糕時添加一些果汁，還能品嘗到當季水果的風味呢。」

「當季水果的風味嗎……這也不錯。」

夏綠蒂提議後，曾祖父微微瞇起眼睛，告訴我們萊瑟岡古每個季節有哪些蔬菜與水果。

「前任基貝．萊瑟岡古，我有話想跟你說……」

趁著氣氛變得融洽之際，韋菲利特起了頭說。然而，曾祖父一點反應也沒有。他的眼睛半閉，一動也不動，讓人不曉得他究竟是沒聽見，還是故意裝作沒聽見，抑或是睡著了。這可真是棘手，光要讓他聽我們說話，就得耗費一番心力。

「曾祖父大人、曾祖父大人。」

「有什麼事嗎，羅潔梅茵大人？」

我呼喚後，曾祖父恍然回神似地肩膀一動，顫顫巍巍地轉過頭來看我。

「曾祖父大人，您聽得見我的聲音嗎？」

「當然，聽得見您非常可愛的聲音呢。」

……是故意裝作沒聽見啊。那就沒辦法，只能由我開口了。

「曾祖父大人，我不會成為下任領主，也不想當。」

我直接表明了此次非說不可的重點後，曾祖父好一半晌靜止不動，接著慢吞吞地舉起手來按住耳朵。

「……唔？……噢，真是抱歉。近來耳背得厲害，竟沒聽清羅潔梅茵大人剛才用可愛的嗓音說了些什麼，真是太失禮了。」

曾祖父向我道歉，表示他沒聽清楚我說了什麼。我於是再說一遍。

「曾祖父大人，我不會成為下任領主，也不想當。」

「咦呃——————！」

曾祖父忽然怪叫一聲，砰地往前撲倒在桌上，就此不再動彈。

……曾祖父大人就這麼翹辮子了?!

「咦？……咦咦?!」

「呀啊啊啊！」

「我都提醒過妳講話要小心了吧！妳太直接了！」

眼看曾祖父趴在桌上一動也不動，我們全都不知所措。這時，曾祖父的侍從走了進來說：「不必擔心，這是常有的事，還請各位冷靜下來。」語畢又道：「他只是情緒太過激動而已，很快就會醒來，請各位喝茶稍等吧。」

「就算您這麼說……」

在這種情況下，誰有辦法冷靜喝茶啊。如此心想的我，心慌意亂地環顧四周，卻發現韋菲利特意外冷靜。

「原來是常有的事……但還是很嚇人呢。」

「韋菲利特哥哥大人，您看起來也太冷靜了吧?!」

對於我的反應，韋菲利特輕輕挑眉。

「因為我已經很習慣妳突然暈倒了。喏，妳瞧。妳的近侍們看起來甚至比我還要冷靜吧？」

「咦？」

定睛一看，布倫希爾德與奧黛麗正代替在搬運和照顧曾祖父的侍從們，重新為我們泡壺茶。

「每次妳在茶會上失去意識，我要做的事情就和現在這裡的侍從們一樣。也就是安撫賓客、幫妳收拾善後……夏綠蒂，妳還好嗎？這種暈倒方式妳是第一次遇到吧？」

「我、我沒事。我也必須早點習慣才行呢。」

夏綠蒂小臉蒼白，看著被搬離開位置的曾祖父，用顫抖的話聲這麼說。

「夏綠蒂大人，您不需要習慣唷。因為我們侍從正在思考對策，如何能讓羅潔梅茵大人不再暈倒。」

布倫希爾德笑著說道，為我們再倒了杯茶。喝著茶時，只見侍從正伸手輕輕搖晃曾祖父。

「好了，請快醒來吧，您還在與羅潔梅茵大人舉辦茶會呢。」

「唔……」

雖然花了點時間才坐起來，但眼看曾祖父與我暈倒時不一樣，馬上就能清醒過來，讓人忍不住懷疑他是不是故意使出「裝死」絕招。

「噢、噢噢，真是失禮了。」

「前任基貝・萊瑟岡古，我長話短說吧。」

「咕呼！」

每當曾祖父醒來，我們一想要談話他就會暈倒，這種情況反覆發生了五次。由於曾祖父的侍從完全不加以制止，我們的對話一直是斷斷續續。

「唔，實在是失禮了。」

「曾祖父大人，您醒來了呀。呃……剛才說到哪裡了呢？」

「剛才說到，這樁婚約已經得到了國王的許可。」

哈特姆特立即回答。我先稱讚了優秀的近侍，接著繼續這個話題。

「曾祖父大人想推翻國王的決定嗎？您應該沒有這個打算吧？」

「……那當然。不過，我只是為羅潔梅茵大人感到非常擔心。」

「前任基貝・萊瑟岡古，你不用擔心。我向你保證，會迎娶羅潔梅茵為第一夫人，並且終結萊瑟岡古長年來感到痛苦的日子。」

這時，曾祖父第一次正眼看向韋菲利特。他似乎決定不再使用絕招迴避問題，而是當面對峙。瞬間，屋內的氣溫彷彿降了好幾度，空氣中滲著想藏也藏不住的濃濃恨意。原本皺巴巴的臉上還掛著笑容的曾祖父，此刻沒有了半點表情。明明面無表情，不對，正因他面無表情，更能清楚感受到那飽含了多年苦楚與不甘的憎恨。

韋菲利特猛地倒吸口氣，放在桌上的手也在震懾下不停發抖。我咬著牙努力伸出手，往他的手輕碰一下。瞬間韋菲利特全身一震，看向我後，慢慢點頭。

「我既然已與有著萊瑟岡古血脈的羅潔梅茵訂下婚約，自然希望能與萊瑟岡古和平共處。這份心意絕對沒有虛假。」

「假使日後有大領地的女性領主候補生要嫁過來，屆時您會如何？」

曾祖父用沙啞的嗓音問道。

「假使我日後面臨與初任基貝．葛雷修一樣的情況，我保證會在迎娶大領地的女性領主候補生之前，讓父親大人收養我的孩子，保有他們領主候補生的身分。」

「大領地對此會有異議吧。」

「這件事父親大人已經答應我了，我們絕不會重蹈當年奧伯的覆轍。」

「……奧伯也有所覺悟嗎？」

話聲平靜地這麼說完，曾祖父凝視著某個定點，沒有再移動分毫。我不知道曾祖父靜靜注視著的，究竟是韋菲利特，還是自己的過往。

我們等著曾祖父給出更多回應時，他的侍從反倒與剛才不同，向我們催促道：「今天的會面就到此為止吧……」我們只好告退，安靜地離開房間。離開前我回過頭，看見曾祖父依然凝視著虛空動也不動。但是，我卻覺得他好像在無聲哭泣。

領主會議期間的留守

祈福儀式結束後，為了接著到來的領主會議，有很多準備工作要做。我先是前往義大利餐廳，與普朗坦商會、公會長以及大店老闆們會面，了解平民區的情況，像是去年有哪裡做得不好、哪方面已有改善，今年預計可以接納多少商人等等。不僅如此，我也另外與普朗坦商會的人見面，一起討論印刷與出版相關的要求以及底限。再把這些資料提交給掌管印刷業務、還將以文官身分出席領主會議的艾薇拉，請她加入貴族的觀點，完成一整份報告。

與平民們的談話結束後，接著回到城堡與齊爾維斯特討論。

「哈特姆特說了，與戴肯弗爾格協商時，這是艾倫菲斯特絕對不能退讓的底限，而在這個範圍之內，都可以靠交涉解決。可以的話，如果能讓戴肯弗爾格接受到這部分為止的條件，往後與其他領地交涉時，我們就能非常輕鬆。」

諸如資料的借用、印刷、販售、古文翻譯要收的版稅等等，我與普朗坦商會針對各種情況都做了討論。我想可以先以我原有的知識為基礎，再摸索出適合尤根施密特的做法，慢慢去做調整改良。

「另外關於貿易對象，基本上艾倫菲斯特很難再接納更多來自他領的商人，商業公會也表示，希望暫時先別增加貿易對象。」

去年我們接受了中央與庫拉森博克各派八個商會的人前來，所以總共是十六組人。雖然已在興建高級旅館、努力增加容客量，但若想款待周到，據說二十組人已是極限。

「但是，既然我們要與戴肯弗爾格協商印刷方面的事情，屆時一定得接受他們想要展開貿易的要求吧。」

其他的還能拒絕，但我們不可能拒絕戴肯弗爾格——齊爾維斯特皺起臉說。我用力點頭。

「我也對平民區的商人這麼說了。所以在我思考著有沒有什麼解決辦法時，普朗坦商會的班諾建議，可以發行新的勘合紙，減少庫拉森博克商人的來訪人數，用多出來的名額來接納戴肯弗爾格的商人。」

「減少庫拉森博克商人的人數嗎？這是什麼意思？」

齊爾維斯特反問後，我轉述班諾的意見。

「如同我向您報告過的，有名庫拉森博克的商人在買完商品、返回領地之際，把女兒丟在了艾倫菲斯特。目前因為普朗坦商會負責收留，那名女子平安無事。但在艾倫菲斯特，要半年以上都收留一個沒有做好過冬準備的人，會帶來非常大的負擔。」

因為還要考慮到風雪可能遲遲不停，大家在準備整個冬天的糧食時，都得預先多做準備。就算只是多了一個人，需要準備的糧食與柴薪量就會增加不少。

「絕不能讓他領的人以為，即便把商人丟下，艾倫菲斯特也會設法收留，或是以為運氣好的話還能獲得有關新商品的情報。既然現在已經出了這種狀況，就應該對庫拉森博克的商人採取一些措施。所以班諾建議，為免今後又有商人把自己人留下來，最好對人數設下限制，或是減少來訪商會的數量。一旦減少庫拉森博克的來訪商會數量，就能接受來自戴肯弗爾格的商人。」

去年是接受了中央與庫拉森博克各派八個商會的人過來，今年中央一樣維持八個，但有商人惹出麻煩的庫拉森博克只要減少至六個，便能接受戴肯弗爾格派六組人前來。「可以考慮反過來利用卡琳一事，向對方施壓，順便確保戴肯弗爾格的貿易名額。」班諾這麼建議時，臉上的笑容還十分駭人。看來卡琳這件事真的讓他非常火大。

「最終還是得由養父大人下決定。要公平地每個領地都接受六組人過來，還是再增加多雷凡赫為貿易對象，全部各接受五組人過來，怎麼做都可以。總之艾倫菲斯特能接納的上限就是二十組人，請養父大人做決定時別忘了這一點。」

「……知道了。我會好好想想。」

而之所以得限制數量，是因為沒有其他城鎮能夠接待商人。只有艾倫菲斯特的平民區能接待的話，二十已是極限，真希望其他城鎮也能做好整頓。

「葛雷修還是無法接待商人嗎？如果也有其他城鎮可以接納商人，我們就能輕鬆許多……」

「葛雷修已提出了施展因特維庫侖的申請，但不可能馬上進行。」

「這樣啊。那麼，既然今年不能增加更多貿易對象，要不要試著高價賣出絲髮精的配方呢？多雷凡赫似乎也已經針對絲髮精做了各種研究，但與其讓他們研究植物紙與勘合紙，我認為絲髮精對於艾倫菲斯特的獲利最沒有影響。」

如果可以盡量推廣新流行，城鎮也盡快整頓完善，隨著貿易活動蓬勃發展，帶來人流，那當然是最理想的。但是，艾倫菲斯特本來就很少接受來自他領的人，該處理的問題仍然堆積如山。老實說，很難一下子就讓貿易活動蓬勃發展。

「反正艾倫菲斯特做的絲髮精也不可能供應整個尤根施密特，而且我聽說領內的植物油價格已經開始飆漲，形成了問題。我覺得趁著還能高價賣出的時候，把配方賣給其他領地也不錯。因為艾倫菲斯特的新事業主要還是印刷及出版。」

我個人完全不介意讓他領知道絲髮精的做法，但印刷業還是想由艾倫菲斯特再獨占一段時間。就好比在另一個世界，印刷業初期明明是在德國發展，最後卻是威尼斯成了書籍之都；同樣的道理，有朝一日印刷及出版的中心也會轉移到人口眾多的地方。但是，我還是希望艾倫菲斯特暫時都可以是印刷與出版的中心。

至於絲髮精配方的售價，我根據至今的獲利，提供了合理的行情範圍給齊爾維斯特參考。順便也提醒他，一旦他領研究出了做法、做得出相同產品，到時就無法再販售了。

「我會慎重考慮。先不說這個了，妳已經問過義大利餐廳，領主會議期間能派幾名廚師過來幫忙嗎？」

「我問過渥多摩爾商會了，他們回覆現在這個季節，可以派出三名廚師來幫忙。商會還表示，餐廳廚師所構思的食譜是可以購買的喔。我已經用自己想出來的食譜做為交換，那些新餐點都很美味呢。」

我用自己的食譜交換尹勒絲的新食譜時，還問芙麗妲有沒有門路能購得戴肯弗爾格的璐菜。聽到我說加在磅蛋糕裡很好吃後，她表示以後會連同一種名為比蘇的酒一起進貨。

「購買新食譜這件事之後再說，當務之急是確保廚師的人數足夠。」

最後我們決定，今年還無法往來貿易的領地就招待對方用餐，再依對方願意支付的金額販售食譜或絲髮精的配方。由於到時一定會有很多人想與我們接觸，廚師的人手必須足夠才行。

如果是侍從的人數不夠，只要聯絡基貝，就能從艾倫菲斯特的貴族中蒐羅到人手，但廚師的情況不一樣。不僅要大致做得出我構思的食譜，也要確認過手藝沒有問題。聽說去年因為廚師人手不夠，讓齊爾維斯特一個頭兩個大，所以我早已拜託過芙麗妲，請她幫忙栽培廚師。今年的準備萬無一失。

「今年說不定也會有很多領地想求娶夏綠蒂呢。」

齊爾維斯特聽了，有些不太高興地撇下嘴角。倘若艾倫菲斯特並不只是帶起一時的熱潮，而是能夠持續推出新流行的話，當然會有領地想與我們締結姻親關係。

「如果提出聯姻請求的領地有好幾個，情況也允許我們選擇的話，請盡可能優先考慮夏綠蒂本人的意願吧。」

齊爾維斯特瞬間張口，有話想說似的看著我，但最終只是垂下雙眼，慢慢點頭說：

「知道了。」

瑣碎的討論一直持續到了領主會議快要開始前為止。

與此同時，由侍從們最先利用轉移陣進行移動。負責統管侍從的諾伯特，今年會在貴族院從一開始待到最後。聽說是因為麥西歐爾已經搬到北邊別館，他決定把本館裡頭領主夫婦的生活空間完全關閉，專心在領主會議期間提供協助。

接著進行移動的是文官們與部分騎士。我也前往轉移廳為文官送行。因為已經成年的哈特姆特，將以印刷業文官的身分與艾薇拉一同出席。

「我是羅潔梅茵大人的近侍，最了解她對書有多麼熱切的渴望。」

哈特姆特如此大言不慚地宣告後，提出了想要協助艾薇拉的請求。如今負責處理印刷業務的，多是能與平民溝通的下級文官，但領主會議上與他領文官交涉時，由上級貴族出面還是更有利於談話的進行。艾薇拉說，有哈特姆特在確實會有幫助。

「哈特姆特，麻煩你好好協助母親大人。你這麼優秀，我很期待你的表現喔。」

「我一定不辜負羅潔梅茵大人的期望。」

「我們已經準備了如此周詳的資料，沒問題的。畢竟我也非常重視書籍出版這個新事業。羅潔梅茵大人，放心交給我們吧。」

這次的協商也關係到了能否向他領購買原稿，好讓哈爾登查爾印製戀愛故事，所以艾薇拉鬥志高昂，相信交給她就不用擔心。

最後移動的是領主夫婦。我與擔任護衛騎士的卡斯泰德道別時，韋菲利特、夏綠蒂與麥西歐爾也來為領主夫婦送行。

「我們不在的這段期間，麻煩你們供給魔力了。」

「好的，父親大人。我會努力多加練習。」

看見麥西歐爾笑容滿面地點頭，韋菲利特與夏綠蒂都輕笑出聲。

「麥西歐爾，我第一次供給魔力的時候，還累得好一會兒都無法動彈，所以要多加練習恐怕不太可能唷。」

「你最好還是慢慢增加每次操控的魔力量吧。」

聽了兩人的回應，麥西歐爾一臉不安地仰頭看向父母，父母卻也同樣提醒他說：

「你要小心別太勉強。」麥西歐爾的小臉更僵硬了。

「你只要乖乖遵從波尼法狄斯的指示就沒問題。斐迪南，你也別以自己為基準，過度要求孩子們。」

要是以自己為基準，斐迪南的指導就會變得非常嚴厲。齊爾維斯特他們再叮囑了斐迪南後，踏上轉移陣前往貴族院。

「羅潔梅茵，既然妳從今年開始要同時修習兩個課程，最好多做預習。奉獻儀式時若還要返回領地，就會完全無法參加社交活動。」

斐迪南這一句話，便決定了我今年在城堡的生活。也就是說，我主要得預習貴族院三年級的課程內容。

「養父大人剛才不是說了，請您不要以自己為基準要求我們嗎？」

「不用擔心。我不是以自己，而是以妳為基準。」

……神官長真的很擅長一本正經地講些歪理耶。

文官課程的學科內容我都學過了，所以沒有問題，但聽說領主候補生課程的內容十分困難。聽到我要預習領主候補生的課程，夏綠蒂睜大眼睛。

「叔父大人，我也想和姊姊大人一起接受您的指導。」

「叔父大人，我也想拜託您。因為我們手邊完全沒有領主候補生課程的相關資料，沒有辦法預習。」

大概是沒料到韋菲利特與夏綠蒂也會想一起預習吧。不只我嚇了一跳，斐迪南也微微瞠目，隨即敲起太陽穴沉思。

「我會指導羅潔梅茵預習，是為了讓她能回來舉行奉獻儀式，所以不會講解到你們能明白為止。一旦進度落後，就要在旁參觀。倘若這樣也沒關係，我就允許你們待在房內。」

最終斐迪南答應了他們的請求。韋菲利特與夏綠蒂聽了臉龐發亮。見狀，麥西歐爾也開口表示道：

「叔父大人，我也想在旁邊參觀。」

既然是麥西歐爾的請求，我一定馬上答應他，但斐迪南很不喜歡自己的計畫被人打亂。這幾年來他與韋菲利特以及夏綠蒂都有過接觸，也知道他們大致都會聽從自己的指示，但與麥西歐爾幾乎算是初次見面，恐怕不會想讓他加入吧。斐迪南眉頭深鎖，低頭看著麥西歐爾。

「我保證會保持安靜，不打擾到哥哥大人和姊姊大人。」

「……你只要造成干擾，我就把你趕出去。」

斐迪南冷聲說道，卻還是答應了。麥西歐爾馬上綻開天真無邪的笑容，很高興能和大家一起聽課。我看著他不由自主微笑，斐迪南卻是厭煩地輕嘆口氣。明明嫌麻煩卻還答應，我覺得斐迪南比起從前圓融多了。

……換作是以前的神官長，肯定會冷冷一句「別來礙事」就打發麥西歐爾吧。

在貴族院上課時，近侍們都不能進入教室。同樣地，在城堡預習領主候補生的課程時，也禁止近侍們進入屋內。斐迪南下了指示，除了各留一名護衛騎士守在門前外，其他人都先解散以免礙事，第四鐘響後再來迎接即可。

「對了，既然領主候補生不能轉籍至中央，那要由誰擔任領主候補生的老師呢？貴族院裡有能指導這個課程的老師嗎？」

像這樣只有領主候補生一起上課後，我忽然很好奇是怎樣的老師能指導這個課程。對於我的提問，斐迪南一邊拿出好幾顆魔石做準備，一邊瞇起眼睛回想。

「我那時是王族前來教授，抑或是與王族結婚的前領主候補生。以前還有好幾位王族能夠擔任老師，如今就不曉得了。」

因為政變過後，王族的人數驟減。斐迪南說他也不知道現在是由誰負責指導。

「反正這種事，等你們去貴族院就知道了。今天就從分離魔力的屬性開始吧。分離不了屬性，便無法接著預習領主候補生的術科課。」

他說分離魔力屬性是三年級生的共通作業。據說要學著合併或分離各種不同屬性的魔力。

「你們也知道，擁有其適性的魔力會比較好操控吧？」

斐迪南說明，下級貴族因為擁有的屬性不多，不管要合併還是分離魔力都很費力；但若只擁有一種屬性的話，反而很容易就能把自己擁有的那個屬性分出來。

「上級貴族與領主候補生因為擁有的屬性數多，若要把自己擁有的屬性合併在一起，所有人都能輕鬆學會。但相對地，要從自己平常總是互相融合的魔力中分離出單一屬性，大多數人都會感到吃力。」

斐迪南準備了各種屬性的魔石，要我們伸手觸摸，了解那種只有對應屬性魔力被吸走時的感覺，再要求我們做出盡量不混有其他屬性魔力的魔石。

「你們若能隨心所欲地操控自己的魔力，就能讓清空魔力的魔石只盈滿原有屬性的魔力，做出單一屬性的魔石；操控技術更精湛的人，還能徹底替換魔石的屬性。討伐魔物以後，要從得到的魔石中分離出各種屬性，也是易如反掌。」

我伸手觸碰魔石，試著從自己的魔力分離出對應屬性。

「屬性還是混在一起了，重來。」

我們三人都在斐迪南的要求下，反覆重來了好幾遍。才剛開始壓縮魔力不久，魔力量較少、也不習慣操控魔力的夏綠蒂，最先投降放棄。韋菲利特雖然也咬牙苦撐，但在他開始感到頭暈想吐後，便結束了今天的術科課。

「快喝回復藥水，讓魔力恢復吧。晚餐過後還要供給魔力。」

韋菲利特小聲低吟，伸手拿起掛在自己腰帶上的回復藥水。

「羅潔梅茵，妳還有足夠的魔力吧。集中精神。」

斐迪南怒斥道，我趕緊繼續集中精神在魔石上。調節魔力量與調節屬性的感覺相差太多，因此很難學會。

……有沒有什麼方法是用來把混在一起的東西分離呢？

如果能有一些想像畫面當參考，操控起魔力就會容易許多。我邊沉吟邊拚命思考。

……分離、分離……離心機？對了，高中的生物課還學過濾紙色層分析法（paper chromatography）吧。能不能加以運用呢？

最終，我利用擺手讓每根手指都釋出不同屬性的魔力，藉此學會了如何分離魔力。

「羅潔梅茵，妳那擺手的動作是怎麼回事？」

「是我在腦海中想像的分離畫面。我就是靠這個動作分離魔力的喔。」

「……真不雅觀。」

儘管斐迪南十分不以為然，但這樣子就能將魔力完美分離，所以我完全不在意。

似乎是晚餐過後的魔力供給太辛苦，隔天開始夏綠蒂便決定術科的預習參觀就好，並積極參與可以不使用魔力的學習。

「學會如何分離與合併魔力後，接著本該學習如何讓魔石的魔力達到飽和，使其化作金粉，但妳早已多次讓魔石變作金粉，我看不必再教。來練習因特維庫命吧。」

一個小盒子裡放有魔石，而這個魔石與用以施展基礎魔法的魔石一樣，我們要練習在盒內建造迷你版的城鎮，聽說就連在貴族院也會有同樣的作業。這作業的難關在於設計圖。因為若要照著自己所想的建造城鎮，首先必須會畫設計圖。

「實際真要建造的時候，通常都會參考原有的建築，再做些微幅的更動。因為創造魔法影響的規模太大，絕對不能失敗。況且，要從無到有畫出設計圖也不容易。」

他說雖然也能請文官幫忙設計，但領主也得擁有一定的知識，能夠自己檢查設計圖有無錯誤。因此我們在斐迪南的要求下，一致開始練習畫設計圖。第一份作業，就是畫出自己理想中的房間。

「我最擅長畫設計圖了。」

韋菲利特興沖沖地設計起自己的房間。夏綠蒂則說她打算如實重現自己現在的房間，所以很認真在畫家具等細節。麥西歐爾雖然笑容滿面地握著筆在畫，但看那歪七扭八的線條，我想恐怕很難畫出正常的房間。

……理想中的房間嗎……

腦海中最先浮現的，就是被大量書籍包圍著的空間……也就是麗乃那時候家裡的書庫。但這也讓我想起了自己當時的死因，心情有些複雜，忍不住發出沉吟。

「羅潔梅茵，有這麼困難嗎？」

「因為我雖然可以想像出理想中的房間，但書本數量太多了，害我忍不住跟著想像了被書壓死的情景，然後開始疑惑這還叫作理想中的房間嗎？」

「……總之，明天畫好設計圖帶過來。」

斐迪南完全沒有理會我的煩惱，丟下這項作業後，這天的預習就結束了。

第四鐘一響，大家一起前往餐廳用午餐。得獨自一人處理公務的波尼法狄斯似乎十分辛苦，但也很樂於提供協助，說：「沒辦法，這是為了讓羅潔梅茵能一邊處理神殿的工作，一邊還能取得最優秀成績。」

「我一定好好努力，不辜負祖父大人的期望。」

吃著午餐，我依然滿腦子都是畫出理想中的書庫這項作業。一定要設計出就算發生地震，書也不會倒下來的房間。這可是最最重要的事情。

我沉浸在思緒裡時，餐廳的門打開了。似乎是有人要進來通報消息。

「斐迪南大人，我們收到緊急傳喚要您前往領主會議。請您即刻趕至貴族院。」

去年雖然有許多準備不周的地方，但不至於呼喚斐迪南前往領主會議。聽到緊急傳喚，斐迪南的神色一凜。尤修塔斯開始向城堡裡跟在斐迪南身邊的侍從及幾名騎士下達指示，同時斐迪南迅速吃完午餐。

「波尼法狄斯大人，對您實在失禮，但請恕我先行告退。」

「這裡就交給我，去吧。」

斐迪南快步走出餐廳。周遭氣氛頓時變得慌亂，可以聽見人們在外頭走廊上來去匆匆的腳步聲。這陣嘈雜讓我忽然有些心神不寧。斐迪南剛才嚴肅的表情，看起來就和他在貴族院圖書館與中央騎士團長對峙時的表情幾乎一樣，令我心裡湧起了難以言喻的不安。

斐迪南似乎在接到傳喚的當天夜裡就回來了。因為隔天照常上課，看到他那張如同往常的撲克臉，我悄悄鬆了口氣。

「斐迪南大人，請問是為了什麼事情叫您過去呢？」

「沒什麼，反正已經結束了。」

然而，他臉上的表情卻比平常還要嚴肅，看起來心情很不好，麥西歐爾因此顯得有些害怕。一起上課的韋菲利特也僵著臉，不時偷覷斐迪南的臉色。

結束了這天充滿緊張氣氛的預習，我們去餐廳用午餐。波尼法狄斯也察覺斐迪南的異樣，問了和我一樣的問題。

「斐迪南，領主會議叫你過去有什麼問題嗎？」

「……事情已經結束了。」

「看你的表情可不像結束了。你心裡還有什麼疑慮吧？快說。」

被波尼法狄斯一瞪，斐迪南無奈地嘆口氣。

「亞倫斯伯罕向我們提出請求，想為即將成年的領主候補生找個夫婿。」

「咦？是蒂緹琳朵大人的夫婿嗎？」

「難不成還有其他人嗎？」

遭到斐迪南冷冷一瞪，我閉上嘴巴。他說得沒錯。如今亞倫斯伯罕只有兩名領主候補生，一個是蒂緹琳朵，另一個是萊蒂希雅，甚至是尚未就讀貴族院的小女孩。

「雖然收到請求，但我已經拒絕了。理由也非常充分。好比我現在若離開艾倫菲斯特，這裡將沒有已成年的領主一族，而且我還是羅潔梅茵的監護人。再加上當年與薇羅妮卡的關係並不友好，更別說我還能擔任代理領主，但先前從亞倫斯伯罕嫁來的兩名女性貴族，根本無法填補我的空缺。」

聽說齊爾維斯特很努力在與亞倫斯伯罕的領主夫婦周旋，並且拒絕了。但是，對方卻以斐迪南還在神殿任職為由，懷疑他與薇羅妮卡的不睦並未消除，所以依然遭到不公而且不合理的待遇。

「喬琪娜主張想聽我親口回答。也就是比起在艾倫菲斯特繼續被迫擔任神官長，是否更渴望成為大領地下任領主的配偶。」

因此斐迪南才被叫過去，詢問他本人的意願。

「但對斐迪南大人來說，您並不是被迫擔任神官長吧？」

「沒錯，所以我說這件事已經結束了。」

那就好——然而我才安心不到幾天，斐迪南再度接到傳喚。聽說這次是國王召見。

「真是一波未平，一波又起呢。」送行時我這麼對斐迪南說。「是啊。」他一臉厭煩地應道，踏進轉移陣前往貴族院。

「……斐迪南大人這次去了好久呢。發生什麼事了嗎？」

斐迪南奉命前往貴族院後已經過了兩天，卻到現在都還沒有回來。領主候補生課程的預習因此暫停，而我除了要練飛蘇平琴，還不得不練習新娘都該具備的刺繡技藝。老實說，比起刺繡，我更想預習貴族院的術科課。

「能不能改請祖父大人教我呢？」

「波尼法狄斯大人現在是代理領主，必須處理公務。」

他哪抽得出時間為大小姐上課呢，黎希達說。現在因為城堡的主要文官們都去了領主會議，人手不多，所以大家都忙不過來。

「那我去幫祖父大人的忙……」

「大小姐，您現在的表情，就和齊爾維斯特大人想逃離讀書與辦公的時候一樣。您可瞞不了我的眼睛。」

……啊嗚，被發現了。

齊爾維斯特打從以前就是逃跑慣犯，而黎希達總會緊緊盯著不讓他開溜，一旦逃跑也會把他抓回來，所以我絕不可能瞞得過她。乾脆別這麼迂迴，正面進攻吧！

「黎希達，比起刺繡我更想看書。不是娛樂用的書籍也沒關係，我想預習明年貴族院的課程。請讓我看書吧。」

「是啊。奉獻儀式期間，羅潔梅茵大人不會在貴族院，她又要同時修習文官與領主候補生課程，所以需要預習。」

菲里妮與羅德里希也在旁邊幫我說話，卻被黎希達板著臉孔否決。

「關於文官課程的學科，您不是在貴族院就已經預習過了嘛。再者，領主候補生課程的預習在斐迪南小少爺回來前都只能暫停，您現在哪裡需要讀書呢。」

黎希達連我在貴族院的行動也瞭如指掌，所以被她這麼反駁，我只能垂頭喪氣地繼續刺繡。

晚餐席間，波尼法狄斯也與我們一起用餐。這幾天斐迪南不在，可能是所有公務都落在他一個人身上，波尼法狄斯看來十分疲累。

「祖父大人，現在連斐迪南大人也奉命去了領主會議，您一個人很辛苦吧？不嫌棄的話，我可以幫忙唷。」

「不，我沒問題，妳不必擔心。」

擺擺手說完，波尼法狄斯恍然聽懂似的抬起頭。

「……嗯？慢著。是、是嘛，羅潔梅茵願意幫忙嗎？」

「是的。我在神殿會幫斐迪南大人的忙，之前冬天也曾幫忙養父大人處理公務，所以我應該能稍微為祖父大人分憂解勞喔。」

「羅潔梅茵，妳說冬天曾幫忙父親大人處理公務，這是什麼意思？」

韋菲利特驚訝地往我看來。於是我說明，之前就讀貴族院時我因為提早了許多返回領地，所以在奉獻儀式開始前，曾幫過齊爾維斯特的忙。

「波尼法狄斯大人，我也一起幫忙處理公務。再這樣下去，下任領主的工作會全被羅潔梅茵搶走嘛。」

「我才不想搶走下任領主的工作呢。還請您儘管攬下來。因為我想要的不是工作，而是書與閱讀時間。請哥哥大人不要誤會喔。」

但現在正因人手不足而忙不過來，應該沒有時間再指導韋菲利特吧。我偷偷觀察波尼法狄斯的表情，只見他想了一會兒後，點點頭說：

「嗯，也好。既將成為下任領主，韋菲利特也該學著如何處理公務。當初齊爾維斯特因為父親早逝，一下子得學太多事情。」

畢竟在那之前他一直能躲就躲——波尼法狄斯巧妙地藏起這層深意，這麼回答韋菲利特。由於韋菲利特願意幫忙，便決定他的文官們也一起提供協助。既然還有已經成年的文官在，應該不會有什麼問題吧，波尼法狄斯就這麼答應下來。

「祖父大人真了不起。明明自己也很忙碌，要指導繼任者時卻能毫不猶豫。因為斐迪南大人只要判定對方幫不上忙，就會一腳踢開，兩位真是強烈的對比呢。」

雖然到了現在，斐迪南終於慢慢會考慮要栽培接班人，也會把神殿的工作分配給坎菲爾與法瑞塔克他們，但仍然有著一旦覺得自己來比較快，就會把工作都攬下來的老毛病在。他絕對不會像波尼法狄斯這樣，在人手不足而忙不過來的時候，還願意指導可能只會拖累工作進度的小孩子。

「是嘛，很了不起嗎？」

波尼法狄斯開心地連連點頭時，麥西歐爾猛然舉手。

「我也想一起幫忙。」

「麥西歐爾，我明白你想與哥哥大人還有姊姊大人一起做事的心情，但現在的你還幫不上波尼法狄斯大人的忙唷。」

夏綠蒂馬上表示反對，麥西歐爾沮喪地垮下肩膀。

「……我也知道自己只會礙手礙腳，但還是想和哥哥大人與姊姊大人在一起。」

「我想一定有麥西歐爾幫得上忙的地方喔。」

我開口幫忙說話後，夏綠蒂無可奈何地嘆氣。

「波尼法狄斯大人與姊姊大人要找到麥西歐爾能幫上忙的事情，恐怕也不容易吧。麥西歐爾，你還是放棄幫忙，但可以請大家讓你待在辦公室的角落讀書。而為了不讓麥西歐爾給大家造成麻煩，我會在旁邊看著他。這樣子可以嗎？」

不愧是一起長大的姊姊，這提議真教我佩服。身為姊姊只能裝裝樣子的我，本想盡可能滿足麥西歐爾的要求，夏綠蒂卻是在尊重他個人意願的同時，也斷然拒絕了他的請求。同樣是姊姊，我們的應對能力相差太多了。

「那好吧，你要好好用功讀書。」

「是，我會加油的！」

麥西歐爾開心地朗聲回應，夏綠蒂則是面帶微笑看著他。她的微笑簡直與芙蘿洛翠亞如出一轍，果真是母女呢。

自隔天起，我們開始幫忙波尼法狄斯處理公務。預計上午各自學習，下午再去幫忙。而我在飛蘇平琴與奉獻舞的練習結束後，立刻前往領主辦公室。因為下午將有好幾個孩子擠在辦公室裡，場面可能會很混亂，我決定上午先分配好工作。

「這些交給韋菲利特哥哥大人，這部分給夏綠蒂，這些給麥西歐爾；這些是我的近侍能夠處理的資料，而這些只能交給祖父大人。雖然夏綠蒂與麥西歐爾只預計待在辦公室裡讀書，但既然人都來了，就不客氣地把工作也分配給兩人的文官吧。」

看著分類好的幾疊資料，波尼法狄斯瞠大雙眼。

「羅潔梅茵，妳連韋菲利特他們的文官能處理多少工作也曉得嗎？」

「並不是全部，只有一起就讀貴族院的那些見習生而已。今天我會先觀察情況，如果他們有能力消化更多，從明天開始我會分配給他們更多工作。」

由於不清楚韋菲利特他們的文官能處理多少工作，因此我的近侍們的工作量最多。但我是參考了在神殿的工作情況，所以相信這些分量他們能在時間之內做完。

按領主候補生分配完工作後，我再把自己攬下的工作分配給每個近侍。

「羅德里希、菲里妮、菲里妮、羅德里希、達穆爾……」
「慢著，羅潔梅茵。剛才妳唸的名字裡出現了並非文官的近侍吧？」
「咦？我的近侍騎士除了安潔莉卡以外，其他人連在神殿也能處理文官的工作，所以沒問題喔……還是說，這麼做在城堡並不妥當嗎？」
不光是達穆爾，柯尼留斯、萊歐諾蕾與優蒂特來到神殿時，也會被叫去神官長室幫忙。聽完我的說明，波尼法狄斯面色凝重。
「唔嗯……把騎士當作文官使喚雖然沒有前例，但只有領主會議這段期間的話，應該無妨吧。畢竟人手不多也是事實，我看還是能用就用。」
聽了波尼法狄斯這麼懂得變通的回答，我對他的好感度大幅提升。
「真高興能與祖父大人一起工作。」
下午開始，大家便一起工作。只不過，波尼法狄斯、韋菲利特、夏綠蒂、麥西歐爾，再加上我與每個人的近侍，不可能所有人都塞得進領主辦公室。因此我們把辦公地點改到會議室。
麥西歐爾練習計算時，夏綠蒂負責在旁察看。
「只要近侍幫忙認真工作，麥西歐爾也不會感到過意不去，覺得自己都幫不上忙吧。為了自己侍奉的主人，你們可要好好表現。」
在波尼法狄斯的督促下，夏綠蒂與麥西歐爾的近侍也開始工作。韋菲利特的文官們則是依著波尼法狄斯的指示處理公務。
「那我們也開始吧。」

「……不只在神殿，現在連在城堡也要做文官的工作嗎？明明其他護衛騎士都和安潔莉卡一樣，不是站在領主候補生身後，就是守在門邊……」

柯尼留斯滿臉不情願地嘀嘀咕咕。

「就只有人手不足的領主會議這段期間而已。波尼法狄斯大人也說沒關係。」

雖然只有我攬下的工作量明顯較多，但由於護衛騎士也一起幫忙，再加上我分配給他們的都是在神殿就已做慣的工作，因此相較於正做著陌生工作的其他領主候補生的文官，我的近侍們很快就處理完畢。

「羅潔梅茵大人，這份我做完了。請您檢查。」

「請問這裡就照著這樣計算，沒有問題嗎？」

「關於這個地方……我覺得資金的流向有些古怪，請您最好仔細檢查一遍。」

幫忙期間，達穆爾發現公款似乎有被私吞的情況，但說好等齊爾維斯特他們回來以後再蒐集確切證據。

第五鐘響後，我們享用著侍從們帶來的茶水與點心，短暫休息一段時間。

「哥哥大人與姊姊大人好厲害喔。我也想快點幫上大家的忙。」

麥西歐爾邊吃著點心，邊以尊敬的眼神看我。得到弟弟的稱讚，我內心感到飄飄然。這下子明天也得努力工作才行。

「看來斐迪南在神殿使喚你們做了不少工作。說實話，我真沒想到騎士做起文官的工作能做得這麼好。」

波尼法狄斯說完，韋菲利特與夏綠蒂也點頭同意。

「我在貴族院就聽人說過，羅潔梅茵手底下的文官能力與其他文官截然不同，想不到連騎士的能力也差這麼多。」
「韋菲利特大人，處理文書並非騎士該做的工作。請您別向羅潔梅茵大人看齊，也這麼要求其他騎士。」
蘭普雷特說完，柯尼留斯大力點頭。
「在文官的教育上，羅潔梅茵大人確實有許多地方值得學習；但是至於騎士，最好還是讓他們做好騎士該做的工作。」
「韋菲利特，你應該平常就讓文官們多做點工作。」
波尼法狄斯指責道，韋菲利特便為自己的近侍們說話。
「但他們已經慢慢在參與印刷業的相關業務了……」
今後印刷業將成為艾倫菲斯特的主要產業，但坦白說，韋菲利特參與的部分並不多。今年領主候補生的近侍中，能以印刷業文官的身分一同出席領主會議的，還只有哈特姆特一人而已。
「哥哥大人如果有意願，可以請艾薇拉多分配一些工作給您喔。因為目前負責印刷業務的文官多是下級貴族，她曾說很希望有上級或中級的文官，可以一起帶去參加領主會議。要不要請她幫忙鍛鍊文官，讓他們明年能一同出席領主會議呢？」
之後到了貴族院，已經預計要讓印刷品正式亮相，所以明年的領主會議一定也會忙得不可開交，能支援的人手越多越好。
「而且若能多送一些成年近侍去領主會議，就可以預先了解那邊的情況。在自己開始參加領主會議之前，若有近侍已經相當熟悉，心裡也會比較踏實喔。」

我很期待哈特姆特的報告呢──我說完後，似乎是激起了韋菲利特的競爭意識，他看向自己的近侍們說：

「好，我明年要讓你們出席領主會議。」

……很好，為印刷業招攬到人才了！

就這麼過了幾天，大家對於幫忙處理公務也漸漸習以為常，休息時間已經能夠輕鬆自在地閒聊。柯尼留斯提起，習得羅潔梅茵式的魔力壓縮法、魔力量增加了的見習騎士們，成績都有明顯進步。

「在這種情況下，自己努力壓縮魔力，成績還有所提升的馬提亞斯真是了不起。」

「我甚至能把指揮工作交給馬提亞斯，而且在中級貴族當中，他的魔力量也偏多。若不是隸屬舊薇羅妮卡派，真想請羅潔梅茵大人把他納為近侍呢。」

自從托勞戈特請辭，始終沒有能夠接任的見習騎士──萊歐諾蕾一臉傷腦筋地表示。

「……格拉罕的兒子嗎？」波尼法狄斯臉色凝重地在旁聽著，低聲喃喃道。「但無論他的能力有多出色，再怎麼感到惋惜，只要他不願獻名，就不能將他納為近侍。否則對羅潔梅茵來說太危險了。」

聽波尼法狄斯的語氣，好像他知道什麼隱情。我納悶地偏過頭後，波尼法狄斯只是搖搖頭說：「我的意思是舊薇羅妮卡派太危險了。」就此結束這個話題。

「話說回來，羅潔梅茵式的魔力壓縮法太了不起了。真虧妳想得到。」

波尼法狄斯說，就連已經成年的騎士們也能讓魔力量增加，為此大力稱讚我。

「若沒有妳這個壓縮法，恐怕身為下級騎士的達穆爾也不可能繼續當妳的護衛騎士吧。也幸好他的發育比較慢，又剛好學了妳教的魔力壓縮法，才能夠雖是下級騎士，卻讓魔力增長那麼多。」

波尼法狄斯看著達穆爾說道。但其實達穆爾並不是發育比較慢，似乎是我的祝福對他造成了不小的影響，只不過這件事是我與卡斯泰德之間的秘密。

「達穆爾的魔力還在成長嗎？」

「不，這一、兩年來幾乎停了。畢竟他發育再怎麼慢，應該也已停止成長了吧。當然，只是容器停止成長而已，靠著羅潔梅茵式魔力壓縮法，今後他多少還是能讓魔力增加，再藉著鍛鍊與思考戰鬥方式，武藝也能持續精進。」

聽說達穆爾的魔力停留在中級貴族的中下程度。但思及他原本擁有的魔力量，這樣仍然是非常可觀的成長。

「今後他的魔力不可能再有顯著成長吧。即便想變強，現在也差不多到極限了。羅潔梅茵，妳還是要將達穆爾留在身邊當護衛騎士嗎？」

聽見波尼法狄斯這麼問，達穆爾用力握拳。我看著他立即點頭。

「祖父大人，達穆爾的強大並不只在於魔力而已。要是沒有達穆爾，我的近侍們根本無法好好團結起來。從今往後，我都不打算將他解任。」

「是嘛。既然如此，今後我也會繼續嚴格地訓練他。」

達穆爾的表情一僵。但若不接受波尼法狄斯的鍛鍊，會有麻煩的其實是他自己。儘管會很辛苦，但我也希望達穆爾能繼續努力。因為他知道了太多我的秘密，萬一被解除護衛騎士的職務，就得擔心身邊的人想要滅口。我可不想擔心這麼可怕的事情。

「祖父大人，不光是達穆爾，也請嚴格地訓練見習騎士們吧。雖然現在團隊合作的能力稍有改善，但他們好像還是不太明白該怎麼評斷貢獻程度。」

我舉例說了優蒂特在處理魚時的反應後，波尼法狄斯揚起嘴角，環顧在場的見習騎士們說：「原來如此。看來我得重新檢視指導內容。」

「祖父大人，您記憶中的貴族院是什麼樣子呢？」

後來其他天，我試著問起波尼法狄斯就讀貴族院時的情形。光是政變前後，斐迪南與我們在貴族院的上課情形就有很大的差異。波尼法狄斯又年長了我們這麼多歲，差異一定更大吧。我先提起了索蘭芝借我看過的、從前圖書館員所寫的日誌，再說到從前與現在的不同，然後問波尼法狄斯還記得哪些事情。

「記憶中的貴族院嗎……我只記得當年為了奪寶迪塔，老是在四處奔走。」

據說文官們一旦學會了如何製作回復藥水，就要不停製作藥水，也要製作迪塔所需的魔導具；侍從們全忙著打情報戰，偶爾還得騎著騎獸飛來飛去，為騎士們補充魔導具與回復藥水。此外，我本來以為波尼法狄斯一定是帶頭往前衝的類型，想不到他因為是領主候補生，領地對抗戰時必須負責指揮，專心發號施令。

「但當然，個人可以表現的時候，我就會盡情大展身手。」

聽說就讀貴族院那時候，他與戴肯弗爾格以及如今已經不在的孛克史德克的上級貴族交情很好，還曾帶著見習騎士們一起去狩獵。

「對了，我還曾在比迪塔的時候，弄壞了位在貴族院偏僻角落的祠堂。」

「這怎麼行呢！該不會二十個不可思議中，那個在貴族院內到處去祠堂惡作劇的壞學生就是祖父大人吧？」

「不是我。我只弄壞了一座祠堂而已，而且馬上主動稟報。應該早就修好了吧。」

波尼法狄斯急忙搖手否認。

「不過，妳說的二十個不可思議是什麼？我從來沒聽說。」

當事人不會知道吧，於是我向波尼法狄斯轉述了從索蘭芝那裡聽來的二十個不可思議傳聞之一。麥西歐爾與夏綠蒂也聽得興味盎然。

「話說回來，祖父大人剛才說應該已經修好了……所以您沒有再去查看嗎？」

「因為畢業以後，幾乎沒有機會再去貴族院。這可不能怪我。」

聽完波尼法狄斯的解釋，我說著「原來如此」表示理解。這時，幫我再倒一杯茶的黎希達輕笑出聲。

「您怎麼能欺騙大小姐呢。波尼法狄斯大人還在擔任騎士團長時，不是每年都會擔任前任領主的護衛騎士，一同出席領主會議嗎？」

「黎希達！」

被同年代而且知道自己過去的黎希達戳破謊話，波尼法狄斯一臉尷尬。

「那麼下次就由我代替祖父大人過去查看吧。那座祠堂在哪裡呢？」

「冬天埋在積雪底下，恐怕看不見吧。得到了積雪消融的領主會議時期才找得到。」

也就是說，在我去貴族院的那段時間似乎很難找到祠堂。真可惜。我順便再問了波尼法狄斯，是否聽說過圖書館裡有打不開的書庫。

「我倒是沒聽說過有什麼打不開的書庫。況且圖書館這種地方只要讓文官去拿取必要資料就好，無須自己前往吧。」

我本來還以為波尼法狄斯會很特立獨行，想不到仍和一般的領主候補生差不多。

「這是因為波尼法狄斯大人與大小姐不同，很少利用圖書館吧。」

「黎希達！」

波尼法狄斯就此沉下臉，不再吭聲。那鬧著彆扭的模樣有些可愛，在旁聽著的眾人都笑了起來。看來身邊若有人知道自己的過去，很難暢談陳年往事呢。

領主會議的報告會（二年級）

就這樣日復一日，領主會議似乎也結束了。我總算接到通報，聽說領主夫婦的侍從已經返回，開始為迎接主人做準備。由於後來的領主會議期間，斐迪南始終沒有回來，為此感到擔心的我便前往轉移廳迎接。當然，期盼著父母返回城堡的韋菲利特、夏綠蒂與麥西歐爾也來了。

「父親大人、母親大人！」

麥西歐爾雀躍的嗓音呼喊道。我滿懷期待地等著，終於看見領主夫婦回來了。芙蘿洛翠亞一如既往面帶微笑，然而齊爾維斯特卻是毫無笑意，幾乎面無表情。

道完前來迎接的寒暄後，我走向齊爾維斯特。

「發生什麼事了嗎？」

「報告會上再說……可惡，那個笨蛋。」

齊爾維斯特態度淡漠地簡短回應後，隨即嘖了一聲，小聲罵道。

「齊爾維斯特大人。」

芙蘿洛翠亞語帶責備地喚道。齊爾維斯特於是嘆了口氣，對著孩子們擠出笑容後，催促大家離開轉移廳。

「接下來其他人都會回來，我們出去吧。」

這時轉移陣發出亮光，彷彿正等著齊爾維斯特說出這句話。這次回來的人是斐迪南。

「斐迪南大人，歡迎回來。」

「嗯，我回來了。」

斐迪南回應時，臉上帶著可以說是前所未見的完美假笑。

「哈特姆特，斐迪南大人發生什麼事了嗎？」

回房後我向哈特姆特打聽，但他說自己只有與戴肯弗爾格交涉的時候才獲准出席，斐迪南要去的地方他並無法同行。

「後來我只看到奧伯在宿舍裡大聲怒吼，而斐迪南大人始終是沉默以對。從奧伯怒吼時說過的話來推測，我猜斐迪南大人應該是接下了無法違抗的王命。」

緊接著，哈特姆特向我報告他們與戴肯弗爾格的交涉結果。針對版稅以及古文翻譯所訂下的協議，就和預想中差不多。

「戴肯弗爾格的第一夫人真是小覷不得。儘管她不太能肯定，但好像已經發現了印刷的存在。」

「怎麼說呢？」

「聽說她比對了您借給漢娜蘿蕾大人的書籍，認為字跡太過工整，即便都是同一個人所寫也太過奇怪。還指出文字邊緣的墨水，其附著的方式也與其他手寫書籍不同。最主要是艾倫菲斯特既然打算販售書籍，她推測我們應該是擁有能夠做出一模一樣書籍的技術。」

……大領地的第一夫人好恐怖。

拿到了試用的絲髮精後，馬上就進行分析的多雷凡赫固然恐怖，但只是比對了女兒借回來的書籍，就能看出這麼多端倪的戴肯弗爾格第一夫人也很恐怖。

「此外，關於版稅與古文翻譯該支付的費用及其抽成，戴肯弗爾格的文官們也理解得相當迅速。由此可以看出戴肯弗爾格與艾倫菲斯特的差距。」

想要採用前人未曾有過的概念，是很困難的事情。因為書籍原本都是理所當然地用手抄寫而成，大多數人似乎很難理解「按每本書計算」的概念。就連要讓處理印刷業務的下級文官們理解，也花了點時間。雖然實際在印書的艾薇拉倒是很快就領會。

「還有，大概是在觀察我是否配得起克拉麗莎，會議期間我一直能感受到針扎般的視線，讓人非常緊張。」

聽說在場的其中一名護衛騎士就是克拉麗莎的父親，他從頭到尾瞪著哈特姆特瞧。哈特姆特說他整場會議都膽顫心驚，很擔心對方突然一刀砍過來。

「還有，表揚儀式上發生敵襲時，羅潔梅茵大人為了保護艾倫菲斯特的學生曾變出風之女神的盾牌，那在當時似乎非常醒目，因此在領主會議期間蔚為話題。」

「……哈特姆特，你沒有再多嘴吧？」

「至今我推廣的，都只有正式對外公開的聖女傳說。這點分寸我還知道。」

他說他其實一到貴族院就很想推廣最近蒐集來的聖女傳說，像是討伐輒拿斯巴法隆時給予的黑暗之神祝福，以及採集場所的治癒等等，但都極力克制住了。

「麻煩你再克制一點，也不要再散播那些被人誇大過的聖女傳說了。」

「這樣就只剩平平無奇的事蹟可說，我個人是有些不太樂意呢。但既然羅潔梅茵大人如此希望，那也無可奈何。」

所有人都從領主會議回來後，隔天就是報告會。出席的有領主一族及其近侍們，還有騎士團與位居高層的文官，人數相當眾多。韋菲利特、夏綠蒂與我一起前往會議室，往安排好的位置坐下。

「難得看到叔父大人心情這麼好呢。是領主會議的傳喚有什麼好事嗎？」

韋菲利特坐在我左手邊，看著幾乎坐在他正前方的斐迪南這麼說。本來我還一直刻意不看斐迪南，聞言看向他臉上掛著的假笑，隨即打了個哆嗦。那麼爽朗又完美的假笑我從來沒見過，所以更讓人感到害怕。我完全不曉得在斐迪南的假笑底下，他究竟在想什麼，正對什麼感到生氣。

「韋菲利特哥哥大人，您千萬別被騙了。那是斐迪南大人心情非常不好的表情。」

「是這樣子嗎？」

「……但我從沒見過他露出這種笑容喔？」

坐在我右手邊的夏綠蒂驚訝反問，韋菲利特則是看看我再看向斐迪南，滿臉狐疑。

「如果只是情緒有些起伏，斐迪南大人會用面無表情來掩蓋；但越是感到生氣或痛苦的時候，他反而越會露出滿面笑容，不讓別人看出自己的真實情緒。」

「羅潔梅茵。」

斐迪南加深了臉上的笑意喚道，舉起單手很快做出掩嘴的動作。明白他的意思是要我「閉嘴」，我用兩隻手摀住嘴巴，不住點頭。

……所以我就說笑容滿面的神官長更可怕嘛。

「全員到齊了吧。」

眾人皆準備就緒後，領主夫婦走了進來。報告會和去年一樣正式開始。

「今年同樣有些重大變化，因此有許多消息要通知各位。此外也做了不少重要決定，麻煩各位留神細聽。」

齊爾維斯特道完寒暄，接著由領主的文官站起來，首先發表今年領地的排名。聽說艾倫菲斯特今年上升到第八順位，今後在貴族院將使用八號的大門與房間。

「多虧羅潔梅茵式的魔力壓縮法，正值發育期的孩子們魔力都有大幅成長。而且孩子們不單個人，也以提升領地的整體成績為目標全力以赴，成果更是反映在了今年的優秀者人數上。學生們在貴族院的成績皆有顯著提升，希望能繼續保持。」

聽了文官發表的排名，韋菲利特有些不滿地噘起嘴唇。

「還以為我們的排名能更高呢……」

「只靠貴族院的成績與新流行，想再提升恐怕很難了吧。除非艾倫菲斯特能對中央擁有更強大的影響力，否則我想應該到極限了。因為排名在我們上面的領地，全是與王族為親族的中領地，以及原本就有強大影響力的大領地。」

如果想讓排名變得比現在更高，不只要推出新流行，還得往中央送去人才。然而，一旦把實力足以在中央發言、還能造成影響力的人才送去中央，馬上就會換艾倫菲斯特陷入困境。

「還得栽培人才啊……」

「若想要保有現在的成績，又能送去優秀的人才，得花上好幾年的時間呢。」

韋菲利特與夏綠蒂雙雙露出了傷腦筋的表情。從土地面積來看，艾倫菲斯特的貴族人數算是偏少，必須花上不少時間才能栽培出可以送往中央的人才。

「今年因為貿易往來的關係，我們對中央與庫拉森博克多少有了一些影響力。到了冬天更預計要在貴族院推廣印刷品，麻煩各位要打起十二萬分的精神工作。」

接著是關於今年貿易對象的說明。聽說今年已決定與中央、庫拉森博克還有戴肯弗爾格進行貿易。文官環顧會議室內的眾人，繼續報告。

「每個領地能派出的商會數量上限，已決定中央為八個，曾給平民區造成困擾的庫拉森博克為六個，戴肯弗爾格也是六個。而對於今年也未能進行貿易的領地，則是販售了絲髮精的配方與已徵得羅潔梅茵大人同意的點心食譜。」

由於有很多領地都想取得絲髮精，所以聽說配方的售價相當高，但還是有不少領地爭相購買。

「如此一來，應該能讓高漲的植物油價稍微下跌吧。往後貿易對象的增加已是必然，但我們也深刻體會到，為此不只艾倫菲斯特這個城市，整個領地都需要進行整頓。」

單靠艾倫菲斯特的平民區，能夠接待的商人數量有限，因此若再不想想辦法，像是擴張艾倫菲斯特這座城市的占地範圍，或是像葛雷修那樣整頓位在大道邊的城鎮，只怕無法再增加貿易對象的數量。

……不過，這種重新規劃城鎮的事情就是養父大人的工作了呢。

「接下來，由我報告印刷業的消息。關於出版戴肯弗爾格的史書一事，我們與戴肯弗爾格進行了協商。」

哈特姆特報告完後，齊爾維斯特的近侍捧著一個盒子上前。

「這是戴肯弗爾格請我們轉交，要給比了迪塔後贏得出版權的斐迪南的戰利品。」

看來盒子裡放著的，就是海斯赫崔說過的那些原料。斐迪南檢查了盒內物品，點點頭說「我已確實收到」，便把盒子交給尤修塔斯。

接著換另一名文官站起來，報告內容是與夏綠蒂有關的聯姻請求。

「由於韋菲利特大人與羅潔梅茵大人已訂下婚約，今年有許多領地都提出了想迎娶夏綠蒂大人的請求。」

聽說提出請求的領地極多，有的是想迎娶夏綠蒂為大領地的第二或第三夫人，有的甚至是從前我們想也不敢想的上位中領地的第一夫人。

「由於此事我們無法立即做出決定，說好之後再做答覆，並會在徵詢過夏綠蒂大人的意見後進行討論。」

以艾倫菲斯特現在的情況，似乎也還無法決定要與哪個領地結親。應該要就算是當第二夫人或第三夫人也要與大領地建立關係，還是選擇能夠出席領主會議的第一夫人？很多事情都需要好好考慮。

「與此同時，也有領地向奧伯．艾倫菲斯特提出了希望他能迎娶第二、第三夫人的請求。這點也請慎重考慮。」

齊爾維斯特曾公開表示，除了芙蘿洛翠亞外無意再迎娶其他妻子。然而，現在的情況已經改變，不能再不與他領建立關係，只是待在自己的領地內就好。今後似乎必須藉由聯姻與他領結交，擴大影響力。

「……和夏綠蒂一樣，此事也日後再做答覆。」

齊爾維斯特表情非常難看地說，在他身旁的芙蘿洛翠亞聳聳肩，好像在說「真拿你沒辦法」。隨後齊爾維斯特假咳一聲站起來，揚手一揮改變話題。

「接著是有關王族的消息。錫爾布蘭德王子已經舉行了首次亮相。雖說他是戴肯弗爾格出身的第三夫人之子，但聽說一直是以臣子的身分養大。如今，下任國王可說已確定是第一王子席格斯瓦德大人。」

「比起格里森邁亞出身的第一夫人之子，戴肯弗爾格出身的第三夫人之子魔力應該更多、也更優秀，戴肯弗爾格居然願意退讓。」

「可能還是以避免政變的發生為優先考量吧。」

聽到錫爾布蘭德是以臣子身分養大，眾人議論紛紛。齊爾維斯特接著報告另一件事，打斷大家。

「此外，亞納索塔瓊斯王子與庫拉森博克的艾格蘭緹娜大人的星結儀式也已順利結束。儀式時，艾格蘭緹娜大人全程戴著艾倫菲斯特製作的髮飾。由於引來大量矚目，我想今後多半仍會有來自大領地或王族的委託。」

奇爾博塔商會的髮飾如果備受矚目，相信今年仍會接到委託吧。我回想了接著要畢業的有哪些領主候補生，說不定戴肯弗爾格的藍斯特勞德也會提出委託，要訂做髮飾送給自己的對象。

……不知道蒂緹琳朵大人該怎麼辦呢？雖然奧伯．亞倫斯伯罕提出了想要招納夫婿的請求，但神官長說他已經拒絕了。

我「嗯……」地沉思時，齊爾維斯特開口道：「最後，有一項對艾倫菲斯特來說非常重要的通知。」他的嗓音略略變得低沉，臉上也沒了表情，像在克制自己的情緒。

……是這次領主會議裡發生的，最重要的一件事情嗎？

發現齊爾維斯特此刻的表情，就和他剛走下轉移陣時的面無表情一樣，我不自覺繃緊全身。所有人都把目光投向齊爾維斯特後，他緩緩開口。

「在國王的命令下，已決定斐迪南將與亞倫斯伯罕的領主候補生成婚。由於成婚的對象蒂緹琳朵大人尚未從貴族院畢業，暫時會先訂婚。」

……不是說這件事結束了嗎！為什麼會變成國王的命令？

我立刻轉頭看向斐迪南。斐迪南臉上，依然是他打從領主會議回來後就一直維持至今的完美假笑。

「訂婚嗎？這可是喜事。斐迪南大人終於也有這麼一天……」

「斐迪南大人曾進入過神殿，大領地亞倫斯伯罕竟然還願意招他為婿……這真是無上的光榮。」

「畢竟曾經連續多年獲選為最優秀者，肯定也深得王族賞識吧。」

周遭的貴族們紛紛送上祝福。對此，斐迪南仍舊面帶假笑，輕輕點頭回應。從本人曾親口拒絕過這點來看，想也知道他自己根本不想結這個婚。而我看得出來，正是因為心中有著滿腔的怒火與不甘，他臉上才會擠出那般無懈可擊的假笑。然而，斐迪南卻一副很高興的樣子，接受大家的祝福。

……神官長要忍耐到哪種地步才行呢？居然要與長相酷似他討厭的薇羅妮卡大人的蒂緹琳朵大人結婚，他真的能得到幸福嗎？

看著面帶完美笑容的斐迪南，反而是我不甘心得感到想哭。多半與我有同樣的心情，本來還面無表情的齊爾維斯特在看向斐迪南以後，眉頭忍不住越皺越深，極度不快地沉下臉來。被芙蘿洛翠亞輕戳一下手臂後，他又變回原本的面無表情，但不是很成功。

「安靜。」齊爾維斯特臉色微沉，環顧會議室說。大家停止道賀，將目光重新投向齊爾維斯特。

「目前已經談定，一等蒂緹琳朵大人畢業，斐迪南就要搬到亞倫斯伯罕；以及搬去之後，便要在當年的領主會議舉行星結儀式。」

一般訂婚之後，會再間隔一年左右的時間才結婚。因為成婚時若要搬往他領，有很多事情得準備。居然畢業之後就要馬上結婚，未免太趕了吧。有什麼非急著結婚不可的隱情嗎？

「為此，我將讓斐迪南卸下神官長一職，同時也需要任命新的神官長。」

會議室內頓時一陣譁然。考慮到貴族間的關係，若能以神官長的身分從旁輔佐我，這份工作確實很吸引人；但為了不給其他貴族留下負面印象，又不想與神殿扯上關係——現場瀰漫著這樣的氣氛。自從我與近侍會出入神殿，儀式也引發了哈爾登查爾的奇蹟後，大家對神殿的觀感好像稍有改善，但看來下意識還是感到排斥。

「奧伯．艾倫菲斯特，請您任命我為神官長。」

這時，哈特姆特跳出來毛遂自薦。緊接著他開始滔滔不絕，主張自己身為我的近侍，平日早就在出入神殿；而且因為都在神官長室幫忙處理公務，交接起來會比其他人更順利；再加上輔佐我，本來就是他身為近侍的職責。

「但是，哈特姆特……你不是數年之後就要結婚嗎？」

才剛介紹了自己的結婚對象，怎麼能就此進入神殿——斐迪南皺眉表示。神殿裡頭並沒有已婚人士，況且神官與巫女都不能結婚。正因如此，我的神殿長任期也只到我成年、結婚為止。

對於斐迪南提出的疑慮，哈特姆特一派好整以暇地露出微笑。

「我並不是要拋棄貴族身分，只是以輔佐羅潔梅茵大人為優先考量罷了。等到羅潔梅茵大人成年、卸下神殿長一職，我也會辭去神官長的職務結婚。倘若克拉麗莎無法接受我要進入神殿，那就放棄這門婚事也沒關係。」

……怎麼會沒關係！才剛說好要結婚就進入神殿，克拉麗莎與她的父母一定會很有意見，況且克拉麗莎感覺還是唯一有辦法與哈特姆特結婚的女孩子，要是這門婚事告吹了怎麼辦?!

我四年後才成年，到時克拉麗莎就十八歲了。雖然以世俗眼光來看這樣不算太晚嫁，但我覺得未免也讓克拉麗莎等太久了。

……我可不希望自己的近侍裡有更多結不了婚的人喔！

然而我內心的吶喊無人聽見，齊爾維斯特直接任命唯一的自薦者哈特姆特為神官長。

「哈特姆特，那我就任命你為神官長吧。在城堡你得擔任近侍，在神殿則要擔任神官長。工作起來想必不輕鬆，再者能夠交接的時間也不多，但就麻煩你了。」

「謹遵奧伯之命。」

敲定了神官長的接任人選後，報告會就此結束，會議室內重新變得嘈雜。除了少部分人外，聽到喜訊的大家都神色開朗地離開。

「今年的報告內容一樣不少呢。」

「是呀。明年還預計要大力推廣印刷業，現在最好去向艾薇拉打聲招呼，請她以後多分配一些工作給我們吧。」

這陣子與波尼法狄斯一起工作後，韋菲利特與夏綠蒂都決定要多接點工作好鍛鍊文官他們，邁步走向艾薇拉。我看著兩人走遠的背影，自己也喀答一聲起身，走向依然面帶虛假笑容的斐迪南。

「斐迪南大人，我有話想問您。」

我要問清楚這到底是怎麼一回事。就在我仰頭瞪著斐迪南時，齊爾維斯特也朝這邊走來。

「那正好，我也有話想問斐迪南。你們兩個一起來領主辦公室。」

聽得出來他的聲音怒氣騰騰，讓我很想這麼大喊：「不用兩個一起也沒關係！」

私下的報告會（二年級）

「所有人都退下，出去吧。」

齊爾維斯特猛然揮手下令。從他坐在椅子上的樣子與銳利的眼神，可以看出他的心情極度惡劣。「動作快。」他低聲命道，近侍們急急忙忙地退出領主辦公室。

「我的問題可以之後再問斐迪南大人，請兩位慢聊……」

由於齊爾維斯特的模樣太過恐怖，我正想與其他人一起告退時，斐迪南卻牢牢扣住我的肩膀，再往我湊來那張毫無死角的笑臉。這邊也超恐怖。

「妳也留下，省得浪費時間。反正妳想問的也是同一件事吧。」

……不——！開溜失敗！

我的近侍們丟下被斐迪南抓住肩膀的我，也退出辦公室。我眼睜睜看著門扉無情地關上後，齊爾維斯特「咚」地拍桌。

「快說。領主會議期間國王召見你後，對你說了什麼？為何你一句話也沒和我商量就答應了這樁婚事?!」

「咦?!斐迪南大人的婚事是在奧伯不在場時敲定的嗎？」

領內的貴族要結婚都得經過領主同意。更何況斐迪南還是領主一族，絕不可能在領主齊爾維斯特不在的情況下談定婚事。

「正確地說，是國王在問話時試探性地提了這樁婚事，結果這個笨蛋竟然擅作主張答應下來，把可以拒絕的理由都推翻了。成了定局以後才來徵求我的同意。」

原來國王召見時，用的理由是表揚儀式上，斐迪南為了討伐靼拿斯巴法隆所釋出的魔力攻擊波及到了太多人，為此有話想問問他，想不到卻是問了婚事。

「發生了那種事後，找人個別問話本就稀鬆平常，所以我也沒有任何懷疑，就這麼讓斐迪南去晉見國王。早知道國王會問起你與亞倫斯伯罕的婚事，我絕不可能讓你去。我不想再讓你更痛苦了！」

齊爾維斯特擔心斐迪南的這番話語讓我胸口一熱。然而，當事人的反應卻和我不一樣。只見斐迪南環抱手臂，淡金色眼眸冷冷地看著齊爾維斯特。

「我就是料到你會不顧這是王命，直接表達抗議，所以才先斬後奏。你應該也知道，違抗國王的命令並非明智之舉，卻還想因為我一個人的關係讓艾倫菲斯特陷入險境嗎？你還是老樣子，一心就只想護著自己人。明明你當初還不得不制裁自己的母親，看來這件事仍沒讓你學到半點教訓。」

斐迪南一鼓作氣說完，對齊爾維斯特狠狠訓道，然後垂下目光。

「王命只能遵從。這點你也明白的吧，齊爾維斯特？」

「只要你沒有擅自答應，我本來可以找到一堆理由推掉。」

齊爾維斯特一個個列出了他用來拒絕亞倫斯伯罕時的理由。斐迪南聽了只是盤手抱胸，冷哼一聲。

「一邊是說好聽為中立，卻從未支持過國王，只是靜待政變結束，如今還急遽提升排名的艾倫菲斯特；一邊是儘管與國王站在同一陣線、甚至出手相助，卻還是得把本為下任領主候補的兩個兒子降為上級貴族，領內又因魔力枯竭而開始變得貧瘠的亞倫斯伯罕。想也知道哪個領地現在更有餘力，國王更該優先考慮哪個領地吧？」

聽說別人都說，艾倫菲斯特就是因為當初保持中立，逃過了一劫留有餘力，現在才能提升領地順位。因此不管是政變時支持了落敗方，如今苦不堪言的領地；還是支持了勝利方後，卻因為肅清得送貴族去中央填補空缺，反而導致領內魔力不足的領地，都對艾倫菲斯特心懷忌恨。與此同時，旁人似乎也都覺得我們十分危險，因為明明對中央與國王沒有什麼忠誠心，影響力卻不斷上升。

「我們必須藉由接受國王的要求，向眾人昭告我們無意與中央為敵。」

「如果只是因為這樣，你根本沒必要非得答應與亞倫斯伯罕的這門婚事。既然是大領地要招婿，還有很多領地的排名都比艾倫菲斯特要高吧。照理說，應該還有比仍在神殿任職的你名聲要好、年紀也更相近的其他人選。」

既是大領地亞倫斯伯罕要招婿，由其他領地推出人選確實更適合吧。艾倫菲斯特的排名是近幾年才開始上升，儘管備受矚目，但普遍仍然認為這不過是一時的熱潮。況且大領地領主配偶的後盾若是艾倫菲斯特，別人大概也會覺得很不牢靠吧。

「我仍在神殿任職，似乎也是帶來麻煩的原因之一。聽說到處都有人說，艾倫菲斯特對我百般打壓，這些話甚至傳進了國王耳裡。」

斐迪南曾連續多年獲選為最優秀者，卻在畢業後沒多久，幾乎是前任領主過世的同時就被送進神殿；而同樣獲選為最優秀者的我雖是領主養女，卻也仍在擔任神殿長。

「傳言都說，艾倫菲斯特明明從不讓歷任領主第一夫人的孩子進入神殿，對待其他孩子卻是極盡打壓；而我的能力既然如此出眾，就不該在神殿裡埋沒。甚至有人提出懇求，希望能讓我離開艾倫菲斯特，恢復自由之身。」

其實韋菲利特與夏綠蒂也會參加祈福儀式和收穫祭，但這件事他領的人好像幾乎不知道。而且比起在城堡，我在神殿待得更輕鬆自在，斐迪南也會有多餘的時間可以專心做自己感興趣的研究，所以我們兩人反而會以儀式為藉口，只想趕快回神殿。

「我們甚至不管大家都說應該在城堡多待點時間，頻繁地回神殿呢。但是，他領不會曉得這種情況吧。話說回來，是哪些領地的人提出了這種懇求呢？」

「聽說是戴肯弗爾格與多雷凡赫。周遭人們也就開始附和，認為應該要讓被迫進入神殿的我成為大領地的女婿，讓我能到檯面上發揮實力。」

……他們會這麼做，肯定也是出自對神官長的好意吧，但實在讓人困擾。

我也知道自己對神殿的看法與其他人截然不同，但還是忍不住覺得他們簡直多管閒事。同時這也讓我體認到，如果想要操縱情報，讓周邊領地的發言變得對自己有利，艾倫菲斯特在這方面的能力還非常不足。

「萬一你完全無視其他領地的意見，一心只想阻止國王指定的婚事，只怕對你奧伯・艾倫菲斯特的名聲並不好。這種情況你也不樂見吧？」

斐迪南說完，齊爾維斯特倏地瞪大眼睛。

「你只因為我的名聲就草率決定自己的終身大事嗎?!更何況我根本不認為你會因為那點傳言就答應這門婚事，嗤之以鼻還比較有可能。與亞倫斯伯罕會面時你分明拒絕了，

後來到底又發生了什麼事讓你改變主意？一定還有其他原因。快點從實招來！這就是你的壞毛病。不要什麼事都藏在心裡！」

齊爾維斯特似乎看出了斐迪南一直在避重就輕，眼中亮起鋒利光芒。斐迪南嘆了口氣，忽然別過臉龐。

「這是尚未證實的情報，我並不想透露。」

「別管了，快說！」

「尤修塔斯蒐集情報時，經常會把謠言以及不知是從何人口中聽到的消息也帶回來，所以我可不敢保證真偽。」

斐迪南先說了這麼囉嗦的開場白後，緩緩環顧四周，壓低音量說：

「……據聞奧伯．亞倫斯伯罕已經不久人世。假使尤修塔斯蒐集到的情報無誤，很可能會在訂婚期間便前往遙遠高處。」

「你說什麼？」

斐迪南與蒂緹琳朵大約在一年之後結婚，如果有可能在這段期間內就撒手人寰，代表真的沒剩多少時間了。

「這則情報是否屬實，現階段我也沒有辦法查證。但若是屬實，便可以理解為何奧伯．亞倫斯伯罕這般極力懇求國王。也大概可以說明，他為何這麼執著於要我入贅至亞倫斯伯罕。」

在兩人還只是訂婚的階段，倘若領主亡故，亞倫斯伯罕領內的領主一族，將只剩下一名即將畢業、尚未成年的領主候補生，與一名還未就讀貴族院的領主候補生，以及僅剩一名的遺孀。單靠三人要維持大領地的運作，實在是不可能的事情。

「因此，亞倫斯伯罕非常需要具有實務經驗，可以立即擔任大領地的代理領主，而且還要擁有足夠魔力、未婚且已經成年的領主候補人選。」

而符合這些條件的領主候補人選，放眼尤根施密特境內也只有斐迪南。因為一般領主候補生都會在成人數年後便結婚，不可能會有尚未結婚、還累積了實務經驗的人選存在。更遑論現在因為貴族人數驟減，中央甚至是鼓勵領主候補生與上級貴族能早點結婚、早日誕下子嗣。

「倘若情況已經急迫到了奧伯得向國王提出請求，代表領內已沒有足夠的魔力能夠遍及全領。在蘭普雷特的星結儀式那時，你們也看到了境界門周邊的景色吧？現在很可能不只賓德瓦德那塊土地，而是整個亞倫斯伯罕都是那種情況。」

我想起了在艾倫菲斯特與亞倫斯伯罕的交界處，兩邊領地的景色呈現非常鮮明的對比。當時看到兩邊的綠意相差那麼多，我還大吃一驚。

「就連自領都已經是那種情況，亞倫斯伯罕更不可能有心思顧及政變後交由他們保管的舊孛克史德克領，甚至有可能棄之不顧。」

萬一舊孛克史德克領因此成了表揚儀式時那些恐怖分子的溫床，國王也必須盡快採取對策吧。

「但如果擔心的是這件事情，大可以把交給亞倫斯伯罕保管的那部分領地收回去，由中央自行管理呀？」

「有餘力早就這麼做了吧。王族與中央現在肯定也是人手不足。」

齊爾維斯特說，如今王族的人數與政變前相比減少了許多，就算想要採取對策，恐怕各方面都是力不從心。看來尤根施密特自身魔力不足的情況，比我至今想像的還要嚴重。

「如今不管哪個領地都在咬牙苦撐，而中央與亞倫斯伯罕的魔力是否不足，老實說我也根本不在乎。」

斐迪南說完，慢慢吐氣。

「但重點在於不久後就要面臨的事實。一旦奧伯．亞倫斯伯罕前往遙遠高處，在只剩下兩名未成年領主候補生的情況下，你想是誰將手握大權？」

齊爾維斯特沉默下來，眨也不眨地瞪著斐迪南。不用說，這種情況下將握有最大權力的人，自然是第一夫人喬琪娜。

「一旦奧伯．亞倫斯伯罕前往遙遠高處，領內魔力不足的情況勢必更加嚴重，屆時你能預想到她會使出什麼手段嗎？如果是他領的人入贅至了亞倫斯伯罕，他有可能為艾倫菲斯特著想嗎？因此我認為，若有人能過去蒐集情報，並制止喬琪娜採取行動，對艾倫菲斯特來說也是好事一樁。」

「你就為了這種理由願意過去嗎？前往你曾那麼排斥的亞倫斯伯罕？就為了跟你說長相像極了母親大人，所以光是看到她就覺得不快的女子成婚？」

齊爾維斯特不甘地瞪著語氣始終淡然的斐迪南。

「沒錯。如果想以未婚夫的身分一邊交接，一邊慢慢掌控亞倫斯伯罕，我擁有的時間實在不多。最重要的是，我已判定自己是最適合的人選。」

「既然你不是被迫從命，而是從中發現了利益才這麼做的話，那我也無話可說。但你還是老樣子，什麼事都喜歡保密、擅作主張，這點實在讓我火大。」

齊爾維斯特的話聲還是顯得很不高興，但臉上已經浮現了能夠理解的神色。「你能明白就好。」斐迪南也這麼說著，結束這個話題。

齊爾維斯特或許可以理解，但我完全不能接受。撇開領地的利益不說，這件事對斐迪南來說有任何好處嗎？這才是最重要的事情吧。

「我已明白斐迪南大人確實是最適合的人選。但是，您自身真的想這麼做嗎？」

「這麼做既能向國王展現忠誠，還能賣人情給中央與亞倫斯伯罕，對艾倫菲斯特的名聲也有正向幫助，更能輕易獲得有助於牽制喬琪娜的情報。真要再補充的話，那就是我若能成為亞倫斯伯罕下任領主的夫婿，舊薇羅妮卡派的貴族也會向我靠攏，更能因此獲取新情報吧。離開艾倫菲斯特之前，我不會留下任何需要擔心的事情。只要蒐集到證據，危險人物我都會加以排除。這對艾倫菲斯特來說是最好的選擇吧。」

斐迪南依然面帶假笑，逐一列出這麼做對領地有哪些好處，但我聽了只覺得怒火中燒。結果他還是滿腦子只想著身邊人們與領地的利益，從來沒為自己著想過。

「斐迪南大人，我問的並不是這麼做對艾倫菲斯特來說，是不是最好的選擇。」

「啊？」

斐迪南偏過頭，彷彿在說不明白我想問什麼。

「重點在於斐迪南大人自己想不想結這個婚吧？」

「我嗎……」

我定睛注視斐迪南，只見他臉上的假笑更是燦爛。我馬上意識到，他又打算敷衍過去了。

「您如果打算回答沒錯的話，就別再露出那種假惺惺的笑容了。不要以為那種假笑騙得了我喔！」

我模仿黎希達，伸手猛地指向斐迪南。他臉上的假笑頃刻消失，眉間的皺摺重新出現，那雙淡金色眼眸充滿不悅地瞪著我瞧。

「這不也是妳的希望嗎？」

「我的什麼希望？」

「妳不是想要亞倫斯伯罕嗎？我就如妳所願把它搶過來吧。」

斐迪南露出了堪比魔王的笑容。

「我、我那是想要魚的意思，啊、還有也想要書……總之，您明明知道我不是那個意思吧！現在先別說我的事情了！斐迪南大人真正的想法更重要吧！」

我氣呼呼地反駁後，斐迪南輕笑了聲，然後靜靜吐氣。

「……我確實想得到情報，也想掌控亞倫斯伯罕，但並不想結婚。但是，為達目的這也是不得不為。因為有必要，我才願意前往。希望妳能明白。」

從不說出自己希望的斐迪南，給予了我最接近他真心話的回答，我這才稍稍感到滿足。但是，就只是稍微而已。這麼與我交談幾句後，假笑馬上重新回到他的臉上，總讓我覺得他還有所隱瞞。

「齊爾維斯特，由於有太多事務需要交接，我與羅潔梅茵暫時都會待在神殿。有事再用奧多南茲通知我們。」
「知道了。」
齊爾維斯特似乎已打算就此結束對話，斐迪南臉上的假笑卻沒有徹底消失。我目不轉睛地盯著他的笑臉，斐迪南像是想起了什麼，輕揚起眉看向齊爾維斯特。
「如今到了這個地步，艾倫菲斯特必須時刻關注他領的影響力，自己也必須藉由聯姻與上位領地建立關係。你也一樣，就算自己沒有意願，也該迎娶第二夫人和第三夫人了。好好考慮吧。」
「嗯，我知道。我會好好考慮，你們走吧。」
齊爾維斯特不耐煩地揮揮手，把我們趕出辦公室。我在外頭等著的護衛騎士是達穆爾與安潔莉卡，安潔莉卡立刻前去呼叫在其他地方待命的近侍。在近侍們過來之前，我與達穆爾留在原地等候。
這時，斐迪南帶著艾克哈特與尤修塔斯正要快步離開，我立刻抓住他的袖子，逼得他停下腳步。
「羅潔梅茵，注意規矩。」
「斐迪南大人，等回到神殿以後，請給我一點時間兩人單獨談話吧。」
斐迪南的臉色變得有些嚴峻，像在提防警戒。
「妳我如今都有婚約在身，不適合兩人單獨談話。打消這個念頭吧。」
但不管斐迪南怎麼反駁，我都不打算打消念頭。
「經過剛才的談話，養父大人似乎已經可以理解，但我仍然無法接受喔。明明我內心還有這麼多疑問，要是斐迪南大人不願意傾聽，我就只能去問其他人了。像是關於阿姐什麼實的……您願意為我解答疑惑嗎？」

雖然只是直覺，但我總覺得中央騎士團長勞布隆托說過的「阿妲姬莎之實」跟這次的王命有關。我笑容可掬，語帶威脅地這麼拜託後，斐迪南露出了非常不高興的表情狠狠瞪我。看這樣子，果然國王召見時並不只談了他向齊爾維斯特報告的那些事情，他還隱瞞了某些秘密。

「……回神殿再說。在那之前不許問任何人。」

「我知道。」

斐迪南毫不掩藏臉上的猜疑，低頭看著我說。發現他臉上不再帶著虛假的笑容，我有些鬆了口氣。

選擇

本來想要立即返回神殿，奈何事情沒有那麼簡單。確定要入贅至亞倫斯伯罕後，斐迪南收到了雪片般的會面邀請函；我則被叫去參加艾薇拉她們的茶會，被迫傾聽她們充滿怒火與悔恨的牢騷，也收到了許多文官寄來的請求信函，內容是希望能夠參與明年將大力推廣的印刷業務。

我努力安慰艾薇拉等人，並建議她們可以昇華內心的情感，將其化作文字，另外也和想參與印刷業務的文官們會面。韋菲利特與夏綠蒂得到了艾薇拉分配的工作後，再交給自己的文官。察看過工作情形後，我決定把大半的印刷業務都交給兩人的文官。

「因為我還有很多其他事情要做。」

除了要處理神殿的交接，我還要預習貴族院的課程、學習製作回復藥水等等，有很多事情得接受斐迪南的指導。不久後，我與迅速解決掉了大部分會面請求的斐迪南一同返回神殿。

一回到神殿，我就不請自來踏進神官長室。就算斐迪南兇神惡煞地瞪過來，我也毫不退縮，說：「我們談談吧。」真想好好稱讚自己一番。斐迪南用感覺得出非常不情願的動作，為我打開秘密房間的門。工坊裡頭依舊雜亂地堆滿了調合用具與原料，我手腳俐落地整理好長椅，為自己找到位置坐下。

「終於有時間可以談話，我真是太高興了。」

「高興的只有妳而已。」斐迪南冷冷回道，也往椅子坐下。「那麼，妳究竟想問我什麼事？」

「首先，我想再多了解亞倫斯伯罕的現況。因為是神官長要去的地方嘛。」

大概以為我會一開口就問有關阿妲姬莎之實的事情吧。本來繃緊了全身的斐迪南，微微鬆開肩膀。

「關於亞倫斯伯罕的情況，我應該已經說明過了吧？」

「那些說明怎麼夠呢。雖然據說奧伯・亞倫斯伯罕已經不久人世，但尤修塔斯的情報也有可能不準，結果他活到跟曾祖父大人一樣的歲數吧？在那種情況下，蒂緹琳朵大人真的能成為下任領主嗎？明明從多雷凡赫收養來的萊蒂希雅大人擁有更穩固的後盾與派系支持，她應該更適合成為下任領主吧……」

萊蒂希雅擁有已故第一夫人留下的、原本亞倫斯伯罕領內就有的派系，也擁有親生母親所在的多雷凡赫為後盾；相較之下，一個是突然從第三夫人變成第一夫人、還是艾倫菲斯特出身的喬琪娜，一個是直到喬琪娜變成第一夫人前，從未被視為是繼承人的蒂緹琳朵。若問誰更適合擔任亞倫斯伯罕的下任領主，很輕易就能得出答案。

「確實如妳所說。當年肅清之際，奧伯・亞倫斯伯罕不得不讓兩個兒子降為上級貴族，所以國王後來才讓他收養多雷凡赫的外孫女為養女，如今更決定讓年紀剛好匹配的錫爾布蘭德王子入贅過去，藉此對亞倫斯伯罕伸出援手。」

聽說錫爾布蘭德將在成年後入贅一事，也已經在領主會議上他首次亮相時宣布。

「倘若在萊蒂希雅大人成年前奧伯都還健在，那自然再好不過。但是，他也知道自己時日不多了吧。假使奧伯在萊蒂希雅大人成年前去世，妳想結果會如何？」

「呃……如果當下沒有已經成年的領主候補生，會由第一夫人代為管理領地，等到領主候補生成年，就由那個人成為下任領主。以亞倫斯伯罕的情況來看，就是由喬琪娜大人代為管理領地，直到蒂緹琳朵大人成年的同時就任為領主吧。」

我一邊回想預習領主候補生的課程時學到的繼承相關說明，一邊回答斐迪南的問題。他點點頭說「很好」。

「據說亞倫斯伯罕有個規定，便是新的領主上任後，原先的領主候補生都得降為上級貴族。因此蒂緹琳朵大人若繼任為下任領主，萊蒂希雅大人就會變成上級貴族。若想讓她以領主候補生的身分留下來，就得收為領主的養女。換言之他們希望我做的，不只是與蒂緹琳朵大人成婚，還要在收養萊蒂希雅大人後負責教育她，並且在錫爾布蘭德王子入贅過來之前代為掌管領地。」

聽說蒂緹琳朵在成為領主的同時就得收養萊蒂希雅，並且教育她成為接下來的領主繼承人。

「現如今必須盡快把口傳知識傳授給繼任者，然而蒂緹琳朵大人從未接受過要成為下任領主的教育，所以光靠她一個人，絕不可能讓大領地維持正常運作。雖說只是代為管理幾年，但對奧伯．亞倫斯伯罕來說，要讓蒂緹琳朵大人擔任下任領主，似乎也是迫於無奈。」

所以他們需要的，是有能力能讓亞倫斯伯罕維持運作，最好還可以幫忙教育萊蒂希雅的人。而斐迪南不僅是艾倫菲斯特聖女的監護人，在他的協助下還使得領地整體的成績有大幅提升，因此似乎是最適合的人才。

「萊蒂希雅大人真是可憐，請神官長要手下留情喔。可不能像對待我那樣。」

「妳為何要擔心亞倫斯伯罕的領主候補生？」

「因為這麼重要的領主候補生，要是在神官長的嚴格教育下崩潰就糟了啊。以前你總用銳利的眼神瞪著菲里妮，一再命令她重做，她都快哭出來了呢。」

「……有這麼一回事嗎？」

時至今日，菲里妮似乎也習慣了，但她剛來神殿的時候，每天都受到嚴重打擊。哈特姆特與達穆爾還經常安慰她。

「那麼，國王到底是對神官長說了什麼，才讓你答應這門婚事呢？如果是下任領主的伴侶也就罷了，但要是早就知道只會代為管理幾年的話，很少有人會願意前往吧？能夠拒絕的理由反而更多了呢。」

「簡單來說，就是在測試艾倫菲斯特的忠誠。」

由於艾倫菲斯特一直以來都保持中立，稱不上是同個陣營，但影響力卻在大幅提升當中，因此聽說國王與中央都極不信任我們。而且他們本來想讓王族血統最濃厚的艾格蘭緹娜成為下任國王的伴侶，藉此與庫拉森博克鞏固關係，卻被我們毀了這個計畫；後來又因為聖典檢查一事，導致國王與中央神殿之間有了嫌隙；之前還拒絕了國王希望我能在畢業儀式上給予祝福的要求。

「那個……聽起來，他們會不信任艾倫菲斯特有大半都是我造成的吧？」

「亞納索塔瓊斯王子那件事確實是妳擅自亂來，但妳也只是提供了建議吧？決定不爭奪下任國王之位並為此奔走的是王子，點頭同意的則是國王與庫拉森博克。至於聖典檢證會那時候，妳完全是照著我的指示在行動。拒絕讓妳出席畢業儀式、給予祝福的則是齊爾維斯特。雖然他們似乎認為，一切全是我在背後操控妳……這次要我入贅亞倫斯伯罕，與其說是測試艾倫菲斯特，更像是在測試我的忠誠。」

說完，斐迪南瞥了我一眼。從眼神就可以看出來，他正心想著能不能就此敷衍過去，於是我盈盈微笑。

「那麼在測試神官長的忠誠這件事上，與阿妲姬莎之實有關係囉？」

「……沒錯。既然有個阿妲姬莎之實將妳吹捧為聖女、幫助艾倫菲斯特使其整體成績有顯著進步，還在王族周圍撒下不睦的種子，看似有什麼企圖，那麼當然得設法讓他遠離艾倫菲斯特，並把他困在某個地方吧？」

斐迪南一派無可奈何地回道，淡金色雙眼始終注視著我。看見他眼裡滿是警戒，慎重地查探著我會是敵人還是同伴，由此可知這是他不想被人觸及的話題。

「對了，神官長，阿妲姬莎之實是什麼呢？我從沒在聖典上看過這個詞，應該是一般人很少有機會接觸到的用語吧？」

「妳覺得呢？妳心裡應該也有某些猜想，才沒有詢問身邊的人吧？」

我究竟察覺到了哪種程度？知道哪些事情？斐迪南帶有試探意味的目光緊盯著我瞧。同時我也目不轉睛地觀察他，想知道他是否在敷衍我，是否還有隱瞞。

「因為當時在圖書館你們很快就帶過去，我一時間也不知道是什麼意思，但事後仔細回想，那時候神官長是回答自己的蓋朵莉希皆在艾倫菲斯特吧？所以我在想，可能是跟出身地有關的詞彙。既然中央的騎士團長知道，又是在他人也在場的時候提及，應該是暗指中央某個地方的代號吧？」

斐迪南臉上掛起了假笑。嗯，看來是答對了。我輕嘆口氣。

「我曾經聽說，神官長是在洗禮儀式時被帶來城堡，但好像從沒聽說過更久以前的事情呢。那麼，你是在中央騎士團長知道的某個地方長大的吧？是一個叫作阿妲姬莎的地方嗎？」

我提出問題後，斐迪南好一陣子靜默不語。雖然看得出來他不想說，但現在就這麼放棄的話，特地跑進秘密房間裡談話就沒意義了。我靜靜等著他回答。最終斐迪南似乎是認輸了，垂下眼眸開口。

「……阿妲姬莎是最初獲賜某個離宮的公主之名。那位騎士團長，可能是從前在離宮內擔任守衛的騎士之一吧。真沒想到竟有人會知道我曾經待過那裡，坦白說我非常吃驚。」

猜到斐迪南可能是中央出身的時候，我就在想他可能與王族有關，所以並不怎麼驚訝。倒不如說，我反而覺得果然是這樣。因為不光是魔力量，斐迪南各方面的表現在艾倫菲斯特裡都顯得太過突出。

「所以那位名為阿妲姬莎的公主，就是神官長的母親嗎？」

「不，並不是。阿妲姬莎獲賜離宮已是數百年前的事了，所以另有其人。只不過，身世還是差不多。」

「身世？」我喃喃重複著歪過頭，斐迪南輕輕擺手。

「反正目前跟這些事完全無關。」

「可是我想知道。神官長明明偷看過我的記憶，連我前世的秘密都知道了，我卻什麼都不知道也太不公平了吧？」

「沒有什麼不公平，而是妳不知道最好。洗禮儀式前我曾在中央生活過這件事，可是連齊爾維斯特也不知道。」

「這跟養父大人知不知道沒關係，而是我想了解有關神官長的事情。」

我表達了自己的憤怒後，斐迪南露出老大不高興的表情撇過頭。

「……蘭翠奈維每隔幾任都會向國王獻上自己國家的公主，而阿妲姬莎就是她們居住的離宮。除此之外我不能再告訴妳。」

「蘭翠奈維……就是那個砂糖國度吧？」

「砂糖……雖然這麼說也沒錯，但妳對這個國家的認知實在與我相差太多，搞得我腦袋有些混亂。」

斐迪南按住太陽穴。

「跟妳說話頭好痛，談話就此結束吧。」

「請等一下！想逃也沒用喔。就算現在結束對話，下次我還是會找神官長談話。呃……既然神官長在離宮長大，代表你是有外國血統的王族吧？」

可不能被他結束掉對話。我丟出問題後，斐迪南厭煩地瞪來一眼。

「我雖擁有較為濃厚的王族血統，但由於已在艾倫菲斯特舉行洗禮儀式，所以並非王族。我沒有母親，父親則是前任奧伯．艾倫菲斯特。」

「神官長為什麼會來艾倫菲斯特舉行洗禮儀式呢？」

「據說是時之女神的指引……父親大人是這麼說的。」

「什麼？」

很難相信這種話會從斐迪南嘴裡冒出來，我忍不住聲音變尖地反問。大概是料到了我會有這種反應，斐迪南輕輕垂下眼簾，陷入回想。

「其實，我本該在洗禮儀式前就死了。」

「咦？」

根據斐迪南的說明，阿妲姬莎之實若是女孩，就會留在尤根施密特當作公主養大；如果是男孩，只有其中一人會被送回蘭翠奈維，其餘的因為不能留下這麼多有資格繼承王位的男孩，都會在暗地裡處分掉。

「倘若孩子的父親願意帶回收養，那孩子便能存活下來，但普遍都是拒絕居多。因為站在男方的立場，根本不曉得那是否真是自己的孩子，況且一般大多早有妻子，帶回去了也只會造成家庭不睦。」

聽說斐迪南問前任奧伯．艾倫菲斯特為何收養自己時，他只是回答「這是時之女神的指引」。

「據說女神對父親大人說，我一定能有益於艾倫菲斯特。」

「哇，真是不可思議呢。但事實上如果沒有神官長，就不可能有現在的艾倫菲斯特，所以時之女神說的是真的呢。真不愧是女神大人。」

我邊說邊連連點頭，斐迪南一臉非常意外地看著我。

「妳相信這麼荒誕無稽的事情嗎？」

「咦？這個世界本來就很神奇，只要向神祈禱，春天就會降臨，還能把思達普變成武器，所以這一點也不荒誕無稽吧。神官長到現在還沒接受現實嗎？」

斐迪南用不敢置信的眼神注視我。

「雖然早就知道試圖去理解妳在想什麼也沒用，但我還是大吃一驚。」

「是嗎？那麼，關於阿妲姬莎之實，國王對你說了什麼呢？」我言歸正傳。

「妳還沒忘嗎？」斐迪南悻悻然咕噥後，說：「無論我如何強調自己現在已屬於艾倫菲斯特，不再算是王族，也對王位全然沒有興趣，但看在未持有古得里斯海得的現任國王眼中，我不僅王族血統濃厚，還看似想要利用聖女找出古得里斯海得，只會覺得我是非常危險的存在吧。」

「咦？」

「關於只有王族能進入的書庫一事，是妳告訴錫爾布蘭德王子的吧？」

「所以是我害的嗎?!」

我「噢噢噢」地抱頭，斐迪南無奈地輕輕嘆息。

「因此國王說了，我若真要表現服從之意，就得用行動來證明。我只能拉下齊爾維斯特，成為奧伯・艾倫菲斯特，不然就是入贅至亞倫斯伯罕。」

一旦當上領主，就不能成為王族。之前艾格蘭緹娜說她不想成為王族的時候，曾提到過這個辦法。為了消除任何能夠成為王族的機會，斐迪南只能成為艾倫菲斯特的領主，或是成為他領奧伯的伴侶，聽說國王只給了他這兩個選擇。

「……如果這麼做就能表示服從的話，神官長不一定非得入贅至亞倫斯伯罕，可以在養父大人與韋菲利特哥哥大人之間代為管理幾年，成為艾倫菲斯特的領主吧？我希望神官長可以永遠留在艾倫菲斯特，而且與其要跟像極了薇羅妮卡大人的蒂緹琳朵大人結婚，這樣你也會比較輕鬆快樂吧？」

如果把這個提議告訴齊爾維斯特，讓斐迪南能留在艾倫菲斯特，我想他應該會答應。然而斐迪南左右搖頭，斷然地說「不可」。

「如今國王已知我是阿妲姬莎之實，我最好還是遠離艾倫菲斯特。況且也不知道以後是否還會受到波及，我不想連累艾倫菲斯特。」

斐迪南語氣堅決地說完，看向自己緊握的雙手。

「羅潔梅茵，我曾答應父親大人，要由齊爾維斯特當領主，我則在旁輔佐他，為艾倫菲斯特盡心盡力。我並不想違背最後與父親大人許下的約定。與其要我親手把齊爾維斯特拉下來，自己成為領主，我還寧願入贅至亞倫斯伯罕。所以妳絕不能告訴他，還有能夠違抗王命的其他辦法。」

知道斐迪南有多麼重視他與父親的回憶以及約定後，我再也說不出半句挽留他的話。

「所以神官長真正想守護的，是與父親的約定吧？」

「……沒錯。既然妳也那般重視與真正家人的約定，多少能明白我的心情吧。」

我與父親的約定，就是要「連同艾倫菲斯特保護家人」；與多莉的約定，是她以後一定會成為一流的裁縫師，為我製作衣服；至於與母親的約定我也還記得，只是不太能夠保證我有好好遵守。這些全是非常、非常重要的約定，光想起來就會令我掉淚。

「我能明白。也明白了。雖然我很不想要神官長離開，但可以明白你與父親的約定有多麼重要。」

「為何是妳在哭？」

「因為一想到自己與爸爸他們的約定，再想到不管我有多麼希望神官長留下來，也應該要堅強地送你離開，眼淚就……」

斐迪南極其厭煩地長嘆口氣後，鬆開緊握的雙手，微微張開手臂。我慢吞吞地坐上斐迪南的大腿，張手緊抱住他。近來我與其他人真的完全沒有這種肢體接觸，再加上有人能夠倚靠的安心感，都讓我忍不住鬆了口氣。

「……沒關係嗎？」

「因為我曾答應過妳，等妳得到了最優秀表彰，要像這樣給妳獎勵。雖然這大概也是最後一次了……」

就這麼過了一段時間，心情平靜下來以後，我忽然為斐迪南的未來感到非常擔心。感覺他會只顧著遵守與父親的約定，不管遭受到多大的痛苦或面臨險境，都會選擇一個人隱忍下來。就連工作非常辛苦勞累，斐迪南也不會告訴旁人，那麼萬一他在亞倫斯伯罕遇到什麼困難，他會找人求救嗎？

……不可能。可是，就算要他答應我，感覺去了以後也不會遵守。

不能只有口頭承諾，還需要採取某些行動，讓他不得不主動遵守約定才行。我正陷入沉思時，斐迪南便說：「冷靜了就下去吧。」

「請等一下。之後可能再也沒有機會像這樣單獨談話，所以我要趁現在先威脅神官長。」

「妳在胡說什麼？」

我看向皺起臉龐的斐迪南，面帶微笑。

「請神官長向我保證，你不會因為與父親的約定，就什麼事情都選擇放棄和忍耐，而是感到痛苦或難過的時候，一定會尋求協助。到時候我會盡全力去救神官長。」

「……莫名其妙。我今後要去的地方可是亞倫斯伯罕。我若向妳求助，難道妳不惜與亞倫斯伯罕為敵也要來救我嗎？別說傻話了。」

斐迪南一臉愕然，但我非常認真地點了點頭。

「沒錯。別說是亞倫斯伯罕了，就算要與國王以及中央為敵，我也會去救神官長。」

「慢著，等等。」

斐迪南先是瞪大雙眼，然後腦袋像是真的陷入混亂地按住太陽穴。

「我不僅將妳從家人身邊帶走，還禁止妳與平民區的人接觸，讓妳連能夠安心歇息的地方也沒有吧？妳為何還要來救我這種人？這太奇怪了吧？」

……這個人真的完全不明白他在大家眼中是怎樣的存在，大家又有多麼擔心他。

恐怕他一點也沒有察覺到齊爾維斯特、卡斯泰德、艾薇拉與我的擔心，以及不想讓他去亞倫斯伯罕的心情。面對一心只想著怎麼做對艾倫菲斯特最好、也不覺得這樣有任何問題的斐迪南，我內心湧起了難以言喻的憤怒。

「神官長，你剛才那些話是認真的嗎？」

「羅潔梅茵，快壓下來！妳的眼睛開始變色，魔力快失控了！」

斐迪南一臉慌亂地伸手摸向腰間，拿出魔石來。魔石「咚！」的一聲用力撞在我額頭上。一陣痛楚傳來的同時，魔力也因為被吸往魔石而不再那麼失控。但是，我還是非常生氣。

「神官長，你身為我的監護人，教了我那麼多事情、凡事都那麼照顧我，還到處為我張羅打點吧？而且你也會為我製作藥水、準備護身符，在貴族裡頭，比起養父大人與養母大人，比起算是我未婚夫的韋菲利特哥哥大人……你比任何人都還要重視我吧？我會把神官長當成和家人一樣重要的人也是當然的啊。為什麼你都沒有發現呢？」

斐迪南並沒有指責我講話變得不像貴族，只是愣住般地看著我。

「和、和家人一樣重要？」

「對啊。神官長，其實你真的很遲鈍，完全沒有察覺別人對你的關心吧？」

「……我確實沒有發現，但基本上也很遲鈍的妳沒資格說我。」

斐迪南一邊冷冷回嘴，一邊掩著嘴角別過頭。從沒見過他露出這種表情呢。我這樣心想著，繼續說道：

「總之呢，神官長在我心裡就是這麼重要。為了救神官長，就算要我拿到古得里斯海得再當國王也無所謂喔。」

「笨蛋，妳在胡說什麼！」

斐迪南霎時瞠目怒吼，但我突然覺得這真是好主意。只要救了斐迪南，再把看完後沒有用處的古得里斯海得讓給國王，這樣就能皆大歡喜。

「當初我為了保護家人，還從平民士兵的女兒變成了領主的養女。相較之下，不過是領主候補生拿到了古得里斯海得成為國王，根本沒什麼問題嘛。而且只要連同尤根施密特保護艾倫菲斯特的話，也不會違背與爸爸訂下的約定啊。」

「哪裡沒問題了！妳的常識簡直異於常人！」

難得看到斐迪南情緒這麼激動，真是好現象。最好趁現在取得他的口頭承諾。

「為了可以安心地盡情看書，我會竭盡所能。這就是我的處世原則。」

「……記得妳想拯救孤兒們的時候，也說過類似的話吧？」

「沒錯。為了可以開心看書，我身邊絕不能有任何讓我擔心的事情。這也就是說，神官長必須過得幸福才行。要是讓我擔心到連書也看不下去，那事情可就嚴重了。所以神官長就算入贅去了亞倫斯伯罕，也要定期跟我們聯絡喔。要是一直毫無音信，我就會傾盡全力過去救你。」

我說完，斐迪南露出了真心感到傷腦筋的表情。

「我曾多次目睹妳為了自己人而失控的樣子。所以即便是我，妳也會失控嗎？」

「沒錯。我打從一開始就說這是威脅了吧？」

「糟透了。一想到妳要是真的失控說要來救我，領內卻沒有任何人能夠阻止妳，這點實在糟透了。」

我想不管是齊爾維斯特，還是卡斯泰德或艾薇拉，多半都不會阻止我。說不定還會

鼓勵我去救斐迪南。

「所以神官長要是過得不幸福，我可不知道自己會做出什麼事情來喔？請神官長一定要過得幸福，再不然就是出事的時候要老實求救，自己選一個吧。」

「……這還真是始料未及，而且難以避免的威脅哪。」

斐迪南再三說著「糟透了」，最終輕笑出聲，答應我會定期寫信回來。

交接

斐迪南為我哭紅的雙眼施以治癒後，我們兩人一起離開工坊。神官長室內，眾人都在處理公務。羅德里希一邊觀察菲里妮與達穆爾的動作，一邊拚命計算；哈特姆特則是與尤修塔斯以及斐迪南的侍從們不知道在討論什麼。此外，我看見柯尼留斯、艾克哈特、安潔莉卡與萊歐諾蕾正聚在一起說話，而且竟然換成優蒂特守在門前。

……安潔莉卡居然會讓出守門的工作，發生什麼事了嗎？

「哦，兩位談完了嗎？」

尤修塔斯最先注意到我們走出來。斐迪南點點頭，走向辦公桌。

「所有人注意。」

斐迪南輕輕拍手後，開始向侍從們說明自己即將離開艾倫菲斯特，之後會由哈特姆特接任神官長。

「哈特姆特奉領主之命，既是文官的同時，也將擔任神官長。你們也要做好準備，協助他完成交接。」

「遵命。」

侍從們看起來並不怎麼驚慌，想必是因為哈特姆特已經說明過了吧。他們開始為需要交接的資料排定優先順序。

斐迪南說明完，接著就是一如既往的辦公時間。安潔莉卡走到門邊與優蒂特交換，大家也默默重新開始工作。

「神官長，請你也多分配一些工作給我吧。否則哈特姆特的負擔會太重吧？」

「不，我不打算再增加妳的工作量。」

斐迪南搖搖頭。枉費我正鬥志高昂，想要多幫一點忙，卻馬上就被澆熄熱情。「為什麼？」我噘起嘴巴問。

「妳的任期也只到成年為止。在妳成年之後，奧伯·艾倫菲斯特似乎有意讓麥西歐爾擔任神殿長。因此他說了，希望神殿長今後的主要工作，就是負責供給魔力，以及監督青衣神官與孤兒院，不要增加太多文書工作。我反而正打算著，讓妳與哈特姆特把工作都交接給青衣神官。」

斐迪南負責的業務，現在都由擔任侍從的灰衣神官在處理。但是，灰衣神官們不可能有辦法要求青衣神官做這些工作。所以斐迪南說，他決定神官長與神殿長今後的主要工作，就是把工作分配給青衣神官，再監督他們是否確實完成了工作，以及結果有沒有問題。

「但若要監督，當然也得了解所有業務的內容。羅潔梅茵，雖然接下來會很忙，但為了能順利把神殿長之位交接給麥西歐爾，妳也要開始做準備。」

「是。」

接著斐迪南叫來哈特姆特，開始討論他在神殿擔任神官長時打算怎麼工作。會留在神殿過夜？還是每天從貴族區的住家過來？需要新房間嗎？還是直接使用神官長室？等等諸如此類。

「這裡的家具我不可能搬去亞倫斯伯罕，會全部留下來。你若不嫌棄可以直接使用，也省得把資料搬來搬去。」

「感謝斐迪南大人。那我便感激不盡地直接使用了。請問我也可以使用神官長室裡原有的侍從嗎？他們都非常了解神官長的工作內容，能讓我安心不少。」

「嗯，無妨。我的侍從幾乎所有工作都能處理。如果是不信任灰衣神官，不把工作交給他們的人自然是不行，但交給你應該不用擔心吧。」

由於哈特姆特同時仍是文官，所以他說基本上一切還是照舊，會每天從貴族區的住家過來。然後將直接使用神官長的房間，奉獻儀式等時期也有可能住在神殿。

討論著瑣碎事務的時候，第四鐘響了。鐘聲一響，大家不約而同開始收拾。斐迪南環顧眾人，宣布接下來的行程。

「那麼，下午將在神殿長室舉行哈特姆特的宣誓儀式。記得做好準備。」

「遵命。」

回到神殿長室後，只見祭壇已經準備得差不多了。似乎是我們在神官長室處理公務的時候，吉魯、弗利茲與葳瑪賣力在做準備。

「現在只剩把神具搬過來而已。由於這裡將忙著準備儀式，我們為羅潔梅茵大人在另一個房間裡備好了午餐。」

莫妮卡說著，帶我走進近侍們平常用餐的房間。由於用餐時會依照身分高低，所以我與近侍中的上級貴族哈特姆特、柯尼留斯、萊歐諾蕾以及安潔莉卡先吃，中級與下級貴族優蒂特、羅德里希、達穆爾及菲里妮是之後再吃。

「對了，剛才在神官長室裡，難得看到安潔莉卡離開了大門前面呢。居然把守門的工作交給優蒂特，你們在討論什麼事情嗎？」

用著午餐，想起走出秘密房間時看見的光景，我轉頭問向安潔莉卡。

「因為艾克哈特大人也將前往亞倫斯伯罕，我們在討論這件事。」

聽說已向斐迪南獻名的兩人也會一同前往亞倫斯伯罕，而且是以奧蕾麗亞帶來的同行者為參考基準。雖然我覺得上級貴族與領主候補生的身分不一樣，斐迪南應該可以再多帶一點人同行，但這是因為他能信任的人很少吧。

「尤修塔斯大人是文官吧？他可以一同前往嗎？」

「我聽說為了防止優秀的文官洩露情報，一般很少准許文官同行。」

正負責護衛的優蒂特與待命中的菲里妮都站在我身後，一臉不安地提出疑惑。

「尤修塔斯平常老是只做文官的工作，所以大家很容易忘記吧。但是，其實他是貨真價實的侍從喔。在貴族院的正式紀錄當中，他也是以侍從身分畢業的。文官工作只是他的興趣。」

「……有人會因為興趣就同時修習兩個課程嗎？」

「我也類似是這樣喔。」

由於想當圖書館員，我已預計也要修習文官課程。能有尤修塔斯與斐迪南這樣的前例在，真教人感到安心。

「安潔莉卡，那艾克哈特哥哥大人說了什麼嗎？」

「我們兩人因有婚約在身，他問我要結了婚以後與他一同前往，還是解除婚約留在艾倫菲斯特。他說會尊重我的選擇。」

安潔莉卡與艾克哈特已經訂了婚，會討論到這種事也是理所當然，這也是非常重要的事情。但因為他們平常一點也沒有已是未婚夫妻的感覺，想到兩人之間竟然會有這種對話，不禁令我感到十分神奇。

「那麼，安潔莉卡已經做出決定了嗎？」

「我會解除婚約，留在艾倫菲斯特。因為我是羅潔梅茵大人的護衛騎士。」

「……可是，這麼做會給安潔莉卡留下不好的名聲吧？」

雖然安潔莉卡回答時一派不以為意的樣子，但如果解除婚約留在領內，會傳出許多對她不好的謠言，要找到下一門婚事恐怕非常困難。我為安潔莉卡感到擔心時，柯尼留斯聳了聳肩。

「我想祖父大人與母親大人應該會想方設法，不讓此事影響到安潔莉卡的名聲。畢竟安潔莉卡這樁婚事，本來就是祖父大人開口訂下的。」

聽見柯尼留斯這麼說，安潔莉卡並沒有露出安心的表情，反而難過得垂下眼簾。

「艾克哈特大人如此強大，又願意陪我一起訓練，所以我非常仰慕他。這次的別離令我感到非常……非常……」

安潔莉卡說到這裡停頓下來，臉上突然沒了失戀般的悲傷表情，眼神有些游移，手則撫向魔劍斯汀略克。斯汀略克發出斐迪南的聲音。

「非常傷心，主人。」

「對，我非常傷心。所以我無法馬上思考下一樁婚事，希望能給我一點時間沉澱心情……我打算這麼告訴艾薇拉大人，羅潔梅茵大人覺得如何呢？」

安潔莉卡一臉認真地徵詢我的意見，我也認真地思考起來。

「是啊……妳只要再補充說，希望能再仰慕哥哥大人一段時間，我想母親大人就會深受感動，暫時不打擾妳吧。在她把妳與哥哥大人的悲戀寫成故事書之前，應該能爭取一點時間。但重點在於妳要背好這套說詞，不要前後矛盾。」

我提供建議後，安潔莉卡撫著斯汀略克的魔石重重點頭。

「一定努力。」

吃完午餐，接著就要舉行宣誓儀式。這還是我當上神殿長後的頭一次。我能夠順利完成，不出任何差錯嗎？一直到斐迪南過來之前，我都反覆閱讀法藍幫忙寫下的儀式流程與宣誓詞。與此同時，侍從們也把神具搬進神殿長室。大概是很少在這麼近距離下觀看神具，近侍們全都看得興致勃勃。

「我知道最上面的黑色披風代表夜空，是黑暗之神的象徵；金色頭冠代表太陽，是光之女神的象徵。但就算每個神具都知道意義，這還是我第一次親眼看到實物。」

「這下子我終於能明白，為什麼羅潔梅茵大人會變出圓形的盾牌呢。」

「這裡所有的神具，羅潔梅茵大人都能用思達普變出來嗎？」

近侍們你一言我一語，我搖了搖頭。

「必須知道咒語才行。像光之女神的頭冠，我就不知道該怎麼變。」

「原來如此。」

多半也吃完了午餐，斐迪南帶著侍從們前來。確認祭壇都已準備妥當後，他站到我旁邊，教我怎麼使用香爐。我照著他說的握住鍊子，緩緩搖晃香爐，每次舉行儀式都會焚燒的香之氣味瀰漫整個房間。

「那麼，請宣誓。」

斐迪南催促道。我在地毯上跪下來，立起左膝，在胸前交叉雙臂，低下頭去。哈特姆特也在斐迪南的催促下做出相同動作。

「哈特姆特，你要跟著羅潔梅茵複述。」

「是。」

我緩慢吸了口氣。自己舉行宣誓儀式時，我完全不相信神的存在，此刻的心情卻是大不相同。為自己的變化感到吃驚的同時，我掀開嘴唇說：

「司掌浩浩青空的最高神祇，暗與光的夫婦神；分掌瀚瀚大地的五柱大神，水之女神芙琉朵蕾妮、火神萊登薛夫特、風之女神舒翠莉婭、土之女神蓋朵莉希、生命之神埃維里貝。」

哈特姆特在我說完後跟著複述。

「願最高神祇之恩光普照，乃由浩浩青空遍布瀚瀚大地；願五柱大神之恩光護佑，瀚瀚大地之萬千事物得以生生不息。諸神之恩澤聖潔崇高，自當敬奉予以回報。吾將清心淨心，堅定己志，以眾神為明燈，世世代代敬仰信奉。大自然諸神亦在此列。謹此宣誓，吾將日夜獻上祈禱與感謝，奉獻己身。」

說完宣誓詞，斐迪南的侍從們靜靜上前，為哈特姆特穿上青衣。已經成年的哈特姆特帶子是金色的，腰間也和斐迪南一樣繫上了掛有回復藥水等物品的皮帶。穿上青衣以後，那頭朱紅色的髮絲更是醒目。

「那麼，向神獻上祈禱吧。」

說完，我向神獻上祈禱。不同於一開始根本無法好好獻上祈禱的我，哈特姆特獻上祈禱時的姿勢非常穩定。

「很好。哈特姆特，以後你到了神殿就要換上青衣。法藍、薩姆，記得通知青衣神官，之後將有新神官長的就任儀式。」

「遵命。」

接著，斐迪南開始說明神殿每年有哪些活動與儀式。最近的儀式是春季的成年禮，然後馬上是夏季的洗禮儀式。

「即將到來的成年禮與洗禮儀式，會由我以神官長的身分出席，你則要以青衣神官的身分同行，在旁邊好好觀摩。到了夏季的成年禮與秋季的洗禮儀式，就由你以神官長的身分舉行。屆時我會以青衣神官的身分，在旁監督你能否完成神官長的職責。至於祈福儀式與收穫祭，只要有侍從幫忙輔佐，就連韋菲利特與夏綠蒂也能順利進行，相信你也不會有任何問題吧。」

聽取完大概的儀式說明後，哈特姆特露出開心笑容。

「這下子我也能參加儀式，陪伴在羅潔梅茵大人左右了。真是教人期待。」

截至目前都不准他進入禮拜堂的哈特姆特顯得興奮難抑，但我覺得他好像忘了一件重要的事情。

「那個，哈特姆特。抱歉要潑你冷水，但祈福儀式與收穫祭的時候，你跟我得去不一樣的地方喔？」

因為到時候青衣神官們也要去領內各地，我與哈特姆特將前往不同的地方。去了同樣的地方也沒意義。聽到我這麼說，哈特姆特瞠大雙眼，渾身僵直不動。

「這也就是說，我無緣拜見羅潔梅茵大人舉行儀式的樣子了嗎？」

哈特姆特猛地垮下肩膀，彷彿喪失了所有動力，斐迪南受不了地搖搖頭。

「奉獻儀式與洗禮儀式還是能一起舉行，沒必要那麼絕望吧？」

「說的也是。只要能牢牢將羅潔梅茵大人舉行儀式時的樣子烙印在眼底，我還是別有太多奢求吧。」

在我們忙著交接的時候，我也發了會面邀請函給公會長與普朗坦商會，要告訴他們領主會議的結果；另外也因為哈特姆特說他不只青衣神官，也想在就任後去孤兒院打聲招呼，所以我找來了葳瑪調整行程。一晃眼，到了就任儀式當天。

我當上神殿長時也曾舉行過，這是只在神殿內部進行的不公開儀式。青衣神官與其侍從，以及所有已經受洗的灰衣神官與灰衣巫女都會聚集到禮拜堂，然後要在眾人面前公開亮相。

儀式由斐迪南負責主持。他簡單說明自己因為訂下了婚事，將前往亞倫斯伯罕，以及新任神官長已由領主指定。

「領主思量過後，決定不從青衣神官當中，而是指定上級貴族哈特姆特接任神官長之職。在我離開神殿之際，才會正式將神官長之位交接給他。但由於今後大約一年的時間，他都會出入神殿準備交接，因此今日先在各位面前亮相。」

斐迪南說完，大門緩緩打開。看到斐迪南用眼神向我示意，我站在臺上朗聲說：「現在，眾人一同向神獻上祈禱，迎接新神官長的到來吧。祈禱獻予諸神！」

「祈禱獻予諸神！」

整齊排開的灰衣神官與灰衣巫女們同時獻上祈禱。在大家的迎接下，穿著青衣神官服的哈特姆特笑吟吟地入場。他走上臺，站到我旁邊。

「今日非常感謝各位齊聚一堂。在這水之女神芙琉朵蕾妮惠予清澄指引的吉日，我是哈特姆特，奉奧伯．艾倫菲斯特之命就任為神官長。」

哈特姆特笑容可掬，依序打量站成一排的青衣神官。

「我同時也是羅潔梅茵大人的近侍，因此神官長的任期將持續到羅潔梅茵大人卸下神殿長一職為止。在此之前雖說只有短短數年，但不光是神官長的職務，我也會將神殿內所有的工作交接給青衣神官。羅潔梅茵大人可是艾倫菲斯特的聖女，為了不占用她寶貴的時間，所有神官及巫女自當全力以赴工作。而我身為輔佐羅潔梅茵大人的神官長，若發現沒有用處的無能之人，便會一一加以清除。」

居然在致辭時發表這麼驚人的決心！我啞然失聲。但斐迪南似乎早有預料，只見他一派面不改色，反而還落井下石說：「如各位所聽到的，新任神官長是凡事皆以神殿長為優先的近侍。今後你們要遵從新任神官長的指示，各自努力工作。」對我態度並不算友好的前神殿長派青衣神官們，此刻全都臉色慘白。

……這些話不是我叫他說的喔！

儘管很想放聲大喊，但哈特姆特都已經宣告他是我的近侍了，大家一定會覺得是我叫他這麼說的吧。到底該怎麼約束哈特姆特呢？我實在毫無頭緒。

「那麼，向司掌浩浩青空的最高神祇，以及分掌瀚瀚大地的五柱大神，水之女神芙琉朵蕾妮、火神萊登薛夫特、風之女神舒翠莉婭、土之女神蓋朵莉希、生命之神埃維里貝，獻上祈禱與感謝吧。」

最後，哈特姆特以獻上祈禱與感謝作為結語。我不得不面對現實，體認到作風驚人的神官長就此誕生。

順帶一提，哈特姆特到孤兒院亮相時也說了類似的話：「為了貴為艾倫菲斯特聖女的羅潔梅茵大人，請大家要為製紙業與印刷業不遺餘力。」聽起來就和先前讓青衣神官們深感恐懼的決心沒有兩樣。但看到孤兒院裡的人都一派理所當然地接受，哈特姆特顯得非常心滿意足。

會面與回復藥水的做法

時間稍縱即逝，到了與平民區商人會面的日子。這天的談話因為斐迪南也要求出席，所以是在貴族區域的會議室裡進行。渥多摩爾商會來的人有公會長、芙麗妲及其侍從，普朗坦商會來的人有班諾與馬克，奇爾博塔商會來的人則有歐托、提歐與多莉。路茲因為去了萊瑟岡古，很可惜還沒回來。

各自道完冗長的寒暄，大家便坐下來。接著，就是告知領主會議的決定事項。

「谷斯塔夫，今年的領主會議結束後，已經確定中央將派來的商會數量是八，庫拉森博克是六，戴肯弗爾格也是六。要接待比去年更多的商人想必會十分辛苦，但就麻煩你們多費心了。」

「我們定當竭盡所能，不辜負羅潔梅茵大人的期望。」

公會長如釋重負地悄悄吐出大氣。大概是聽到總數控制在他們希望的數字以下，領主並沒有強人所難，為此鬆了口氣吧。

「此外，渥多摩爾商會願意派出廚師支援領主會議，真的幫了我們大忙。芙麗妲，謝謝妳。」

「對廚師們來說，這次機會似乎也是很好的刺激。他們還與羅潔梅茵大人的廚師交換了新食譜，回來後可以看出廚藝更進步了。不少貴族也向我們提出了想要購買食譜的要求，義大利餐廳可是生意興隆呢。歡迎您再次前來賞光。」

芙麗妲微笑說道。有時間的話，也許可以與斐迪南一起去吃頓飯放鬆一下。

奇爾博塔商會呈交了夏季髮飾。多莉向我展示了兩個髮飾，一個是平日用的，一個是儀式用的，後者更加豪華精緻。

「現在專為羅潔梅茵大人製作髮飾的仍是多莉，但其他工藝師的手藝也精進不少。」

歐托說，如今已經有幾名工藝師能夠製作要賣給貴族的髮飾。由於夏天的時候商人們買走了大量髮飾，現在他們正拚命趕工，製作平民用與貴族用的髮飾。

「但多莉的手藝甚至能夠承接王族的委託，因此其他工藝師都還遠遠比不上。」

聽到多莉被稱讚，我高興不已，買下了髮飾。另外我也告訴歐托，等回到城堡以後因為又要訂做服裝，屆時會傳喚珂琳娜。

「此外，我們也預計要推廣印刷品，請普朗坦商會為明年做好準備。但我想只要交給班諾，應該就不用擔心吧。」

我看向班諾後，他得意地咧嘴一笑。

「明年的推銷書籍一事若是交給羅潔梅茵大人，相信我們也完全不用擔心。我們會做好準備，不辜負您的期待。」

意思是我們會準備很多，要全部賣掉啊。反而是我覺得壓力好大。

該告知的事項大致說完後，斐迪南開口說了：「我也有事要告訴各位。」商人們全都挺直背脊，轉頭看向斐迪南。

「我身為領主的弟弟，已確定將入贅至亞倫斯伯罕。雖然這次未在領主會議上將亞倫斯伯罕納為今年的貿易對象，但其他方面的交流應該會較以往增加。」

光聽斐迪南這麼說，班諾臉色一變。見狀，斐迪南微微揚起嘴角。

「數年前亞倫斯伯罕那邊的貴族曾攻擊過羅潔梅茵。因此請各位貿易行商的時候，要將這點牢記在心，並且蒐集情報。」

之前我不得不在尤列汾藥水裡沉睡兩年，就是與亞倫斯伯罕有密切關係的貴族害的。現在因為文官與護衛騎士也在場，斐迪南只是這麼簡單帶過，但其實我當年會成為領主的養女，也是亞倫斯伯罕的貴族賓德瓦德伯爵造成的。普朗坦商會與奇爾博塔商會的人老早就聽守門的父親和歐托說過這件事，所以明顯臉色大變地看著我。

「我以前曾經聽說，有亞倫斯伯罕的貴族意圖謀害羅潔梅茵大人。難道羅潔梅茵大人又有可能遇到危險嗎？」

班諾作為代表開口。向斐迪南發問的他，反應彷彿看見了要對付的敵人。多莉的藍色雙眼也綻放犀利光芒，等著斐迪南回答。

「也許有這個可能。離開前，我會盡量鏟除領內的危險人物，但往後新進來的人，便不在我能力可及的範圍內。倘若是貴族間的情報，還能夠透過近侍取得，但貴族一般很難取得平民區的消息。他領商人帶來的情報全都不容小覷，而你們這些商人蒐集來的資料更是幫了大忙。」

斐迪南說完，讚許蒐集來了情報的公會長與班諾。我明明看過同樣的資料，卻看不出來那些情報帶來了什麼幫助。再怎麼努力回想，我還是想不出來裡頭有什麼有幫助的情報。

……我只記得大半內容，都是在報告貿易往來十分順利啊。

我正偏頭納悶時，一旁的斐迪南緩緩吐口氣，依序看向在場的平民。芙麗妲、公會長、兩人帶來的侍從、班諾、馬克、歐托、提歐、多莉。在這裡的人，都認識當初曾是平民的我。

「你們從羅潔梅茵還是青衣巫女開始便與她有往來，而在你們認識的貴族中，沒有人比她地位更高，也只與她走得這麼近。她對你們來說，應是無可取代的存在。」

在場的貴族，只有斐迪南、尤修塔斯、艾克哈特與達穆爾知道我曾是平民，以及當時的人際關係。一旦斐迪南去了亞倫斯伯罕，將只剩下達穆爾。

「她對你們來說非常重要吧？」

一般貴族根本不會像我這樣安排會面，聽取平民的意見。即便有辦法交流，對象也多是下級貴族，而我卻是領主的養女，還預計成為下任領主夫人。最重要的是，能向他領推廣的所有新流行，全都與我有關。

斐迪南字斟句酌地說，這樣就算被四周的近侍們聽見了也沒關係。平民區的人們則是緩緩點頭。

「為了保護羅潔梅茵，我想請你們以自己的方法竭盡所能。比如有無可疑人物入城、他領最近的消息，畢竟有些情報是我們貴族無從得知。一旦有什麼動靜，要立即向羅潔梅茵或是將成為新任神官長的哈特姆特告知危險。他是羅潔梅茵的近侍。」

斐迪南轉頭看去後，穿著青衣的哈特姆特點一點頭。

「謹遵神官長的吩咐。」

「當然，該注意的對象並不只有亞倫斯伯罕。也要留意中央與他領的動靜。」

說完，斐迪南暫且就此打住。班諾的表情放鬆，露出淡淡苦笑。

「艾倫菲斯特與亞倫斯伯罕能夠建立起更緊密的連結，這當然是喜事一樁，但神官長至今不僅一手攬下羅潔梅茵大人的教育與援助，也會盡量向領主大人轉達我們的意見。一想到您即將離開羅潔梅茵大人身邊，實在令人惶惶不安。」

斐迪南同樣揚起淡淡苦笑，看著我說：「羅潔梅茵的一言一行總是難以預料，我能明白你們的不安。」與此同時，知道我經常失控的平民區人們都默默別開視線，臉上的表情像在忍笑。

……慢著，班諾先生的意思該不會是：「之前有神官長可以阻止羅潔梅茵的時候還不用擔心，但以後要由誰來管束她？真的沒問題嗎？」

由於大家一致對我深感不安，現場的氣氛因此稍微緩和下來，但我卻對此感到非常不滿。然而再怎麼不滿，我也無法反駁。大家也沒有對我多做理會，接著討論下去。關於接待商人的準備工作，以及對今後發展的預測，公會長、班諾與歐托分別報告了進度與自己的想法，斐迪南則是專心傾聽。

談話過程中，我也得知至今都是斐迪南在聽取過我的意見與報告後，再稍做歸納向齊爾維斯特稟報，但以後這件事變成得由我自己來。

「神官長，不揣冒昧，想向您請教一個問題。」

歐托說道。斐迪南揚起單眉，准許他發言。

「既是領主大人的血親要成婚，那麼今年應該也要準備髮飾吧？」

「……等對方表示想要髮飾的時候再說吧。只有愚蠢的人才會夏天就去煩惱埃維里貝。」

斐迪南一臉極其不耐地輕輕擺手。這時要是坐視不管，他肯定會把為蒂緹琳朵訂做髮飾一事拋到腦後，就這麼置之不理。考慮到外交的重要性，既然斐迪南是要入贅至亞倫斯伯罕，當然得贈送髮飾給自己的未婚妻。

萬一快來不及時才訂做，款式的設計與絲線的準備都得更耗心力。斐迪南雖然想之後再說，但奇爾博塔商會與多莉應該很想要盡快有些頭緒。多莉往我瞥了一眼。

我正想發表意見，斐迪南卻先一步舉起手說：「現在先別管髮飾了。對了，谷斯塔夫。」然後他轉向公會長攀談。

「關於平民區買賣魔石的店家，已經查出購買者有哪些了嗎？」

「聽說以前的主要客戶是喬伊索塔克子爵。在他過世之後，並沒有比較主要的客戶，倒是以前曾為常客的貴族購買數量變多了。」

大概是斐迪南早已去信問過，公會長詳細進行了調查。他說出購買魔石的有哪些人，再把寫有貴族常客名字的紙張遞給斐迪南。「很好，你調查得很仔細。」斐迪南看完後，隱隱露出了內心在盤算什麼時的魔王表情。

結果後來再也沒有提起髮飾的話題，談話就這麼結束了。大家回去以後，我提醒斐迪南要準備髮飾。

「神官長，去年在貴族院，蒂緹琳朵大人就說過她想要髮飾喔。而且髮飾在艾倫菲斯特是非常重要的新流行，你如果不用心訂做要贈送的髮飾，可能會有損你的顏面。我可不想要有人說神官長的壞話。」

「知道了。」斐迪南充耳不聞地隨口應了一聲，接著像是想到什麼，忽然露出爽朗到可疑的笑容低頭看我。

「那就交給妳了，由妳隨便訂做一個吧。」

「咦?!神官長，你明明有能力搭配挑選，用不著交給我，應該要自己訂做吧。相信蒂緹琳朵大人若知道了，一定也會更高興喔。或者你也可以藉著這個機會跟她交流，直接詢問本人的喜好……」

長得再怎麼相像，蒂緹琳朵終究不是薇羅妮卡，說不定有過接觸以後，斐迪南對她的厭惡會減輕一些。雖然也有可能變得更討厭啦。

「我等同妳的家人吧？那麼幫我張羅入贅該準備的東西，並無任何問題。妳就隨便訂做一個髮飾，不有損我的顏面即可。」

……我之前說的等同家人，好像被他當成了很好用的藉口喔！

我沒好氣地噘起嘴唇，但也開始思索蒂緹琳朵適合怎樣的配色。就在這時，斐迪南往我的頭輕敲一記。

「妳也順便給自己訂做一個髮飾吧。」

「咦？」

「當作餞別禮物，送給不再需要我庇護的妳。」

既然是餞別禮物，請用點心幫我搭配吧——其實我很想這麼說，但一想到斐迪南連對自己的未婚妻也懶得挑選，我看說了也沒用。最主要是，聽到餞別這兩個字，讓我不得不意識到別離即將到來。

……不過，跟以前突然要與平民區的家人分開不一樣，這次有時間做好心理準備，算是好很多了吧。

我甩了甩頭，想要甩開沉悶的心情，仰頭看向斐迪南。

「我也會為神官長準備餞別禮物喔。就像奧蕾麗亞那樣，為你準備艾倫菲斯特的餐點如何？若能使用暫停時間的魔導具，就可以把家鄉的味道帶過去，這可是很重要的事情呢。更何況神官長常常一忙起來，就會拖到很晚才用餐。回復藥水固然重要，但用餐更重要喔。神官長若願意把變空的魔導具裝滿魚送回來，我就會重新裝滿餐點送過去。」

「結果妳的目的是魚嗎？」斐迪南一臉不以為然。但這麼做既能讓斐迪南保持身體健康，我也能拿到魚，可說是一舉兩得。

「我還打算準備其他的餞別禮物喔。例如用錄音魔導具把我的聲音錄下來，內容包括『三餐有沒有按時吃飯？』『充足的睡眠很重要喔』等等，再請尤修塔斯三不五時放給你聽……」

「我不需要，嚴正拒絕。感覺只會讓我更加疲憊。」

斐迪南冷淡回道。我想起了麗乃那時候，曾去遠方就讀大學的友人說過的話。

「神官長，你可能不知道，但人在遠離故鄉的時候，如果能收到家人送來的生活費和家鄉美食，或聽他們發點牢騷，就會覺得很高興喔。」

「我可從沒聽說過。」

……嗯，我想也是啦。

由於奧多南茲無法穿越領地邊緣的結界，要傳送聲音只能靠錄音魔導具了。

「這件事也要拜託雷蒙特，請他做出小型的錄音魔導具呢。不知道來不來得及。」

「羅潔梅茵，雷蒙特是我的弟子，不是妳能隨意使喚的近侍。」

「但神官長也是我的師父，所以你的弟子就是我的師兄囉？嗯？從被收為弟子的順序來看，應該是師弟才對？總之他跟我也不是毫無關係，拜託他應該沒問題吧。況且赫思爾老師也常常隨便使喚我啊。」

大概是想起了那位隨心所欲的師父，斐迪南深深嘆氣。

「別想這些無謂的餞別禮物了，妳先學會怎麼製作其餘的回復藥水吧。」

「……是。」

斐迪南要教我的事情很多，其中最重要的就是回復藥水的做法。至今都是斐迪南幫忙準備，但以後我必須自己製作。

「我也預計教給妳的近侍。你們都換上調合服，到神殿長室的工坊裡集合。」

斐迪南如此命令的，是我近侍中的哈特姆特與柯尼留斯。會只有他們兩人，是因為調合相當需要魔力，所以必須是上級貴族，而且最好是不用擔心今後會因嫁人與懷孕而離開工作崗位的男性。

若問回復藥水的調合過程中哪部分最辛苦，我會回答是體力。因為要用魔力把原料攪拌到互相融合，非常需要體力，而我極度缺乏。備齊原料後，只要秤好分量再切碎，然後按著既定順序丟進鍋子裡，一邊注入魔力一邊攪拌，不久就能大功告成。

然而，就是攪拌這件事非常累人。「我手臂開始痠了。」我忍不住抱怨後，正認真檢查著原料屬性與魔力量的柯尼留斯露出苦笑。

「一般人都是很難調節魔力量與魔力，羅潔梅茵大人卻是體力壓倒性不足呢。文官課程的術科課沒問題嗎？」

想當圖書館員，就得修習文官課程。再怎麼沒體力，這件事我都不打算放棄。我一邊鞭策痠得要命的手臂，一邊繼續攪拌。

「跟神官長要求的調合比起來，貴族院的課簡單多了。」

課堂上學的調合並沒有太複雜的步驟，也不用消耗太多魔力與時間在攪拌上。

「不僅能一邊為強化身體的魔導具注入魔力，一邊還能調節調合用的魔力，羅潔梅茵大人對魔力的操控真教人佩服得五體投地。」

哈特姆特說話的同時，還忙著記下調合的步驟。而他嘴裡說出的話，實在是與正經八百的表情形成強烈對比。不過，哈特姆特說的也沒錯。我因為掌握到了訣竅，能同時為調合與魔導具注入魔力，順利地成功做出超級難喝藥水。

「做好的回復藥水就倒入這裡，蓋上這塊布。」

我把做好的回復藥水倒進一個大壺裡，蓋上防止藥水腐壞的布。這樣一來，好一陣子就算暈倒了也不用擔心。只不過藥水一旦用完，我也完了。因為我沒有原料。

「那要是藥水喝完了該怎麼辦呢？」

「這次我叫柯尼留斯進來，就是要告訴他藥水所需的原料。你要記住原料的屬性以及該有多少魔力含量，負責採集。採集原料是騎士的工作吧？」

在貴族院，採集原料確實是騎士的工作，但超級難喝回復藥水需要的全是高品質而且罕見的原料，蒐集難度高到連柯尼留斯都皺眉。這項任務並不簡單。

「大半原料我都會留在妳的工坊，應該可以撐五年吧。之後就自己想辦法。」

「這麼多原料，斐迪南大人都不打算帶走嗎？」

哈特姆特看著堆放在我工坊裡的眾多原料，驚訝得提高音量。看來這裡頭有許多我看了也分辨不出來的珍貴原料。

「因為過去以後，我多半沒有時間悠哉做研究，也未必能設置工坊。」

「咦？可是，應該是神官長更需要藥水吧？」

沒有回復藥水，哪裡應付得了繁重的工作。斐迪南一派當然地點點頭。

「我當然需要回復藥水，但我打算交由尤修塔斯幫忙調合。」

聽說尤修塔斯那裡就有大量原料，所以斐迪南才把自己的原料留下來。

「竟然可以不需要這裡的原料，那尤修塔斯大人究竟擁有多少原料呢？」

哈特姆特一臉愕然地說。尤修塔斯老樣子是充滿謎團的人物。

「如此一來，教妳製作回復藥水的指導就結束了。剩下的，就是要注意用量。妳管理起藥水總是粗心大意，所以測量藥水一事，我會完全交給哈特姆特。若讓羅潔梅茵喝下太多藥水，她也會身體不適，所以你要細心調整飲用量。」

「請交給我吧。」哈特姆特正色回道。緊接著，斐迪南往我面前放下原料與清空了魔力的透明魔石。

「羅潔梅茵，在我為哈特姆特說明的時候，妳就練習從原料裡取出他人的魔力，並移進魔石裡吧。這邊的原料混雜了各式各樣的魔力，這邊的則是我已將混雜的魔力去除。妳應該快要能感知到他人的魔力了。」

斐迪南出的作業，是要我同時觸摸兩個原料，試著感知原料本來具有的魔力，並把多餘的其他魔力分離出去。

……這是什麼？太難了吧！

我照著斐迪南說的，伸手觸摸兩個原料。確實感覺得出魔力流動的順暢程度並不一樣，其中一個原料裡混雜了許多魔力。

「一邊的魔力混雜，一邊只有原料本身以及我的魔力。感覺得出差異嗎？」

「是。」

「那妳試著把自己的魔力想像成細線，慢慢注入進去，同時逼出雜亂的魔力，移進魔石裡。」

於是我集中精神，讓魔力如細線般伸長，像在過濾一樣地慢慢把自己的魔力注入原料裡，讓原料本身擁有的魔力留在濾紙上，並把雜亂的魔力排除出去。

這段期間，斐迪南開始告訴哈特姆特有關藥水的各種注意事項，諸如藥水要喝多少、什麼時候要喝，黎希達負責管理的有哪些等等。

「成功了！」

雖然花了不少時間，但我也因此產生了滿滿的成就感。我一臉得意地向斐迪南展示魔石。

「我看。」

斐迪南拿起我過濾完的魔石，微微蹙眉。由於他察看原料的時間比我預期還久，讓我漸漸感到不安。

「……那個，我有哪裡失敗了嗎？」

「不，沒問題。混雜的魔力都清除掉了。」

斐迪南把魔石還給我，接著拿來不大不小的木盒，放在我面前。

「那妳把這些原料裡的雜亂魔力也清除乾淨吧。」

木盒裡放著四樣原料，正是孚蘭墨茲的果實、剋維瓦多的葉子、溫伐爾的毛皮與哥朗茲臨古之粉。

「這不是比贏迪塔後，神官長從戴肯弗爾格的海斯赫崔先生那裡搜刮來……啊不對，這不是很重要的戰利品嗎？」

「沒錯，這些原料全都非常貴重，而且品質絕佳。最適合用來製作妳的尤列汾藥水。因為現在已沒有時間再去採集，也必須趕在我搬去亞倫斯伯罕之前做好尤列汾。」

斐迪南說得若無其事，但當時海斯赫崔可是露出了彷彿總財產被人搜刮一空的表情，這些原料肯定無比珍貴。

「我可以用這些原料製作自己的尤列汾藥水嗎？」

「對，我正是為此才追加了哥朗茲臨古之粉。在艾倫菲斯特能採到的原料有限，就讀貴族院時靠學生能蒐集到的原料品質，又不足以製作妳的尤列汾藥水。更重要的是，現在已無法再花一年的時間慢慢採集。」

斐迪南的主張我能明白，但這些可是我強迫他參加迪塔後，他自己贏來的戰利品。

「……我真的能用這麼珍貴的原料嗎？」

「別囉嗦了，快點動作。現在時間真的不多。做好尤列汾後，還要預習貴族院的課程。我絕不能容忍妳在我離開之後，成績馬上下降。升上三年級後妳將同時修習領主候補生與文官課程，兩邊妳都得拿到最優秀的成績。」

被斐迪南惡狠狠一瞪，我不禁倒吸口氣。雖然不知道他在想什麼，但有夠恐怖。

「一定要拿到最優秀的成績才行嗎？」

「除了要證明妳是在我的教育下成績如此優秀，也要證明妳本就擁有過人資質，才有利於我在亞倫斯伯罕行動。妳願意協助等同家人的我吧？」

……爸爸、爸爸，這裡有個可怕大魔王！

我在心裡放聲吶喊，但如果這樣能讓斐迪南在亞倫斯伯罕過得順遂一點的話，我願意盡己所能。因為比起他至今為我做的，這點努力根本不足以回報。

「我做就是了。我做。不管是最優秀表彰還是尤列汾藥水，我全都會做到。」

「那把所有原料裡的混雜魔力清除乾淨吧。做完今天就先到此為止。」

我吐出嘆息，再緩慢地吸了一口氣後，重新面向原料。首先是孚蘭墨茲的果實。我集中精神，慢慢注入魔力，排除混雜的魔力。

把所有原料裡的混雜魔力都清除乾淨後，隔天要讓原料徹底染上自己的魔力，做成魔石。就如同以前製作尤列汾藥水時準備過的，最終完成了帶有季節貴色的魔石。

「這下就能順利製作尤列汾了。」

看著染好魔力的魔石，斐迪南說道：「非常好。」

尤列汾與哈特姆特的成年禮

魔石完成以後，接著馬上要製作尤列汾藥水。這天在旁邊陪同的，有安潔莉卡、達穆爾與柯尼留斯。之所以只讓已成年的近侍陪著我，是因為他們已經在貴族院學過如何製作尤列汾。做過一次的我也已知道做法，所以護衛騎士們是幫忙確認步驟的助手。至於本該幫忙調合的文官們，此刻正在神官長室。斐迪南說他想把時間多花在與文官們交接工作上，要我做好尤列汾藥水後再叫他。

「羅潔梅茵大人，您也已經會做尤列汾了嗎？我到了五年級時才會做。」

柯尼留斯說，為斐迪南的斯巴達教育感到錯愕。而只有術科特別擅長的安潔莉卡則是挺起胸膛，說：「我也是在五年級的時候做好。」

「我是最高年級。因為尤列汾並不是可以一再製作的藥水，所以我那時候太過貪心，想盡可能蒐集到品質更好的原料，結果差點趕不及為原料染好魔力，讓我嚇出了一身冷汗呢。如今多虧羅潔梅茵大人的魔力壓縮法，我的魔力增長不少，甚至想要重做，早知道課堂上做尤列汾藥水時不該那麼貪心。」

達穆爾帶著苦笑嘀咕道。他說下級貴族得花不少時間才能染上魔力，所以都必須盡早取得原料。

「在貴族院上課時做的尤列汾藥水，基本上品質都很差。見習騎士們雖能利用自己在貴族院或在自領內採來的原料，染好魔力後用來製作藥水，但我因為沒有自己採集，品質自然比較差。」

聽說見習騎士因為能自己採集原料，品質多少會好一點，但文官們幾乎都得向見習騎士購買，所以原料的品質自然比較不好。

「但只要能清除內部的混雜魔力，好像就可以保有原料的品質喔。」

我把斐迪南教的方法教給大家。然而他們都說，自己無法像我這樣如細線一般，並且操控那麼大量的魔力。

「羅潔梅茵大人，想要逼出混雜的魔力，需要有相當的魔力量才行。更何況在那之後還要讓原料染上自己的魔力，對下級貴族來說太困難了。我既無法做到和羅潔梅茵大人一樣的事情，也不需要那麼好的品質。」

說完，達穆爾聳了聳肩。

「我們的任務就只是確認步驟而已。那開始吧。」

達穆爾、柯尼留斯以及安潔莉卡的魔劍斯汀略克，他們都曾做過尤列汾藥水，也確實記得步驟，正是我今天的助手。安潔莉卡似乎早就忘光了，但聽說斯汀略克還記得一清二楚。真是非常好用的魔劍。

隨後，我依著發出斐迪南聲音的斯汀略克的指示，開始製作尤列汾藥水。就算手臂變痠也要忍耐。我小心地攪拌魔石。跟上次不同，這次因為是使用思達普變成的攪拌棒，魔力的傳導率截然不同。我好感動。

「接著，請倒入那邊的增幅藥水。」

斯汀略克說完，柯尼留斯幫我拿來裝有增幅藥水的水瓶。水瓶不算大，一般人都會單手繼續攪拌，然後用另一隻手傾倒藥水吧。但柯尼留斯正想把水瓶遞給我時，他倏地定住不動。想必是察覺到了我單手拿不動。

「羅潔梅茵大人，我幫您倒吧？」

「……麻煩你了。」

黑色液體倒下來後，調合鍋內的藥水分量猛然變多。我接著繼續攪拌，不久斯汀略克說：「最後一個步驟。」

達穆爾拿來桌上的小瓶子，往鍋內滴了一滴藥水。瞬間，藥水表面乍然發出耀眼光芒。尤列汾藥水完成了。

「我去通知斐迪南大人。」

我看著達穆爾走出工坊，柯尼留斯則探頭看向調合鍋。

「那羅潔梅茵大人要何時使用這份藥水？」

「……我也不曉得。等神官長去了亞倫斯伯罕以後嗎？既然他說會盡量排除所有危險，還是等安全一點後再使用比較好吧。」

現在光是預習貴族院課程與交接神殿業務就很忙了，連我寶貴的閱讀時光也被不斷壓縮，應該更是沒有時間能躺進尤列汾藥水裡。而且可以的話，其實我個人並不怎麼想再次躺進去，最好能拖就拖。

正和柯尼留斯討論著這件事時，斐迪南帶著自己的近侍與法藍走了進來。法藍手上還捧著裝有很多魔石的網子。

「羅潔梅茵，現在馬上浸入尤列汾藥水裡吧。妳體內還有殘留的魔力凝固，我想盡快將其融解。我們會在這裡進行準備，妳去換身衣服。」

斐迪南開始迅速下達指示、進行準備，往白色大箱子裡注入尤列汾。我怎麼也沒想到居然一完成就要躺進去，根本來不及做好心理準備。我忽然覺得全身的血管都在收縮凝結，反射性地搖頭抗拒：「我不要。」

「羅潔梅茵？」

斐迪南納悶蹙眉，大家也都朝我看來。我不由自主後退一步。

「要是躺進藥水裡頭，醒來以後發現大家又長大了，就只有我毫無成長……而且要是又睡上兩年，這、這次甚至連神官長也不在了吧？我不要現在就躺進尤列汾藥水裡面。」

那種彷彿成了浦島太郎的感覺，我不想再體會第二、第三次。而且我現在好不容易有點體力了，醒來以後說不定又會回到原點。

「這次妳只會沉睡幾天，不會像上次一樣。」

「可是……我還是很害怕。」

上次也跟我說會沉睡一個季節的時間，實際上我卻睡了兩年。雖然可能是因為遇襲後被人下毒的關係，但這次又不能保證我真的幾天之後就會醒來。

「羅潔梅茵，在我還能負責診察的時候，我想先幫妳融解掉所有凝固的魔力。一旦凝固的魔力消失，今後就能交由其他醫師為妳檢查。而且，妳也想長高吧？」

「我是想長高沒錯，但等神官長去了亞倫斯伯罕以後再進行也沒關係。要是醒來後發現神官長已經不在了，我絕對無法接受。」

「……羅潔梅茵，我也覺得妳最好在前往貴族院之前就使用尤列汾。」

柯尼留斯思索了一會兒後開口。發現他這時候的語氣不是以近侍，而是以兄長的身分對我說話，我抬頭看向他。

「為什麼呢？」

「斐迪南大人曾說，妳情緒激動時會突然暈倒，就是因為妳體內有凝固的魔力，導致魔力無法順利流通。那麼若能融解那些凝固的魔力，妳以後就算情緒有些激動，也不會再暈倒了吧？」

柯尼留斯直視我的雙眼，以平靜的語氣循循善誘，摸著我的頭。

「每次妳無預警暈倒，都會讓我想起妳中毒後失去意識的模樣，嚇得心臟幾乎要停止跳動。如今我畢業了，沒辦法在貴族院裡時時刻刻看著妳，當然會希望需要擔心的事情越少越好……所以我完全可以理解，斐迪南大人為什麼想在前往亞倫斯伯罕之前讓妳變得健康一點。」

曾親眼看到我中毒後失去意識的人，就只有波尼法狄斯、柯尼留斯與斐迪南。明白自己讓他們有多麼擔心，我內心也十分難受。我伸長手，揪住斐迪南的袖子。

「真的只有幾天而已？大家不會突然變高長大、我的身體也不會動彈不得，神官長也不會消失不見吧？」

「不會，我向妳保證。」

斐迪南緩緩點頭。我也點一點頭，然後轉身。

「那我去換衣服。」

我走出工坊，請莫妮卡幫我換上輕薄的白衣。為了看得見手腳上的魔力線條，襪子必須預先脫掉。光腳穿著鞋子的觸感實在太過久違，讓我感到非常神奇。

做好準備再度進入工坊時，裡頭的大家也已經準備就緒。白色的大箱子裡盈滿淡藍色液體，法藍則在旁邊待命，準備放入魔石。斐迪南指向放在白色箱子旁的椅子。我照著他的指示坐下，伸出雙手接過他遞來的杯子。杯子裡裝有尤列汾藥水。喝完後，法藍幫我脫下鞋子。

「羅潔梅茵。」

和上次一樣，由斐迪南把我抱起來，讓我坐進裝滿尤列汾藥水的白色箱子裡。瞬間，我的身體浮起紅色的魔力線條。

「最多三到四天，成年禮前一定會醒來。」

斐迪南一邊說，一邊以手指確認我手臂與脖頸處的魔力流動。在他檢查我身體的時候，我的眼皮也越來越沉重。這種感覺十分熟悉。

「絕對不可以消失不見喔。」

「真囉嗦，快躺下吧。」

斐迪南苦笑說道，伸來大掌覆住我的眼睛。在意識迅速墜入黑暗的同時，我也感覺到自己的身體慢慢浸入尤列汾藥水中。

「醒了嗎？」

聽見熟悉的嗓音後，我被人從尤列汾藥水裡拉起來。見到斐迪南那張熟悉的臉龐，我頓時鬆了口氣。

「我睡了多久呢？」

「如我所料，四天。」

在斐迪南四周，法藍、莫妮卡與近侍們也在，而大家確實不論長相或氣質都毫無變化。斐迪南逐一檢查我手臂、腳部、頸部的魔力流動。

「凝固的魔力似乎已徹底融解……現在也為妳做好了沐浴準備。等洗淨身子，妳今天直接躺下歇息吧。明天開始又會非常忙碌。」

隨後由法藍抱著我前往浴室，莫妮卡與妮可拉再協助我沐浴。

「這次羅潔梅茵大人可以自己站立和坐下，看來沒對身體造成任何負擔吧。」

「上次您真的一動也不能動，我們擔心得不得了呢。」

妮可拉與莫妮卡說完，我笑著點了點頭。聽說凝固的魔力融解後，我就比較不會突然暈倒。但斐迪南也提醒我，前提是我都會戴著他所提供的、用以吸取魔力的項鍊。似乎是因為以前過度壓縮的關係，導致我魔力過多，就算現在不會再暈倒了，過於激動的情緒還是對身體不好。

「所以我還是得鍛鍊身體才行，其實我沒有什麼身體變好的感覺呢。」

「我想可能要等一段時間，才能實際感覺到身體變好了吧。因為羅潔梅茵大人雖然不覺得有變好，但跟身體完全動不了的那次比起來，現在好很多了呢。」

「的確，那時候我連看書都有困難。」

「建議您最好還是多運動，增強體力。」

莫妮卡微笑說道，建議我多多運動。我暫時這麼回答：「我會認真考慮。」

始終感覺不出身體狀況有大幅改善的我，在斐迪南的指導下，馬不停蹄地預習貴族院的課程。由於現在已經決定盡量不再增加工作量，以便日後把神殿長之位交接給麥西歐爾，所以斐迪南囑咐我，除了非做不可的工作外，要優先預習貴族院課程。

我也試著建造了迷你城鎮，接二連三地完成作業。比如練習施展因特維庫侖、調整設置在城鎮周圍的結界強度，以及在結界上開洞好製作境界門。

「從這些作業來看，基礎魔法應該是個刻有大量魔法陣、非常巨大的魔石吧。」

「對，是個鑲著所有屬性魔石的巨大魔導具。記得這裡有圖片。」

在預習只教給領主候補生的課程內容時，都是在我的工坊裡上課，並把近侍們關在門外。偶爾韋菲利特與夏綠蒂也會跑來參加，但大多數上課的時候就只有我們兩個人。所剩不多的時間可以一起度過固然令我開心，但斐迪南似乎是強打精神，氣色看來很糟。

「神官長，你的睡眠時間是不是減少了？」

「……一點而已。」

「不是只減少了一點，而是只睡一點吧？」

得提醒尤修塔斯才行——我這麼心想時，赫然發現最近都沒在神殿裡頭看見尤修塔斯與艾克哈特。

「該不會尤修塔斯與艾克哈特哥哥大人也很忙吧？」

「這裡有妳的近侍在，我讓兩人去做只有他們能做的工作了。」

在神殿，斐迪南老是一派理所當然地把工作也分配給我的近侍。我微微噘起嘴唇。

「明明神官長還抱怨我亂使喚雷蒙特，請你也不要隨便使喚我的近侍。」

「妳都那般隨意使喚雷蒙特了，沒有資格抱怨。況且我只是在訓練妳的近侍。」

竟然可以把話說得這麼好聽。但被他這麼反駁後，我也無法再開口抗議。

「那麼，這之後妳要好好復習。下堂課要練習劃分領內的土地。要給予基貝土地時，會需要這項技術。」

斐迪南利用攤放在地板上的轉移陣，拿出下堂課要用的東西。由於他不斷把上課會用到的東西搬到我的工坊裡頭，感覺內部空間越來越狹窄了。

隨著日子一天天過去，轉眼進入春天尾聲，成年禮就快到了。這是哈特姆特第一次要參加神殿的儀式。

「對了，哈特姆特的儀式服該怎麼辦呢？就算訂做了，也不可能來得及吧？」

記得我向班諾訂做儀式服以後，也等了一段時間。而且當時他還說因為不用從織布做起，只要染色即可，所以製作時間已經縮短了不少。

「我與羅潔梅茵大人不同，在從前幾名青衣神官留下來的儀式服當中，可以找到我能穿的尺寸，所以會暫時借用，直到訂做的服裝完成為止。」

原來神殿裡頭也留有幾套儀式服。雖然本來就應該要自己準備，但像哈特姆特這樣趕不及做好服裝的時候，就可以借用。但我因為不僅曾是平民，儀式服也沒有我能穿的尺寸，所以從一開始就不可能借用。

「真期待神殿的儀式。」

儀式前一天，哈特姆特借宿在提供給護衛騎士的房間。早上先在神殿長室和我一起用過餐後，他再前往神官長室。聽說今後將服侍哈特姆特的神官長室侍從，會幫他換上儀式服。

我也請人幫忙換上神殿長的儀式服，待在房裡等候，不久法藍前來呼喚。

「禮拜堂已準備就緒，請您移步。」

青衣神官們似乎都已經進入禮拜堂了。發現艾克哈特正在門扉附近待命，我走向他詢問哈特姆特的情況。

「艾克哈特哥哥大人，您今天來神殿了呢。這是哈特姆特第一次參加神殿的儀式，他看起來很緊張嗎？」

「他看來十分興奮，還期待著親眼目睹妳的祝福。」

雖然是第一次參加神殿儀式，但顯然今天的哈特姆特還是和平常沒有兩樣。

「不過，他很有能力。不僅能馬上記住儀式流程與該做事項，似乎也能勝任斐迪南大人的得力助手。羅潔梅茵，妳得到了很優秀的近侍。」

……明明是我的近侍，判定他優秀與否的基準，居然是能否勝任神官長的得力助手。從這點來看，艾克哈特哥哥大人也相當奇特呢。

就某方面而言，我覺得哈特姆特與艾克哈特其實很像。

「神殿長入殿。」

斐迪南朗聲說完，灰衣神官們便打開門扉。並排站在祭壇前的青衣神官們一致揮下手中的棒子，彷彿有無數鈴鐺響起般的鈴音響遍禮拜堂。

哈特姆特正和青衣神官們站在一起。感覺得出他的目光盯著我這邊。我如同往常，在斐迪南的協助下慢慢上臺。哈特姆特目不轉睛地觀察他的一舉一動。

接著由斐迪南朗誦神話，再由我獻上祈禱、給予祝福。成年禮並沒有出任何狀況，平安無事地落幕了。

這天，我看見父親與母親都來到了大門邊，一臉擔憂地往我看來。大概是多莉已經告訴他們，今後我們將與亞倫斯伯罕展開交流吧。有哈特姆特在，我無法做出揮手這類的醒目互動。於是我裝作這是儀式流程的一部分，把右手握成拳頭，往左胸敲了兩下。除此之外，就是假裝在目送剛成年的年輕男女們離開，實則一直注視著兩人，直到灰衣神官關上大門。

「哈特姆特，現在你明白神官長該做的工作了嗎？」

我由斐迪南攙扶著走下臺，站到哈特姆特旁邊。

「就是協助羅潔梅茵大人上臺、代替神殿長朗讀聖典、直到大門關上前都跟在您身邊、再協助您下臺……也就是照顧羅潔梅茵大人吧。」

「不對，神官長應該還有其他工作吧？」

比如還要為居民在名牌上辦理登記。我說完，斐迪南回道：

「那不只是神官長，也是所有青衣神官該做的工作。事實上，前任神殿長那時我根本無須緊跟在旁。現在儀式時我負責的大半工作，就是協助妳別讓妳出差錯。」

「從下次開始，我應該就能完美盡到自己的職責。」

哈特姆特驕傲地挺起胸膛說。「我相信你沒問題。」斐迪南還一臉認真地點頭。

……原來神官長在儀式時的主要工作，其實就是照顧我嗎？我一點也不想知道！

「那、那關於成年禮，你沒有其他想法了嗎？」

「有。」

哈特姆特立即回答，表情非常不甘地握拳。

「比起貴族院的成年禮，平民在成年禮時反而得到了更多的祝福吧？真希望我的成年禮也能由羅潔梅茵大人給予祝福。」

艾倫菲斯特的平民太幸福了！哈特姆特開始大表不滿。居然抱怨平民太幸福……那只要公平就好了吧？

「哈特姆特，既然你平常幫忙處理了那麼多工作，而且如果只要我給予祝福就能讓你消氣的話，那我給你祝福吧。雖然貴族的成年禮早已經結束了，現在也不是你出生的季節……」

「真的嗎?!那懇請給我冬天神祇的祝福！」

哈特姆特看著我的雙眼立刻盈滿期待，當場跪下來，在胸前交叉手臂。雖然他要求冬天神祇，但現在這個季節，生命之神早就被沖走了。那就只給予土之女神的祝福吧。即便是這個季節，土之女神應該也正守護著新生命的成長。

「土之女神蓋朵莉希啊，請聆聽吾的祈求，為今年成年的子民賜予祢的祝福。彼的

赤誠真心奉獻予祢，謹獻上祈禱與感謝，懇請賜予祢神聖的守護。」

往戒指注入魔力後，飄起的紅光灑落在哈特姆特身上。給完了祝福的我馬上想邁步離開，卻發現哈特姆特仍然跪在地上動也不動。

「哈特姆特，怎麼了嗎？」

「我太感動了。」

「什麼？」

「居然能夠獨占羅潔梅茵大人的祝福，我深深感謝著自己的幸運。」

哈特姆特說話時露出了前所未見的開心笑容，接著執起我的手，將額頭抵在我的手背上。其實我只是想消除他的不滿才給予祝福而已，沒想到哈特姆特竟然這麼感激又高興，反而害我不知所措。

「神官長……」

我試著開口求救，斐迪南卻默默別開視線。

「他是妳的近侍。至少那份忠心絕無虛假，只要妥善運用，會成為強大的夥伴。」

「……那要是沒能妥善運用呢？」

「後果不堪設想，艾克哈特已讓我有切身經驗。」

……艾克哈特哥哥大人?!

來訪與對策

忙著預習貴族院的課程時，一週後舉行的夏季洗禮儀式也順利結束。

「下次就是星結儀式了吧。」

待在工坊裡頭，領主候補生課程的預習告一段落後，我查看起今後的行程。這時，斐迪南一臉厭惡地皺眉。

「星結儀式後直到入秋那段時間，喬琪娜與蒂緹琳朵預計拜訪艾倫菲斯特。據說是想在結婚前與我們多做交流。」

「明明奧伯·亞倫斯伯罕的身體不好，她們卻要長期在外逗留嗎？」

為了盡快完成交接，現在應該是分秒必爭才對吧？我偏頭表示不解後，斐迪南皺起臉龐。

「羅潔梅茵，目前還不確定奧伯·亞倫斯伯罕是否真的身體抱恙。」

「咦？」

「我說過，這是尤修塔斯蒐集來的情報。既不能完全相信，況且亞倫斯伯罕有可能正極力隱瞞此事。至少關於奧伯的身體狀況，絕對不能公開討論。要是引來對方懷疑的眼光，心生警戒，甚至打聽情報來源的話就麻煩了。」

他說領主身體不好是件大事，關係到領主之位的交替，所以這種情報本不該對外洩露。斐迪南提醒我，絕不能向喬琪娜或蒂緹琳朵問起領主的身體狀況。

「所以這對亞倫斯伯罕來說是機密大事囉？神官長知道關於情報來源的某些事情，但沒有說出來吧？」

「因為實在太過荒謬，不足以採信。」

斐迪南輕輕聳肩，看他的表情似乎自己也不太相信情報來源。但大概是情報來源雖然可疑，綜觀周遭的情況後，他認為依然有相當的可信度吧。

「……可是，既然奧伯有可能在兩位訂婚期間就亡故，代表他身體狀況很差吧？」

「死亡不會僅因抱病就到來。有時也會因為其他事情而感受到生命危險。」

斐迪南只是這麼回答我，但自己能想像到的答案實在太過恐怖，讓我不敢再問下去。我看還是快點改變話題。

「對了，所以神官長與蒂緹琳朵大人在這裡可以結婚呢。」

「什麼意思？」

「在我記憶中的世界，不如說我居住國家的法律規定，舅舅與外甥女是不能結婚的。」

看斐迪南似乎產生了一點興趣，我再稍微說明與近親婚姻有關的事情。

「只是在另一個世界，每個國家的法律規定都不一樣，所以有的國家就算舅舅與外甥女可以結婚也不奇怪吧。不過，尤根施密特在結婚方面沒有任何禁忌嗎？」

我提問後，斐迪南回道：

「並非完全沒有。由於通常是母親會對子女的魔力帶來強烈影響，因此人們更重視母親那邊的血緣。比如這次因為薇羅妮卡並非我的生母，所以我才能與蒂緹琳朵結婚；而她與齊爾維斯特雖然同為外甥女與舅父，但就不能結婚。」

聽說關鍵在於是否為同一個女性的子嗣。而在這種情況下，堂表兄妹或姊弟則是可以結婚。

「若是同父異母，即便兄妹也可以結婚。像妳與韋菲利特就是這樣吧？」

「所以養女相當於異母妹妹啊……」

久違地感受到常識的差異，我眨了眨眼睛。

「今後要像這樣彌補妳常識的不足，恐怕也不容易吧。」

「我擁有不同世界的記憶這件事要告訴其他人嗎？」

我詢問後，斐迪南思索了一會兒後緩緩搖頭。

「為妳塑造的聖女假象如今已經人盡皆知，這種事最好別再讓更多人知道。因為無法預料最終會被吹捧成什麼樣子。當初會編造聖女傳說，也是為了讓妳能順理成章地成為領主養女，但現在妳既已被中央神殿盯上，其實只會為妳帶來危險。」

回想起中央神殿神官長當時可怕的眼神，我輕輕點頭。

「可是，以後我想問這類問題的時候，該怎麼辦才好呢？」

今後我想必仍會遇到一樣的情況，為自己無法理解這裡的常識而抱頭苦惱。斐迪南尋思片刻後，走向工坊的櫃子。

「妳用這個墨水寫信給我吧。這種墨水只對製作者的魔力有反應，應能順利通過境界門。」

「咚」一聲放在我面前的，是以斐迪南魔力製成的隱形墨水。因為奧多南茲無法飛越領地的邊界，若想跨領地聯繫，基本上得使用書信魔導具。聽說化為鳥狀的信會先在境界門經過檢查，確認沒有問題後，再讓鳥兒飛向收件人。

「重要的事情妳就用隱形墨水書寫，再用普通的墨水寫上無關緊要的事情覆蓋住，然後送來給我。屆時，我也會用妳做的隱形墨水回信。」

「所以是秘密通信囉……該不會喬琪娜大人與前任神殿長，也是類似這樣在寫信給對方吧？」

雖然他們並未使用隱形墨水，但從那麼厚的一疊信件來看，對喬琪娜來說，也許前任神殿長真的曾是非常重要的心靈支柱。

……喬琪娜大人一定非常恨我吧。

一想到前任神殿長之於喬琪娜，就好比斐迪南之於我，她肯定非常厭惡而且憎恨等於害死了前任神殿長的我。一想到喬琪娜可能也這麼痛恨斐迪南，不管是她的來訪還是斐迪南的入贅，都讓我感到非常害怕。

「兩位若是來訪，我們暫時也無法預習領主候補生的課程了吧。」

「……是啊。她們在這裡暫住的那段時間，想必行程將滿是餐會與茶會。沒有什麼辦法能讓她們早點回去嗎？」

斐迪南厭煩地嘀咕。要是他到時候真以這種態度迎接，未婚妻未免太可憐了。畢竟蒂緹琳朵本身並沒有對斐迪南做過任何事情。

「神官長，你臉色不要這麼難看，我們一起樂觀思考吧。像是不知道蒂緹琳朵大人會不會帶亞倫斯伯罕的書來呢?或者會不會帶魚過來呢?光是想想就會很開心喔。至於神官長,可以想想不知道她們會不會帶稀有的研究原料過來,你覺得怎麼樣?」

我提議後,斐迪南低下頭以冰冷眼光望來,深深嘆了口氣。

「妳還真是忠於自己的欲望。」

「我也只是在心裡想想而已。為了保持樂觀積極,這是我的訣竅喔。反正又不會真的開口拜託對方,有什麼關係嘛。」

要是真的開口拜託,那也太厚臉皮了。但如果只是在心裡想想,讓心情可以正向愉快的話,又不會給任何人造成困擾。

「撇開書籍不說,若是提出請求,她們也許願意帶魚過來。」

「真的嗎?!」

我立刻仰頭看向斐迪南,卻見他揚起嘴角。

「但若真的提出請求,會讓人覺得我們太厚臉皮吧?妳還是忍耐吧。」

「居然讓我心生期待以後又要求我忍耐,太過分了!」

我表達了憤怒後,斐迪南卻很愉快似的哼笑一聲。總覺得這陣子來,自己好像成了斐迪南依當下心情隨意耍著玩的玩具。

「啊,不過,如果能提出希望的話,要不要試著提出請求,請她們也帶雷蒙特一起過來呢?」

這樣一來,茶會與餐會時就有話題可聊;如果斐迪南真的不想靠近蒂緹琳朵,也可以他與雷蒙特討論事情,由我與夏綠蒂陪著蒂緹琳朵聊些髮飾之類的流行話題。

「……雷蒙特嗎？」

「他同時是赫思爾老師與神官長的弟子吧。只要說你到了亞倫斯伯罕以後打算將他納為近侍，再以此提出請求，也許她們會願意帶他同行喔。」

我希望能讓斐迪南在心情不錯的狀態下，成功與蒂緹琳朵進行首次交流。這件事非常重要，關係到斐迪南今後能否在亞倫斯伯罕過得愉快一點。他雖然需要保持警戒，但也需要妥協讓步吧。

「羅潔梅茵，屆時我們可得調查不少事情。比如舊薇羅妮卡派的貴族會有哪些積極舉動、喬琪娜最信任的中心人物是誰、她回到艾倫菲斯特又是基於何種目的。我不可能有時間悠哉地與雷蒙特討論研究結果。若把心力全放在蒂緹琳朵身上，根本沒有時間去打探喬琪娜都在暗地裡做什麼吧。」

比起蒂緹琳朵，斐迪南似乎更在意喬琪娜，而他的擔心多半也沒有錯。但是，既然表面上的來訪目的是「向未婚夫問好，加深交流」，到時斐迪南得接待不可的對象便是蒂緹琳朵。

「既然如此，最好從一開始也向養母大人與母親大人請求協助呢。」

「向芙蘿洛翠亞大人與艾薇拉嗎？」

「對啊。喬琪娜大人與蒂緹琳朵大人都是女性，應該會參加全是女性的茶會吧。到時能獲取情報的，只有女性而已。養母大人與母親大人從薇羅妮卡派的全盛時期開始，就在建立自己的情報網。現在也很順利地在削弱舊薇羅妮卡派的勢力，不需要尤修塔斯特地扮成女裝，我們也能獲得十分有用的情報喔。要不要先說好想蒐集哪些情報，然後拜託養母大人她們呢？」

為了斐迪南，我想艾薇拉肯定會拿出渾身解數蒐集情報。看艾薇拉網羅戀愛故事題材的手腕就能知道，她蒐集情報的能力非常優秀。

「向她們請求協助嗎……」

一向有能力自己處理所有事情、不輕易相信他人的斐迪南，極少向身邊的人請求協助。所以遇到像這次這樣，接待對象偏偏不是自己的主要目標時就會很傷腦筋。

「而且我們也正忙於交接，能不能請她們縮短停留的時間呢？還有，針對同行人員也要提出我們的要求才行。距離她們來訪還有段時間，不需要只是被動地等待喔。為了與亞倫斯伯罕交涉，接下來會很忙呢。」

「是我會很忙吧……真是的，該做的事又變多了嗎？」

斐迪南重新檢視起我的預習進度。我看著他歪過頭。

「這件事用不著神官長去做吧。既然是領地之間的交涉，你只要向養父大人提出自己的要求，再把這件事全部推給他就好了啊？神官長應該要盡量別插手城堡的工作。這也是交接的一環喔。」

「……妳真是淨向監護人學些不好的地方。」

斐迪南一臉無奈地說。不過，他還是向齊爾維斯特提出了給亞倫斯伯罕的要求，也向芙蘿洛翠亞與艾薇拉請求協助，然後把自己的時間用來為我預習。

時序進入夏天後，平民區因為來自他領的商人而變得熱鬧萬分，這個季節更有星結儀式。星結儀式來臨前，我參加了一場緊急家庭會議，討論內容是關於艾克哈特與安潔莉卡的婚約作廢一事。

「師父、艾薇拉大人，我因為要與艾克哈特大人分開，實在太傷心了，懇請兩位讓我沉澱一段時間。我希望可以暫時繼續仰慕艾克哈特大人。」

「哎呀！安潔莉卡！」

似乎還經過了斯汀略克的指導，安潔莉卡完美扮演失戀的可憐少女。艾薇拉的雙眼發亮，立刻記下兩人這段無法結為連理的悲戀。我與安潔莉卡對看了一眼，「很好」地點一點頭。

不知道在記錄什麼事情，艾薇拉振筆直書了一會兒後，忽然停下手來抬起頭，然後盈盈微笑。

「安潔莉卡，我非常明白妳難過的心情，但戀愛故事與現實可不能相提並論。」

「咦？」

「若要等到傷心平復，之後再尋找對象只會更加困難。至少得先與人訂下婚約，否則妳的父母將顏面掃地。」

想讓安潔莉卡成為家族一員的波尼法狄斯也連連點頭。兩人完全認為這是兩回事，馬上開始為她尋找新的未婚夫人選。結果安潔莉卡白練習了。

「蘭普雷特，不如就由你迎娶安潔莉卡為第二夫人……」

波尼法狄斯話還沒說完，蘭普雷特立即搖頭。

「承蒙祖父大人看得起，但我不能在奧蕾麗亞有孕時就迎娶第二夫人。起碼要幾年之後才能考慮。」

一般都是結婚數年後才會迎娶第二夫人，而且也不能讓孕婦感到不安。再者，奧蕾麗亞是從亞倫斯伯罕嫁來的女性貴族。他不想在這種時候宣布要迎娶第二夫人，無謂激怒亞倫斯伯罕──蘭普雷特逐一列出了他必須拒絕的理由。

「那就是柯尼留斯了嗎？」

「我已與萊歐諾蕾訂下婚約。在這種情況下，不該再與比萊歐諾蕾年長的安潔莉卡訂婚。」

柯尼留斯也拿出貴族的常識極力主張，避免要納安潔莉卡為第二夫人。「那就只剩托勞戈特了。」波尼法狄斯剛這麼嘟囔說完，安潔莉卡露出了非常哀傷的表情。

「雖然我也知道自己這樣太過任性，但我對未婚夫的要求只有一個。那就是即便不到艾克哈特大人的程度，至少也要和柯尼留斯一樣強。」

我不想與比自己弱的男人結婚──安潔莉卡這麼表示後，波尼法狄斯用力握拳。

「既然如此，那只能鍛鍊托勞戈特了。」

「波尼法狄斯大人，倘若托勞戈特無法變得比柯尼留斯還強，屆時您打算怎麼辦呢？安潔莉卡再沒多久就過適婚年齡了唷。」

實際派的艾薇拉反駁後，波尼法狄斯「唔唔」皺眉。

「托勞戈特若沒能在安潔莉卡過適婚年齡之前有所成長，那就只能由我或卡斯泰德負起責任了吧。畢竟已沒有其他孫子或許能變得和安潔莉卡一樣強。尼可拉斯又小她太多歲了。」

「祖父大人，讓安潔莉卡成為您或父親大人的第三夫人，未免太過分了吧。還請您考慮她的年紀。」

我忍不住開口勸阻，安潔莉卡卻露出了截至目前為止最開心的笑容。

「若是如此，我沒有任何不滿。」

……咦?!沒有嗎?!跟祖父大人或父親大人結婚也沒關係嗎？給我等一下。安潔莉卡的喜好也太執著在一點上了吧！

不管是波尼法狄斯還是卡斯泰德，即便是之後達到了她標準的托勞戈特，安潔莉卡似乎都無所謂。因為她的發言而目瞪口呆的人，並不只有我而已。艾薇拉也扶著額頭，往剛才以兩人為主角所記錄下來的悲戀故事畫了大叉。

「那麼關於安潔莉卡這件事，最終就由父親大人負起責任即可吧？父親大人，請您努力鍛鍊托勞戈特。」

卡斯泰德火速把自己從可能迎娶安潔莉卡的人選中剔除，就此結束了家庭會議。

一晃眼，就到了星結儀式。平民區的星結儀式結束後，我與斐迪南便往城堡移動。接下來直到喬琪娜與蒂緹琳朵的來訪結束為止，我們都不會返回神殿。

貴族區的星結儀式也順利結束。儀式本身並沒有值得一提的事情，但在宣布不久後喬琪娜與蒂緹琳朵即將來訪的消息後，現場霎時譁然嘈雜。至於斐迪南將入贅一事，因為早在領主會議過後的報告會上宣布過，所以這在貴族區已經是眾所皆知的事實，但待在基貝土地裡的貴族們似乎仍有人不知道。舊薇羅妮卡派的貴族們頃刻變得活力四射。領內高層只是靜靜看著他們，觀察誰有什麼反應。
「這可是天大的喜事，斐迪南大人竟能入贅至大領地亞倫斯伯罕……」
「居然願意把曾進過神殿的人納為女婿，喬琪娜大人真是仁慈寬厚。」
各種聲音此起彼落，有人羨慕斐迪南的幸運，有人高興著這是要與亞倫斯伯罕恢復交流的徵兆。斐迪南始終面帶虛假笑容，注視著他們。艾薇拉也帶著非常完美的禮貌性微笑。
「喬琪娜大人非常擅長將艾倫菲斯特攪得一團亂，所以我們也得打起精神，好好迎接她才行呢。斐迪南大人的請求總是伴隨著艱鉅的任務，但也因此十分具有挑戰性。」
當初他拜託我收養在神殿長大的羅潔梅茵，並且要讓她擁有上級貴族千金的風範，那次也是艱鉅的任務呢──艾薇拉低聲喃喃說。
「我會期待養母大人與母親大人大展身手。」
領悟到這是我絕對應付不來的女人戰爭，我決定全面交給艾薇拉與芙蘿洛翠亞。
「……喬琪娜大人就交給我們吧。不過羅潔梅茵，妳要盡可能跟在斐迪南大人身邊。他若在接待時一直面帶那樣的笑容，只怕與蒂緹琳朵大人會越來越難互相敞開心扉吧。」
聽說我因為已有未婚夫，若和韋菲利特一起跟在斐迪南身邊，旁人便不會產生不必要的誤解或是心生嫉妒。因此以這層面來說，夏綠蒂如果太過靠近斐迪南，就有可能招來旁人的誤解。
「雖然夏綠蒂大人更擅長觀察周遭情況，協調現場氣氛，但若要解讀斐迪南大人的表情與情緒，還是相處多年的羅潔梅茵更擅長呢。」

看來我必須在旁邊負責調節氣氛，但我真的能夠適時給予斐迪南他需要的協助嗎？總覺得自己反而只會幫倒忙。

「這次來訪，雙方也會正式求婚與訂下婚約，好向艾倫菲斯特的貴族們昭告。蒂緹琳朵大人多半會帶著求婚魔石前來吧。斐迪南大人是否準備了回覆用的魔石呢？」

聽見艾薇拉這麼問，我感覺自己面無血色。在指導我預習貴族院課程的同時，我曾見過斐迪南在製作要帶去亞倫斯伯罕的回復藥水與護身用魔導具，但從沒見過他製作求婚用的魔石。

「……我想斐迪南大人一定沒有準備。因為他一直在幫我預習課程，也優先在處理神殿的交接工作。」

蒂緹琳朵遞出求婚魔石的時候，絕對不能說我們還沒有準備好。畢竟對方老早就告知了她們即將來訪，以及來訪的目的。

「斐迪南大人，請問您準備好求婚魔石了嗎？」

我急忙向斐迪南送去奧多南茲。要是已經做好的話那就沒問題，要是還沒做好，必須馬上開始製作吧。這麼心想的我，卻在聽到回覆後嚇得冷汗直流。

「我已有求婚用魔石，而且還是全屬性，不管對方是什麼屬性都沒問題。」

「請等一下！求婚魔石應該要配合對方的屬性去製作才對吧？」

全屬性的話形式上或許沒問題，但完全顯現出了斐迪南一點也不想去了解對方的敷衍了事，讓我很想要抱頭。

「還是向亞倫斯伯罕的人打聽一下，調查蒂緹琳朵大人的屬性吧。不可以這麼隨便！萬一被誤以為是送給別人的求婚魔石怎麼辦？」

「那是貴族院時期在課堂上做的魔石，沒什麼好誤會的。」

這回答一點想重做的打算也沒有！最終我真的不由自主抱頭。

「布倫希爾德，這樣真的沒問題嗎？」

「……是、是啊。畢竟是全屬性，端看魔石的品質與銘刻在魔石上的字句，收到的人也許會很高興呢。」

布倫希爾德的回答讓我內心燃起一線希望，接著問他魔石上刻了什麼句子。

結果魔石上的句子是最簡單、最平平無奇的「將我的心獻給妳」，以備隨時能對任何人使用。就連布倫希爾德也露出了她無法幫忙說什麼好話的表情。

「還是重做吧。這樣實在太過分了。沒有女性收到這種魔石會很高興喔！」

「既然已有魔石，我不認為有何問題。況且若要打聽到屬性再重做，太浪費時間了。如果一定要製作符合她屬性的魔石不可，就由等同家人的妳來做吧。」

「這不是我該做的東西吧！又不是我要結婚！」

「只要面帶笑容，連同甜言蜜語一起遞出魔石即可。再爭辯下去只是浪費彼此時間。我很忙。」

這之後，斐迪南甚至不再回我奧多南茲。看來真的打算直接給對方全屬性的魔石。

……這個人真的超級不適合結婚！簡直是最差勁的結婚對象！

他把注意力都放在喬琪娜與舊薇羅妮卡派身上，對最重要的未婚妻卻是徹底虛應了事。再這樣下去，蒂緹琳朵待在艾倫菲斯特的那段時間，一定會對斐迪南留下極差的印象。

「為了讓斐迪南大人給人留下好印象，我們必須竭盡所能接待蒂緹琳朵大人才行。布倫希爾德、莉瑟蕾塔、黎希達、奧黛麗，她們來訪的這段時間可能會很辛苦，但請妳們助我一臂之力。」

「遵命。」

坦白說，我也不太了解這個世界的男女情事與表達方式，需要有人來幫助我。

「不只韋菲利特哥哥大人，也向夏綠蒂與麥西歐爾請求協助，把大家能夠和樂相處訂為首要目標吧。」

總比現場就只有剛成為未婚夫妻的兩個人，氣氛還冷到極點要好吧。於是我們找了參加過堂表親茶會的韋菲利特與夏綠蒂的近侍，詢問蒂緹琳朵偏好怎樣的點心與話題，順便也向他們尋求協助。除此之外，還要準備供兩人留宿的客房、討論茶會與餐會時要提供哪些餐點，斐迪南與舊薇羅妮卡派貴族的會面次數也增加了。準備工作有條不紊地進行著。

歡迎宴

進入盛夏後不久，喬琪娜與蒂緹琳朵一行人來到艾倫菲斯特。馬車陸續抵達，兩人的近侍紛紛下車。想必是接受了我們的要求，我看見雷蒙特也下了馬車。

男下人們接連把箱子搬進城堡，裡頭都是她們要送給艾倫菲斯特的禮物。同一時間隔著窗戶，我看見兩人蒙著亞倫斯伯罕的面紗，緩緩步下馬車。

正式寒暄，要等到今晚的歡迎宴上。

……希望這次的來訪能夠順利落幕。

上次喬琪娜來訪，一切看似平靜無波地落幕了。然而不久之後，便在舊薇羅妮卡派的策劃下發生了韋菲利特擅闖白塔一事，我與夏綠蒂也遭到襲擊。所以，絕對不能大意。我輕拍臉頰，要自己打起精神。但因緊張與警戒而全身僵直的人，並不只有我而已。上次沒能保護好主人的護衛騎士們也一樣。柯尼留斯臉上不見半點友好的笑意，達穆爾則是檢查了窗鎖與門鎖有無可疑之處。安潔莉卡則在反覆練習，以便穿著正裝也能立即抽出魔劍斯汀略克。在三人的影響下，優蒂特與萊歐諾蕾臉上也有著明顯的緊張。

歡迎宴從第六鐘正式開始。

這天的餐點正是成為最新流行的艾倫菲斯特料理，雨果與艾拉也有出一份力。畢竟已經在領主會議上推出過了，再隱藏也沒有意義。而且這天還有幾樣是連在會議上也沒出現過的菜色，聽說是為了向亞倫斯伯罕示威，盡量突顯並提升艾倫菲斯特的價值。齊爾維斯特還說：「也要盡可能提高斐迪南的身價。」

預計領主一族進場後，喬琪娜與蒂緹琳朵等亞倫斯伯罕一行人再入場。住在北邊別館的領主候補生們都被吩咐說要一起移動。

平常我們很少在城堡迎接來自他領的客人。對夏綠蒂與麥西歐爾來說，這甚至是第一次。但夏綠蒂在貴族院的時候就與他領貴族有過社交往來，應該是不用擔心；而麥西歐爾幾乎沒有多少社交經驗。畢竟他受洗至今還沒經過一年，感覺就和上次喬琪娜來訪時的韋菲利特差不多。

「麥西歐爾，你絕對不能多嘴亂說話。只能說大家教你的問候語。」

「是，哥哥大人。」

上次韋菲利特因為在道別時說了不該說的話，被大家狠狠訓了一頓，所以這次換他對麥西歐爾耳提面命，以免弟弟犯下同樣的過失。麥西歐爾一臉認真地聽著哥哥述說自己的失敗經驗。

「不知道斐迪南大人是否準備了新的魔石呢？」

布倫希爾德用其他人聽不見的音量不安地咕噥。工坊裡原本就有大量原料，不過是向亞倫斯伯罕打聽再製作魔石，其實花不了多少時間，但我想斐迪南多半不會重做。

「……應該總有辦法度過難關吧。我看斐迪南大人很有自信的樣子。」

斐迪南斷然表示過，只要面帶笑容，連同甜言蜜語一起遞出魔石即可。我想他大概會露出爽朗到可疑的虛假笑容，說些讓人起雞皮疙瘩的求愛語句吧。我反而更擔心屆時若看到他居然可以和平常的撲克臉差那麼多，自己的腹肌是否承受得住。

我們進入大禮堂時，斐迪南已經入場，面帶完美假笑回應著恭喜他要結婚的貴族們。那張笑臉溫柔至極，與平常判若兩人，讓我很想要大喊說：「那是假的！」韋菲利特與夏綠蒂都在秘密房間裡見過斐迪南上課時嚴肅的樣子，忍不住發出感嘆。

「叔父大人社交用的表情太厲害了。」

「是呀。出作業與檢查結果時的嚴肅表情，絕對不會在這時候出現呢。不光是調合與公務，叔父大人就連在社交上也是很好的榜樣。」

我沒有回答，但我真心希望夏綠蒂別把斐迪南當成榜樣。

……要是夏綠蒂社交時也會露出那種假笑，平常卻是撲克臉，我會哭喔！

「羅潔梅茵、韋菲利特、夏綠蒂、麥西歐爾，你們在這裡待命。」

「波尼法狄斯大人。」

「由於我已宣告引退，本不該出席與他領會有交流的公開場合，但今天他們拜託我兼任護衛，陪在你們身邊。」

波尼法狄斯挺胸說完，提醒我們：「我會保護你們所有人，要盡量待在我身邊。」而為了讓我與波尼法狄斯能夠保持安全距離，安潔莉卡與柯尼留斯不露聲色地挪了挪位置。

「本日歡迎來自亞倫斯伯罕的貴客。」

齊爾維斯特宣布後，歡迎宴正式開始，大門緩緩打開。門外是蒙著亞倫斯伯罕面紗的喬琪娜與蒂緹琳朵，跟在兩人後頭的同行者們也一同進場。大概因為現在是夏天，她們蒙著薄得近乎透明的面紗。喬琪娜依舊踩著優雅步伐，昂然挺胸的姿態宛如女王一般；蒂緹琳朵則是靜靜走在她身後，對周遭貴族投以示好的笑容。貴族們儘管議論紛紛，也對蒂緹琳朵露出友善微笑。

「這樣看起來，那女孩與年輕時的薇羅妮卡當真是一模一樣。」

「波尼法狄斯大人也這麼覺得嗎？其實我也有這種感覺。」

待在領主一族聚集的區域，波尼法狄斯小聲嘀咕說完，韋菲利特這麼回道。我因為從未見過薇羅妮卡，所以無從判斷，但波尼法狄斯似乎自薇羅妮卡受洗後就認識她了，據他所說兩人長得如出一轍。

……神官長沒問題嗎？

除了領主夫婦與兩人的近侍，斐迪南也帶著自己的近侍站在臺上，我仰頭看向他。蒂緹琳朵揚起親切微笑，斐迪南看見後也加深臉上笑意。他那溫柔的微笑看在旁人眼裡，大概都會以為他很高興能訂下這樁婚事，也由衷歡迎來自亞倫斯伯罕的訪客吧。絕對想不到那其實是他連臉也不想看見的對象。

斐迪南以前常說，無論遇到多麼討厭的事情都要微笑以對，絕不能讓人看出自己的破綻與弱點。而現在的我，彷彿正被迫看著他身為貴族一直以來的生存方式。到了亞倫斯伯罕以後，斐迪南能有可以稍微喘息的空間嗎？一想到他今後在他領很可能將永遠面帶假笑，隱藏起真心話生活，我就覺得胸口好難受。

……希望兩人的關係可以變好，讓神官長能過得輕鬆自在一些。

喬琪娜與蒂緹琳朵上臺後，與領主夫婦互道寒暄。緊接著，領主一族中與兩人是初次見面的麥西歐爾與波尼法狄斯，以及與喬琪娜是初次見面的夏綠蒂，也都上臺道了初見問候。

「在這火神萊登薛夫特威光輝耀的吉日，得以在諸神的引導下與您會面，願能為您獻上祝福。」

「准許你。」

麥西歐爾也向喬琪娜獻上祝福，結束後立即下臺。「我這次表現得很好吧。」他帶著自豪的笑容這麼說後，我也輕摸他的頭給予表揚。

「麥西歐爾表現得真的很棒喔。」

寒暄結束後，喬琪娜做為亞倫斯伯罕的代表，開始說明斐迪南與蒂緹琳朵的這樁婚事。

「此次奉國王之命，亞倫斯伯罕與艾倫菲斯特將締結起牢不可摧的連繫。我的女兒蒂緹琳朵能夠招得斐迪南大人這樣優秀的夫婿，我深感欣慰。」

她說如今因為領內只有女性領主候補生，為了找到夫婿能輔佐下任奧伯・亞倫斯伯罕，國王挑中的人選便是艾倫菲斯特的斐迪南。她接著提及斐迪南在貴族院的優異成績，以及連大領地的人們都說他竟然被困在神殿裡頭，實在浪費了他的才華，藉此不著痕跡地譴責齊爾維斯特。

……一邊面帶笑容，一邊用貴族的迂迴說法加以包裝、貶低養父大人，這點還是跟上次一樣呢。不過，喬琪娜大人看起來好像比上次還要神采奕奕。

「那麼，請交換魔石。」

喬琪娜說完，蒂緹琳朵輕輕點頭，緩步走向斐迪南。見習侍從瑪蒂娜站在她的半步後方，捧著一個小盒子。

斐迪南當場緩緩跪下，身為他近侍的艾克哈特與尤修塔斯也跪著低下頭。確認準備已經就緒後，瑪蒂娜輕柔恭謹地打開盒子。蒂緹琳朵拿出魔石，遞向斐迪南。

「今得天上之最高神祇夫婦神的指引，訂下這樁良緣。」

以這句話做為開頭後，接著是滔滔不絕對神的讚美。由於一半以上的內容都出自聖典，所以我也聽得懂。如果我的解讀無誤，那蒂緹琳朵的意思就是：「除了我以外沒人能拯救你。快向我展現最高等級的謝意吧。」

……雖然我對貴族用語的解讀不是很有自信，但眼看神官長臉上的笑意加深，尤修塔斯也立即制止身子動了一下的艾克哈特哥哥大人，我想自己的解讀應該沒錯。

「將此魔石獻給我的黑暗之神。」

蒂緹琳朵遞出魔石後，斐迪南畢恭畢敬地接下，放進尤修塔斯準備好的盒子裡，接著拿出自己的魔石。

「我的光之女神。」

斐迪南面帶笑容，一邊遞出魔石，一邊如此柔聲呼喚蒂緹琳朵。眼前的畫面，正好完美重現了艾薇拉精選的戀愛騎士故事中的一個場景。從艾薇拉寫的戀愛故事集的銷量就能知道，大禮堂內一定有很多忠實讀者。只見那些女性一致倒吸口氣。

「在無盡延伸的黑暗中，一道光芒傾落而下……」

斐迪南以悅耳清朗的低音，講了很長一段話。與一半以上內容皆引用聖典的蒂緹琳朵不同，斐迪南說的話我半句也聽不懂。如果能一邊看著寫在紙上的文字稿，一邊慢慢解讀，也許可以搞懂一半吧。但要是看的速度也和他唸的速度一樣，我多半還是完全無法理解。

……完全讓人一頭霧水。太詩意了。總之黑暗過去後，好像就是一片萬紫千紅、光彩奪目，所以大概可以猜到是在表達喜悅吧。嗯。

並不曉得斐迪南真實想法的艾薇拉只是一臉陶醉，雙眼炯炯發光。以後她寫的戀愛故事裡，百分之百會出現斐迪南今天說過的話。為了到時候能看懂，我還是慢慢理解今天這些話的意思吧。

儘管我聽得一頭霧水，但艾薇拉與四周的人們都出神入迷，聽著這些話語的蒂緹琳朵也臉泛紅暈，雙眼閃著淚光。看來除了我以外，大家多少都聽得懂。

「布倫希爾德，魔石應該沒問題吧？」

我詢問後，布倫希爾德不疾不徐點頭。據她所說，斐迪南那番話簡而言之就是：「能與妳訂下婚約，我由衷感到高興。為了能與妳結婚，無論任何困難我都願意克服，也因此我準備了全屬性的魔石來表明決心。」還訴說自己為了蒐集原料有多麼辛苦。

「他說因為原料是在婚事訂下後才開始準備，所以儘管時間緊迫，但也盡可能蒐集到了各種珍貴原料……聽完這些，只會覺得斐迪南大人的魔石充滿真心誠意呢。」

……什麼?!要不是之前聽他說出了真實的想法，我一定也會被騙！以後絕對不可以相信面帶笑容的神官長。太可怕了！

「哎呀，斐迪南大人竟為了我這般煞費苦心……」

接過斐迪南獻來的魔石後，蒂緹琳朵的芳心似乎已經被徹底擄獲，綠色雙眸閃動著晶瑩淚光。

……啊啊啊！蒂緹琳朵大人也被騙了！雖然她沒上當的話就麻煩了，但我心情還是有些複雜。好想跟她說妳不要被騙！

在場幾乎沒有人能明白我的心情。接著，讓一票女性痴迷沉醉的斐迪南起身站好。現場眾人立即拍手，向站在臺上的兩人表達祝福，並讓思達普發光。接下來，就是社交時間了。

喬琪娜被舊薇羅妮卡派的貴族們團團包圍。而蒂緹琳朵與斐迪南似乎得跟著一起打招呼，因此等於斐迪南也被舊薇羅妮卡派的貴族團團圍住。他臉上的假笑越來越顯燦爛，真讓人擔心那張笑臉不知道什麼時候會垮下來。但是，我也無法積極地採取任何行動。環顧四周後，我發現了正在東張西望、一副百無聊賴的雷蒙特。

「雷蒙特。」

哈特姆特開口呼喚後，雷蒙特立即綻開笑容走來。

「這次我突然就接到同行的命令。但因為我連在亞倫斯伯罕領內也沒什麼親近的朋友，一直感到有些不安。」

由於斐迪南的指名，雷蒙特臨時被加進同行者的名單裡，他說自己在來艾倫菲斯特的一路上始終坐立難安。

「聽到斐迪南大人與蒂緹琳朵大人訂下婚約，我嚇了一大跳，但聽到自己預計會被納為近侍，更是嚇得感到頭暈目眩。」

被斐迪南納為近侍，就意味著將成為領主一族的近侍。雷蒙特與家人之間至今本來十分淡薄的關係，似乎也因此產生了巨大改變，一心只想顧著研究的雷蒙特說他為此非常傷腦筋。

「斐迪南大人身邊有個稍微熟悉的人在，我也比較放心呢。等斐迪南大人去了亞倫斯伯罕，再麻煩你多多照顧了。不可以兩個人一起埋頭研究，過著完全不注重健康的生活喔。」

我叮囑後，雷蒙特露出為難的乾笑。看來是無法給我明確的保證。但只要是與書有關的事情，我也會做出同樣的反應，實在沒資格強烈要求他。但是這樣看來，勢必得給斐迪南錄有叮嚀小語的魔導具了。

「對了，我前幾天剛與斐迪南大人討論到新的作業唷。」

「請告訴我詳情。」

雷蒙特的雙眼燦亮，我於是說了自己想要小型的錄音用魔導具。

「現在這裡沒有設計圖也沒有成品，一切還很難說，但聽起來很有趣呢。」

眼睛發亮的雷蒙特馬上表現出了興趣。看來他很有意願，願意幫忙思考。

「希望這次在此停留的時候，你有機會能與斐迪南大人說上話呢……但他好像有很多行程，感覺會很忙碌。」

我正與雷蒙特說話的時候，斐迪南帶著蒂緹琳朵往我們走來。

「羅潔梅茵，我已決定邀請蒂緹琳朵大人參觀我的宅邸，但若兩人獨處，傳出去還是不太妥當吧？所以我想邀請妳與韋菲利特一同前來，你們方便嗎？」

「既然如此，要不要也邀請夏綠蒂與麥西歐爾呢？因為表姊弟們可以像這樣聚集在一起的機會實在不多。」

我不擅長社交，韋菲利特又不容易察覺到對方話語裡的嘲諷，只有我們兩個實在太讓人不安了。更何況我也沒有出席過貴族院裡堂表親一起舉辦的茶會，所以很希望善於調解氣氛的夏綠蒂可以同行。

「我是無妨。畢竟表姊弟們能夠相聚的機會確實少有，妳也喜歡熱鬧一點吧……如何，蒂緹琳朵大人？」

看著斐迪南那為未婚妻著想的溫柔笑臉，蒂緹琳朵也回以高興的微笑。

「大家要一起歡迎我，我非常高興呢。感謝你這般費心。」

徵得了蒂緹琳朵的同意後，斐迪南點一點頭，再看向雷蒙特。

「雷蒙特，你也一起來。在亞倫斯伯罕你將成為我的近侍，我給你看看好東西。」

「感謝斐迪南大人。」

後來，斐迪南那完美的假笑始終沒有垮下來，歡迎宴順利結束……但正當我這麼心想時，隔天斐迪南卻找我過去。似乎是蒂緹琳朵央求了想要髮飾。

「我本來說了，會由我們挑選後再送給她，但她本人卻希望可以的話，想自己訂做適合自己的髮飾。羅潔梅茵，妳能聯繫到奇爾博塔商會嗎？」

「可以是可以，但要什麼時候傳喚呢？兩位現在已經有很多邀約了吧？」

舊薇羅妮卡派的貴族們應該都相繼發出了邀請，不想錯過這個機會。現在還有時間訂做髮飾嗎？我歪過頭後，斐迪南深深嘆了口氣。

「我希望最好是在她拜訪我宅邸的時候。否則我根本不知如何打發時間。」

受邀參加他人舉辦的茶會或餐會時，主辦人自然會適時開啟話題，好好款待他們，而斐迪南只要回應即可。但若是邀請蒂緹琳朵前來參觀宅邸，就必須自己準備話題。他大概是想把髮飾的訂做當成話題之一，不如說就是想趁著她在挑選髮飾的時候，盡可能耗掉所有時間。

「斐迪南大人，您儘管與雷蒙特討論研究的事情沒關係喔。我與夏綠蒂會陪著蒂緹琳朵大人，聊些髮飾之類的流行話題。」

「……謝了。」

斐迪南淡金色的雙眼一直看著我，這時倏地放鬆緊繃的肩膀。

「說順便雖有些厚臉皮，但妳能再幫我一個忙嗎？」

斐迪南竟然主動向我求救，真是難得。「沒問題喔。」我馬上點頭。

「當天，我想借用妳神殿裡的侍從。因為我貴族區宅邸裡的侍從只有寥寥幾名。」

聽說斐迪南宅邸的所在位置，就算說是城堡的隔壁也不為過。那座宅邸由斐迪南的父親所準備，在他從離宮被帶來這裡後，只在舉行洗禮儀式前的短暫一段時間居住過，直到成年才正式轉讓給他。但由於斐迪南後來隨即進入神殿，一直以來始終很少使用。平常也只雇用足以打理宅邸的基本人手，所以在突然要招待那麼多訪客的當天，希望我能把神殿裡的灰衣神官與廚師借給他。

「我已吩咐自己的侍從與廚師前往宅邸，但人手還是不太足夠。因為我原本並未預計也要邀請夏綠蒂與麥西歐爾。妳能借我薩姆與法藍嗎？」

倘若訪客只有蒂緹琳朵，單靠基本人力也有辦法應付。但是。如今演變成是領主候補生們都要一起前往，他說就算調動自己神殿裡的侍從，人手還是不夠。

「我知道了。我把法藍與薩姆，還有雨果與艾拉都借給您吧。」

「羅潔梅茵，謝謝妳。」

向我道謝時，斐迪南依然眉頭深鎖。他按住太陽穴後，大概是因為陰影罩住了臉龐，讓他看起來非常疲倦。

「斐迪南大人，您臉色很難看呢。請不要太勉強自己。」

「別擔心，我已備好回復藥水。」

斐迪南一臉認真的回答，反而讓我更擔心了。

隨後我一度返回神殿，拜託法藍與薩姆前往斐迪南在貴族區的宅邸幫忙。曾經是他侍從的兩人一口答應。

「若要協助神官長，請儘管交給我們。」

「現在羅潔梅茵大人的近侍們經常出入神殿，不管是上級貴族還是領主一族，我們都已能平心靜氣地對其招待。請您放心吧。」

聽到如此可靠的答覆後，我派了馬車送兩人過去。與此同時，我也聯絡了奇爾博塔商會。我在信上告訴歐托：「亞倫斯伯罕的領主候補生表示她想要自己訂做髮飾。」他於是提出請求，說：「多莉尚未成年，如果是去神殿那還沒關係，但現在還不能讓她前往貴為領主一族的斐迪南大人的宅邸，請允許改由已成年的髮飾工藝師同行。」

未成年只是表面藉口，實際上似乎是因為我至今一直被亞倫斯伯罕視為目標，最好把會成為我弱點的家人隱藏起來。我一點也不想讓多莉遇到危險，所以決定聽取歐托的建議。

斐迪南的宅邸

到了當天，我們領主候補生一行人乘坐馬車，前往斐迪南的宅邸。

「這還是我第一次拜訪叔父大人的宅邸。羅潔梅茵，妳之前去過嗎？」

「因為平常所有的公務都是在城堡與神殿裡進行，所以我也是第一次。」

「這是我第一次受到邀請、離開城堡，有點緊張呢。」

麥西歐爾這麼說著，興高采烈地眺望窗外。由於斐迪南的宅邸緊鄰城堡，坐上馬車後，幾乎是一下子就到了。

「……明明還沒結婚，斐迪南大人居住的宅邸好大喔。」

下了馬車，我仰頭看向眼前那棟與卡斯泰德家差不多大的白色建築物。居然很少住在這裡，真是太浪費了。我這麼心想時，先下了車的韋菲利特聳聳肩。

「因為叔父大人是領主一族，成年後就要搬離北邊別館。當初會給他這棟宅邸，大概是料想他從貴族院畢業後會馬上結婚吧。我想曾為前任領主的祖父大人，多半也沒想到叔父大人會直到現在還沒結婚。」

接著斐迪南宅邸的大門敞開，出來迎接我們的是法藍。

「恭迎各位大駕光臨，請進。」

「法藍，你怎麼在這裡？」

看見神殿的侍從在貴族區的宅邸裡走動，夏綠蒂與韋菲利特都瞪大眼睛。在我沉睡的那段時間，由於法藍會陪同兩人前往祈福儀式與收穫祭，所以他們都認得法藍。發現一行人都一臉驚訝地注視自己，動也不動，法藍露出為難的苦笑看向我。察覺他的目光，我開口說明。

「斐迪南大人因為長期以來都待在神殿，平常這裡只會雇用少少幾名侍從與下人。而今天又要招待這麼多人，所以我請了以前曾是斐迪南大人侍從的法藍與薩姆過來幫忙。」

聞言，不只韋菲利特與夏綠蒂，麥西歐爾的近侍們也都露出了可以理解的表情。

「斐迪南大人今後就要去亞倫斯伯罕了，確實現在再雇人手也沒用呢。」

「而且接下來為了交接，應該多數時間還是會待在神殿吧。」

「至於在宅邸裡工作的人也包括神殿的侍從這件事，請向蒂緹琳朵大人保密喔。」要是知道這裡也會使用神殿的人，她恐怕會感到不太愉快——我補上這句後，大家都表示明白。

斐迪南的宅邸整體呈白色，這點與卡斯泰德的宅邸一樣，但裝潢實在很有他的風格，或者該說一眼就能看出完全沒有女性在進出……屋內的擺設注重實用性，簡單又樸素。跟戴肯弗爾格茶會室的風格有點像。

斐迪南正在接待室裡向侍從們下達指示，發現我們抵達後轉過頭來。

「嗯，你們來得正好。」

「斐迪南大人的宅邸真的一點擺飾也沒有耶。」

「這種注重實用的美學，我看妳多半無法理解吧。」

穿過玄關大廳，我們在帶領下進入偌大的客廳。屋內有桌子、椅子與多張長椅，還鋪有地毯，配置著必要的魔導具，看得出來主人多少會在這裡活動。這時薩姆端來點心。正向薩姆等人下達指示的男性，似乎是平常負責打理這座宅邸的貴族侍從。

我們一邊喝茶，在蒂緹琳朵到來前進行最後確認。

「若要飲食，只能在這個房間。等奇爾博塔商會的人到了，我會帶著雷蒙特與其他男性文官進入圖書室討論研究話題，避免打擾到你們。」

我聽了忍不住瞪大雙眼。雖然是我建議斐迪南可以與雷蒙特討論研究的事情，但我可沒聽說地點會在圖書室。

「怎麼這樣……我也想去圖書室。」

「是妳自己說要招待蒂緹琳朵，聊些髮飾之類的流行話題吧？」

「可是斐迪南大人的圖書室明明就在眼前，您卻要我忍耐嗎？而且說不定沒有機會再來了，裡頭肯定還有許多我從沒看過的書，居然讓我知道了卻不能進去，未免太殘忍了。」

「就只有今天我好想變成男性喔。韋菲利特哥哥大人，您願意與我交換身上的衣服嗎？」

「就算換了一身衣服，妳也不會變成男的喔。」

「我知道。這我當然知道……」

眼看我無法對圖書室徹底死心，布倫希爾德輕舉起手。

「斐迪南大人，能容我說句話嗎？」

「說吧。」

「男女分開進行社交活動雖是稀鬆平常，但這次社交活動的主要目的，正在於兩位未婚夫妻要加深交流。斐迪南大人若一直待在其他房間不見蹤影，恐怕並不妥當。」

布倫希爾德說完，莉瑟蕾塔也點點頭提出自己的想法。

「或許可以把圖書室與接待室的門扉完全打開，讓人能夠隨意出入，不知這麼做您覺得如何呢？我認為讓屋內的空間保持開放，是非常重要的事情。站在蒂緹琳朵大人的角度，看得見未婚夫也會比較放心吧。」

聽完兩人的意見後，沉思片刻的夏綠蒂抬起頭來，對我露出微笑。

「而且房內只有男士的時候，要踏進去總會讓人猶豫不決呢。姊姊大人若能待在圖書室裡頭，我想蒂緹琳朵大人屆時也能毫不遲疑地踏進去，所以姊姊大人其實可以待在圖書室裡看書沒關係。」

……夏綠蒂簡直天使下凡！

「妳是否太縱容羅潔梅茵了？」

「會嗎？因為姊姊大人到時候一定會心不在焉，注意力都放在圖書室上，要交由她與蒂緹琳朵大人進行交流，我想是不太可能的事情。倘若蒂緹琳朵大人與奧蕾麗亞一樣那倒沒關係，但她本人對書並沒有什麼興趣。」

夏綠蒂苦笑說道。布倫希爾德與莉瑟蕾塔聽了頻頻點頭，挺胸微笑說：

「我們已很習慣在羅潔梅茵大人不在場的時候接待賓客，所以請放心交給我們吧，斐迪南大人。」

「……換言之，如今毫無接待意願的羅潔梅茵只會礙事，最好從一開始就讓她待在圖書室裡嗎？有道理。」

「的確。只要一扯到書，羅潔梅茵就不知道會做出什麼事情來，還是把她隔離開來最為保險。」

被大家接連貼上沒用的標籤，我毅然決然抬頭。

……這樣下去不行。況且麥西歐爾也在，我身為姊姊必須展現自己有能的一面！

「各位請等一下。我還是努力參加社交活動吧。而且我已經下定決心，要為了斐迪南大人好好努力。」

「不了，妳還是待在圖書室裡吧。大概是因為在貴族院飽受妳的折騰，妳身邊的人看起來皆沉穩可靠。交給妳以外的人更讓我放心。」

……神官長總算能放心把事情交給其他人，我究竟該為此感到高興呢？還是該為自己完全派不上用場的事實感到難過呢？

我「嗯……」地沉吟思考時，斐迪南朝著一扇門走去，喀喳一聲打開門鎖。侍從立即上前，將門打開。

「羅潔梅茵，這裡便是圖書室。」

「我現在就過去。」

我馬上把腦海中的思緒揉成一團往旁邊丟，興沖沖地移動腳步。往敞開的大門內一看，只見一排排的書架上，都整整齊齊地擺放著厚重書籍。藏書量遠比卡斯泰德宅邸內的圖書室要多。以個人持有的書本數量來說，這樣真的算很多。

「這間圖書室太棒了，真不愧是斐迪南大人。祈禱獻予諸神！」

我一時間無法自控地灑出祝福光芒，接著正要衝進圖書室裡時，卻在門口被斐迪南一把揪住衣領，硬生生停下腳步。

「笨蛋，等奇爾博塔商會的人來了，開始訂做髮飾後再說。」

「那您為什麼現在就開門?!又要剝奪我的樂趣嗎？」

「因為我有預感妳一看到新的圖書室，就會興奮得灑出祝福。果然如我所料。」

我對於還真的獻上了祈禱的自己感到頭痛無力，韋菲利特「嗯」地點一點頭。

「原來如此。羅潔梅茵每當進入新的圖書室，有很高的機率會灑出祝福嗎？」

「對，你記好了。如今她體內凝固的魔力已經融解，突然暈倒的機率固然減少了，但灑出祝福的機率卻也變高。」

……不要說了！大家不要同時做筆記！

「斐迪南大人，有馬車到了。似乎是蒂緹琳朵大人已經抵達。」

侍從來通報後，斐迪南轉身往玄關大廳走去。為了迎接，我們也一起移動。可能因為今天要挑選髮飾，陪同蒂緹琳朵前來的近侍全是女性。在斐迪南的要求下被帶來的雷蒙特走在最後面，萬般不自在地縮成小小一團。

在玄關大廳道完寒暄，便移動到客廳喝茶。這天的點心，我們準備了蒂緹琳朵最喜歡的蜂蜜磅蛋糕，與放在冰室魔導具裡徹底冰鎮過的冰淇淋。冰淇淋是夏季特有的冰品。尤修塔斯的調查顯然非常正確，我們準備的茶水完全符合蒂緹琳朵的喜好，她因此十分開心。

「這款冰冰涼涼的點心也很美味呢。」

「冰淇淋是夏季特有的甜品，所以無法在貴族院拿出來招待客人呢。蒂緹琳朵大人能喜歡真是太好了。」

我微笑說完，蒂緹琳朵也微微一笑。

「是呀，我非常喜歡喔。製作這道甜品的廚師應該也會帶到亞倫斯伯罕吧？」

「不，因為艾倫菲斯特與亞倫斯伯罕的食材大不相同，未必能做出一模一樣的餐點。再者，奧蕾麗亞嫁來時並未帶著廚師。我若帶去，並不合理吧？」

聽到斐迪南這麼說，蒂緹琳朵眨了幾下綠色眼睛，然後回頭看向自己的侍從。

「瑪蒂娜，奧蕾麗亞沒有帶廚師過來嗎？」

「是的。我也沒有想到，竟然連帶廚師過來也不被允許。」

奧蕾麗亞的妹妹瑪蒂娜說完，我拍向掌心。原來奧蕾麗亞的行李中會只有食材，是以原本會帶廚師過來為前提。

「啊，所以奧蕾麗亞的魔導具裡頭，才會只有食材呀。奧蕾麗亞說她本來是想吃到家鄉的料理才命人準備，結果魔導具裡卻沒有半道餐點，她嚇了好大一跳呢。她還十分消沉，覺得可能是有人故意刁難，現在聽來似乎不是，那我就放心了。」

瑪蒂娜連忙左右搖頭，在胸前交扣十指。

「我們怎麼可能故意刁難呢。但是，這表示姊姊大人一直都沒能品嘗到故鄉的餐點吧？可以的話，真想讓姊姊大人品嘗到……」

「放心吧。我們這裡也有會做亞倫斯伯罕料理的廚師，已經請廚師烹煮食材，做成餐點請奧蕾麗亞享用過了。能夠吃到故鄉的餐點，她非常高興喔。」

妳不用擔心，我們會好好照顧奧蕾麗亞──我本來是想這麼強調，不知為何瑪蒂娜卻小臉一沉。

「那個，羅潔梅茵大人。這次來訪，我本想與姊姊大人會面，卻沒能得到姊姊大人丈夫的允許。」

「奧蕾麗亞的結婚對象，就是韋菲利特的近侍吧？斐迪南大人與韋菲利特不能幫忙說幾句話嗎？不然瑪蒂娜太可憐了……」

蒂緹琳朵一邊說著，一邊輕輕以手托腮。我看向韋菲利特，只見他緩緩搖頭。

「這不可能。」

「哎呀，為什麼呢？明明瑪蒂娜這般擔心姊姊……」

「我聽說是奧蕾麗亞自己並不想會面。再者，她所住的地方是騎士團長家，丈夫蘭普雷特又是我的近侍，為免艾倫菲斯特的機密外流，無法准許她與人會面。但我記得只是寫信的話，應該沒有問題。」

韋菲利特斷然回絕後，蒂緹琳朵失望地垮下肩膀，接著以淚光閃閃的綠色眼眸注視斐迪南。

「斐迪南大人，請你聆聽我的請求。」

「很抱歉，蘭普雷特的主人是韋菲利特。既是未婚妻的請求，我當然也很想為妳實現，但此事我實在無能為力。」

斐迪南溫柔的笑臉黯淡下來，一派由衷感到遺憾地說。蒂緹琳朵往他瞥了一眼，嘆氣說道：「看來我的未婚夫似乎是迎來春天的埃維里貝呢。瑪蒂娜真是太可憐了。」

……啊？妳在暗諷無法讓兩人會面的神官長真是沒用嗎？既然是領主一族，到了他領以後，應該要知道有哪些底線是不能跨越的吧！

我與斐迪南臉上的笑意同時加深。視野中，我還看見尤修塔斯按住了艾克哈特。雖然尤修塔斯的行動非常正確，但我個人實在很想對艾克哈特說：「別客氣，請。」

發覺四下氣氛突然變得緊繃，瑪蒂娜急忙伸手搭在蒂緹琳朵的肩膀上。這時，薩姆走了進來。

「斐迪南大人，奇爾博塔商會的人到了。能領他們入內嗎？」

奇爾博塔商會的到來，讓緊繃的氣氛一下子緩和許多。堪比是救世主登場。

隨後，歐托與珂琳娜帶著一名我從未見過的女子走進來。她應該就是技藝增進不少的髮飾工藝師吧。雖然頭髮整齊盤起，但看起來是成年後才過幾年的年輕女性。

「在這火神萊登薛夫特威光輝耀的吉日，得以在諸神的引導下與您會面，願能蒙受您的祝福。」

他們向初次見面的蒂緹琳朵等人道過問候後，很快討論起髮飾。為了盡量不讓平民工匠出面應對，布倫希爾德不著痕跡地加入對話。

「蒂緹琳朵大人，首先請告訴我們您的喜好吧。畢業儀式要穿的正裝應該已經訂做了吧？請問服裝是什麼顏色呢？有特別喜歡的花嗎？」

布倫希爾德曾為艾格蘭緹娜與阿道芬妮挑選適合她們的款式，至今也訂做過不少髮飾，現在正是她發揮本領的時候。夏綠蒂也說她想為自己訂做一個髮飾，麥西歐爾則是因為感到新奇，雙眼閃著興奮的光彩。

眼看客廳內的氣氛變得和諧融洽，斐迪南迅速起身。

「妳們慢慢挑選，訂做自己喜歡的髮飾吧。女性買起東西總要耗上不少時間，我們會在那邊的圖書室裡等候。雷蒙特，走吧。」

「是，斐迪南大人。」

亞倫斯伯罕那邊的人當中，就只有雷蒙特跟著走向圖書室。

「那我也去圖書室了。優蒂特、安潔莉卡，妳們留在這裡吧。」

於是我帶著文官們，還有柯尼留斯、達穆爾與萊歐諾蕾，一同前往圖書室。看到視野中一排排的書籍，我幸福得吐出大氣。

「哈特姆特、菲里妮、羅德里希！請準備製作藏書目錄。」

「……不必另外製作，已經有了。這邊架上的書妳多半還未看過。這邊都是貴族院書籍的手抄本，而那邊都是已借妳看過的書。」

「真不愧是斐迪南大人！」

我發出高興歡呼的同時，斐迪南沒好氣地板起臉孔。

「羅潔梅茵，與雷蒙特討論過魔導具後妳才能看書。」

「果然又不讓我馬上看嗎？」

「因為那是妳想要的魔導具。」

雷蒙特神色緊張地打開袋子，拿出兩塊不算大的布料來。聽說是使用了魔石、可以節省魔力的轉移陣試做品。斐迪南開始檢查雷蒙特提交的轉移陣。

「因為我能準備到的原料品質不太好……」

「是啊。若能使用我手邊的原料，應該能再節省一些魔力。不過，在魔法陣的製作上，你已做得很好。」

聽到稱讚，雷蒙特高興得綻放笑容，但接著歪過頭。

「斐迪南大人。話說回來，這個轉移陣究竟要用來做什麼？這又送不了太大的東西，感覺沒什麼用處……」

「是羅潔梅茵想用這個來轉移書籍。」

雷蒙特的眼神頓時流露不安，環顧圖書室內的書籍。這裡的書都很厚，但艾倫菲斯特的印刷品都是薄薄的線裝書，所以我想他不用擔心。

「我們試著送本書看看吧。」

我將兩個轉移陣攤開平放，先往其中一個放上一張紙。觸碰魔法陣，注入魔力後，紙張就移動到了另一個轉移陣上。幾乎沒有消耗到魔力。

「斐迪南大人，幾乎沒有消耗到任何魔力呢。我可以接著試送書本嗎？」

「……讓菲里妮或達穆爾送吧。若由妳來進行實驗，根本無法曉得究竟需要多少魔力、下級貴族能否使用。」

於是我聽從斐迪南的建議，請達穆爾與菲里妮幫忙傳送紙張和書本，測試可運送量的上限，以及需要多少魔力。如果是斐迪南持有的厚書，一本還送得出去；但變成兩本的話，視書本情況而定，有時會轉送不出去。

「根據傳送物的大小與重量，每次需要的魔力量都不相同。平均來說，下級貴族約莫在使用十次之後魔力就會減少許多。倘若沒有回復藥水，恐怕很難長時間一直負責這項工作吧。」

達穆爾與菲里妮極有耐心地陪了我們進行各種測試後，最終得出這樣的結論。如果要請工坊配合呈繳制度把做好的書送來，屆時使用這個轉移陣絕對沒問題，也確認過了不需要消耗太多魔力。看這樣子，將來應該可以當作是康拉德與戴爾克的工作。

「雷蒙特，我想買下這個魔法陣，可以嗎？」

聞言，雷蒙特一臉又驚又喜，但接著不知所措地看向斐迪南。

「……您、您願意購買我製作的魔導具，當然是我的榮幸，可是這樣好嗎？那個，我能完成這個魔導具，都是多虧了斐迪南大人的指導。這應該是屬於師父斐迪南大人的……」

「你不用在意我。實際的製作者是你，目前我也不需要更多名聲與金錢。就當作是你設計的魔導具吧。」

在這裡，弟子做好東西以後，被師父搶去占為己有似乎十分常見。剎那間，我對赫思爾產生了她是不是也會這麼做的懷疑，但馬上聽說赫思爾只是喜歡追求與創造新事物，對於名聲並不怎麼執著。

「不過，赫思爾一旦認為研究有需要的話，偶爾還會要求弟子交出補助金與原料。你得鍛鍊自己，擁有勇於拒絕的堅強心志……話雖如此，在敲詐並不富有的你之前，她肯定會先來找我，所以你倒不用太過擔心。」

一想到赫思爾確實有可能這麼做，我輕聲笑了出來。

「下一份作業是製作小型的錄音魔導具。這是設計圖。」

「我希望能在斐迪南大人搬去亞倫斯伯罕之前完成，沒問題嗎？」

我想錄下幾則叮嚀，按下開關就能聽到——我如此說明自己想要的魔導具。不只雷蒙特，哈特姆特也一臉饒富興味地湊過來。

「若想長時間錄音，就得準備必要的魔石與魔導具。不過，如果只是要錄下短短一句話，這份作業並不算難吧。」

「條件是必須可以重複播放，不能夠只能使用一次。」

聽到斐迪南的要求，雷蒙特與哈特姆特一致面露難色。

「……如果想讓同一句話可以反覆播放，需要保存用的魔法陣吧。可是那樣一來，體積一定會變大。」

「試著運用休華茲與懷斯身上的守護陣形吧。」

斐迪南的雙眼盯著設計圖，低聲喃喃這麼說。下一秒，兩人猛地轉頭看向斐迪南。

「也就是說，只要分離出保存用的魔法陣，像這樣每句話都使用一個魔石的話，不僅能大幅縮小所需的魔石大小，也能大幅減少要消耗的魔力吧？」

從表情就可以看出兩人已經完全理解，但我卻不明白他們為什麼只靠這樣的提示就能明白。

……我真的能在文官課程取得最優秀成績嗎？

我忽然感到非常不安。但當斐迪南說著「妳可以看書了」、在我面前放下一本書時，內心的不安頃刻煙消雲散。書本立在閱覽桌上，我請羅德里希幫忙翻開厚重的封面，開始看書。一旦沉浸在羅列的文字裡，周遭的聲響旋即遠去。

「羅潔梅茵，結束了。」

斐迪南的低沉話聲傳入耳中，同時眼前的書被啪噹一聲闔上，使得我瞬間回到現實。在我看書的時候，髮飾似乎老早就訂做好了，奇爾博塔商會的人已經不見蹤影，蒂緹琳朵也回去了。

「再不回去會趕不上晚餐，黎希達又要訓人了。」

在侍從們的協助下我做好回去的準備，隨即被趕上馬車。看著我坐上馬車後，斐迪南環顧眾人。

「今日接待訪客，不管是韋菲利特、夏綠蒂，還是羅潔梅茵的侍從，全都表現得十分出色。親眼見到你們有所成長，我稍微放心多了。今後要持續精進。」

韋菲利特與夏綠蒂都露出高興的笑容，向斐迪南揮手。馬車朝著城堡緩慢地開始移動。

結果，我們直接見到蒂緹琳朵的茶會就只有這麼一次而已。因為原本預計要待更久的喬琪娜與蒂緹琳朵，忽然收到了來自亞倫斯伯罕的緊急通知，兩人便急急忙忙踏上歸途。

「直至時之女神德蕾梵庫亞所交織的命運絲線再度交會，願諸神的庇佑與您同在，一切平安康泰。」

「是呀。我會祈禱時之女神德蕾梵庫亞的命運絲線圓滿交錯。」

艾倫菲斯特的人在道別時，都說著意思代表「希望日後有緣再會」的客套話。對照之下，喬琪娜卻是揚起紅唇，露出愉快的笑容。她選擇的回應，意思是「不久的將來我們再見吧」。

終章

穿過艾倫菲斯特的平民區，馬車向著亞倫斯伯罕所在的南方行駛在田地與森林間。儘管馬車使用了可減輕搖晃程度的魔導具，但一離開鋪了石板路的城市，搖晃幅度依然猛烈。幾輛馬車相連成行，車身上刻有亞倫斯伯罕的徽章。正是接到領主病倒的緊急通知，準備返回自領的蒂緹琳朵與喬琪娜一行人。

確認過窗外僅有一望無際的單調景色後，蒂緹琳朵轉頭環顧馬車內部。這輛馬車裡共坐著四個人，除了自己以外，其餘三人便是自己的見習侍從瑪蒂娜，以及母親喬琪娜與她的侍從賽兒緹。

「真可惜。竟然這麼快就得回去了……」

回到亞倫斯伯罕後，大家就會交代一堆工作給她，近侍們也會成天嘮叨不停，要她用功讀書。感覺彷彿被人監視一樣，實在無法放鬆歇息。如果是在貴族院，就沒有人的地位比自己更高，凡事皆能照自己的心意去做。

「蒂緹琳朵大小姐，奧伯．亞倫斯伯罕病倒了喔。他可是您的父親，您的反應有些太冷漠了吧？」

遭到賽兒緹訓斥，蒂緹琳朵閉上嘴巴。接到父親病倒的消息，她固然吃了一驚，但自己本來就很少與父親見面，也不記得他曾把自己當作女兒疼愛過。每次見到面，父親就只會露出不耐的表情對她說教，冷淡地要她趕快退下。若說她的反應太過冷漠，她倒覺得雙方都差不多。

……難得我在艾倫菲斯特過得這麼開心，為什麼偏偏選在這時候病倒嘛。

蒂緹琳朵內心滿是怨懟不滿，這是因為她還想在艾倫菲斯特多待一點時間。所有人都服從、尊重自己，這讓她感到非常愉快。

……母親大人待在艾倫菲斯特時看來也很開心，想必與我有一樣的心情吧。

喬琪娜眺望窗外，沒有制止賽兒緹的說教。

「父親大人會病倒，一定是中央騎士團害的。進入春天以後，他們都不知道來過多少遍了。他們怎麼可以懷疑亞倫斯伯罕呢。」

反叛者們在表揚儀式上發動攻擊時，曾使用魔獸粗拿斯巴法隆。為此，中央騎士團的人們聲稱要調查負責管理舊孛克史德克的亞倫斯伯罕，從初春到夏天這段時間，已經斷斷續續來過許多遍。

「蒂緹琳朵大人，話不能這麼說……中央騎士團也是為了工作。」

「哎呀。可是，通常夏天是我們與蘭翠奈維進行貿易的時期，卻還要分神應付中央騎士團，大家都差點忙不過來吧。父親大人與母親大人還忙得分身乏術，必須派出尚未成年的我去應付騎士團呢。」

父親會突然病倒，絕對是因為中央騎士團頻頻來訪——蒂緹琳朵如此主張。明明政變時父親站在了國王那一邊，即便痛失第二夫人與繼承人的候補人選，仍是宣誓效忠，竟還被懷疑可能參與了襲擊事件。身為領主卻受到這種屈辱，父親定是心力交瘁。

「居然懷疑亞倫斯伯罕，真不知道國王在想什麼呢。真是教人生氣，也教人很不愉快。母親大人也這麼認為吧？」

喬琪娜慢條斯理地將目光投向蒂緹琳朵。那雙深綠色眼眸微微瞇起，紅唇揚著彎起的弧度。

「既然此事與舊孛克史德克的魔獸有關，國王也只能調查誰有參與之嫌。前陣子確實非常忙碌，但也成功加強了我們與中央的聯繫，中央騎士團長也保證，我們的嫌疑已經洗清了吧？那般盡力提供協助，也算有了回報。個人倒覺得那些來訪，都使得馮思艾琳達的籃子盈滿收穫呢。」

喬琪娜似乎認為，中央騎士團的來訪對亞倫斯伯罕帶來了莫大益處，甚至可以形容為得到了收穫女神的庇佑。但是，那段日子只令蒂緹琳朵感到悲傷且惆悵。

……誰教我是下任奧伯．亞倫斯伯罕呢。

現在亞倫斯伯罕的領主候補生，只剩蒂緹琳朵與萊蒂希雅兩人。但是，萊蒂希雅是尚未進入貴族院就讀的小孩子。由於必須是成年人才能擔任領主，如今在父親時常表示自己身體不適的情況下，最有可能成為下任領主的人選便是蒂緹琳朵。

……中央的上級騎士，沒有資格成為我的伴侶呢。

女性領主的配偶，必須是以領主候補生身分從貴族院畢業的男性。因為在女性領主懷孕、生產的時候，配偶要代為處理所有工作。縱然再出眾的男士傾心於自己，她也無法給予回應。想起來自中央的年輕騎士曾經愛慕自己，蒂緹琳朵悄悄嘆氣。

那是貴族院關閉後直到領主會議期間，發生在春天時的事了。中央騎士團開始來訪後，蒂緹琳朵與其中一名騎士發展成了戀人關係。幾乎每天見面、逐漸拉近距離的那段時光，真的十分快樂。然而，那段戀情卻一下子便宣告結束。因為領主會議上突然敲定了蒂緹琳朵的婚事，她不得不與對方分開。

……結果，我竟然有了未婚夫。

成為蒂緹琳朵未婚夫的，還是排名比亞倫斯伯罕要低的下位領地的領主一族，年紀更比她大上許多。聽聞對方儘管已經還俗，但現在仍會出入神殿，而且明明是領主一族卻沒有母親。

……雖然我對他的血統與處境有諸多不滿……

不過，斐迪南的長相算是俊美，待人親和，笑容也很溫柔。所有人還異口同聲地說他很優秀。聰明的他，相信定能明白自己的處境吧。一定會感謝將他從神殿當中拯救出來的蒂緹琳朵，並且獻上真誠的愛意，輔佐身為下任領主的她。跟只會一臉不耐地下達命令的父親相比，她很慶幸對方是個對自己言聽計從的男人。

再者，艾倫菲斯特的貴族們都說，斐迪南身為羅潔梅茵的監護人，很可能其實是在他背後暗中操控，推廣了無數流行。他若入贅，艾倫菲斯特的那些新流行肯定會由亞倫斯伯罕所擁有。至今艾倫菲斯特在貴族院獲得的矚目與讚賞眼光，將會接二連三轉而落在自己身上。想到這裡，蒂緹琳朵露出滿足的笑容。

……而且也能得到髮飾……

想起可以獲得自己一直想要得到的艾倫菲斯特髮飾，蒂緹琳朵的心情好極了。可以的話，她真想站到去年在貴族院讓自己丟臉的阿道芬妮面前，向她炫耀自己設計的完美髮飾。一思及此，她便為阿道芬妮已經畢業感到非常遺憾。

……可是，屆時她該不會將和艾格蘭緹娜大人一樣，以席格斯瓦德王子的未婚妻之身分來參觀領地對抗戰吧？

那還真是教人不快，蒂緹琳朵心想。阿道芬妮的未婚夫是第一王子，但自己的未婚夫只是中位中領地的領主一族。既不是大領地，也不是上位領地。身為女人，總覺得自己輸給了她。

「對了，妳訂做了怎樣的髮飾呢？當天我們是分開行動吧？」

喬琪娜的雙眼並未看向蒂緹琳朵，而是她的侍從瑪蒂娜。瑪蒂娜觀察著主人的表情，開口回話。然而她報告的內容卻與髮飾無關，反而都在描述斐迪南宅邸的外觀，以及艾倫菲斯特領主候補生們的樣子。

「是的。斐迪南大人的宅邸坐落在幾乎緊鄰城堡的地方，感覺上就連侍從也只配置基本的人手。屋內毫無裝潢，看來平常並無女性進出的樣子。當天會邀請羅潔梅茵大人與夏綠蒂大人，似乎也是為了接待蒂緹琳朵大人。」

他們只有剛開始喝了會兒茶，髮飾工藝師抵達後，斐迪南便帶著雷蒙特與其他文官進入圖書室，羅潔梅茵也跟著一起過去。瑪蒂娜接著也報告了這些事情。

「哎呀，瑪蒂娜。母親大人不是在問我的髮飾嗎？」

蒂緹琳朵先是責怪瑪蒂娜答非所問，接著開始滔滔不絕地講述自己訂做了怎樣的髮飾。她可是絞盡腦汁，好不容易才訂做了比阿道芬妮更氣派又華麗的髮飾。

「……蒂緹琳朵，妳完全照著自己的期望下了訂單嗎？」

「嗯，是呀。因為比起斐迪南大人，我更了解自己適合怎樣的髮飾嘛。」

斐迪南是因為突如其來的王命才成了自己的未婚夫，她怎麼可能相信他的品味與審美觀。蒂緹琳朵挺胸回答後，瑪蒂娜留意著喬琪娜的表情，補充又說：

「當時確實是依照蒂緹琳朵大人的期望下了訂單，但也採納了夏綠蒂大人與羅潔梅茵大人的侍從的建議，您不必擔心。」

「哎呀，有什麼事需要擔心的嗎？」

蒂緹琳朵怒目瞪向瑪蒂娜，喬琪娜卻彷彿失去了興趣般，別開視線說：「那便好。」

馬車叩咚作響地行進著，在某座設有旅館的城鎮的廣場停下來。接到緊急通知後，她們連忙動身啟程，到現在已經過了半日，今天預計在此留宿一晚。

蒂緹琳朵聽說，這間旅館偶爾也會有貴族投宿，但餐點卻與在艾倫菲斯特城堡裡吃到的不同。那些新餐點似乎只在城堡周邊廣為流行，並未往外傳開。蒂緹琳朵感到非常失望。但下個瞬間，她也發現艾倫菲斯特果然沒什麼變，依舊是偏僻落後的領地，禁不住冷笑說：「果然呢。」在貴族院再怎麼裝模作樣，本質也不會輕易改變。

「由於我們最好盡快返回領地，從明天開始會以騎獸移動。載運行李的馬車請慢慢駛回領地吧。我們一路上會用到的行李，再以轉移陣送來。」

「領內若有任何情況，境界門應該會捎來消息，行程這樣安排應該沒問題吧？」

由於領主城堡所在的城市設有結界，稍早前才無法騎著騎獸直接從艾倫菲斯特的城堡離開。身為他領貴族的蒂緹琳朵等人，要離開只能乘坐馬車。而且啟程前為了道別，她們還換上了正裝，若想乘坐騎獸就得換上騎獸服。因此受各種限制影響，明天開始才能使用騎獸。

「但是這樣一來，護衛騎士的人數不會太少嗎？」

「途中我們會借宿基貝的宅邸，若帶太多人同行，只怕會給基貝造成困擾吧。畢竟這次實在太臨時了。」

一行人在餐廳裡討論著明天之後的行程，但蒂緹琳朵只是自顧自喝茶，充耳不聞。因為決定一切的，向來是喬琪娜。她從不重視或採納蒂緹琳朵的意見。既知如此，如果還認真傾聽討論內容，未免也太愚蠢了。

「蒂緹琳朵大人，請喝茶……」

這時，為她再倒一杯茶來的是賽兒緹。如今因為正出外遠行，隨行的近侍人數比平常要少，她自己的侍從瑪蒂娜便優先去做沐浴準備。

……能不能快點結束呢？

好半天都坐在狹窄的馬車裡搖來晃去，蒂緹琳朵只想趕快回到自己入住的客房，早些休息去除疲勞。

隔天早上，蒂緹琳朵打從醒來就感到身體不適，疲勞一點也沒有消除的感覺。但是，她覺得這也正常。像自己這樣一直是在優渥環境下長大的領主一族，住進這種偏僻鄉間的旅館，睡在硬邦邦的床榻上，怎麼可能一覺醒來覺得神清氣爽。

蒂緹琳朵一邊喝著賽兒緹泡的餐後茶水，一邊回想接下來的行程。只要騎著騎獸一鼓作氣，就能在今天之內穿過境界門，回到亞倫斯伯罕入住貴族的宅邸。若要告知自己身體不適，最好還是等到離開艾倫菲斯特之後。蒂緹琳朵如此判斷後，也沒有把身體不適的情況告訴自己的侍從，換上騎獸服，做好出發準備。

隊伍分成了一組人以馬車行動，一組人以騎獸行動，然後各別出發。騎著騎獸飛行了大約一鐘後，暫且停下休息。由於要加快速度趕路，所以除了騎士之外、並不習慣騎乘騎獸移動的人，都被吩咐最好要勤喝回復藥水。

蒂緹琳朵很高興能有休息時間。雖然她一直心想著，只要等穿過境界門就好，身體卻越來越不舒服。而且可能因為剛才都騎著騎獸在趕路，她總覺得呼吸有些困難，身體也熱得彷彿置身盛夏。

「蒂緹琳朵大人，您的臉色好糟！最好找個地方歇息……」

眼看蒂緹琳朵毫不伸手拿取回復藥水，侍從瑪蒂娜走過來查看她的情況後，隨即訝叫出聲。在場眾人不約而同地看向蒂緹琳朵。要是這時又被帶去偏僻鄉間的廉價旅館，那她逞強至今就沒意義了。蒂緹琳朵輕睨瑪蒂娜一眼。

「大概是因為我太嬌弱，住在窮鄉僻壤的廉價旅館裡無法好好歇息吧。如果能在貴族的宅邸休息，應該會好一些。所以我們快點穿過境界門吧。」

「您在說什麼呀?!臉色都這麼蒼白了！」

制止她們繼續爭執的，是喬琪娜的侍從賽兒緹。

「那麼若是貴族的宅邸，蒂緹琳朵大人便願意前往歇息吧？不遠前方便有一座基貝的宅邸，正是我的老家。不如過去那裡歇息吧。」

原來賽兒緹是艾倫菲斯特出身的人嗎？母親會如此重用她，可能是因為她從婚前就在服侍母親了吧。蒂緹琳朵想著這些事情，同意前往這裡的貴族宅邸。

「倘若母親大人不介意的話……」

「妳在說什麼呀。比起趕路，當然是妳的身體更重要。賽兒緹，馬上向戈雷札姆送去奧多南茲。」

「遵命，喬琪娜大人。」

看到平常對自己幾乎漠不關心的喬琪娜，此刻竟然願意立即改變行程，蒂緹琳朵心裡十分感動。母親當面對自己說過身體更重要的次數，一隻手便數得出來。以後應該要偶爾身體不適才行。蒂緹琳朵正這麼心想時，奧多南茲捎來回覆。白鳥發出了非常過意不去的男性話聲。

「我是戈雷札姆。既是喬琪娜大人的要求，我自然凡事都願意聽從。只是不巧，敝宅今日已有訪客……雖能為蒂緹琳朵大人與喬琪娜大人準備客房，卻無法容納所有同行的人。實在萬分抱歉，希望侍從與護衛騎士能夠各別只帶一人。服侍兩位的侍從與負責護衛的騎士，會由我這邊做準備，同行人員的下榻處我也會負責介紹。」

聽完回覆，喬琪娜絲毫沒有表現出苦惱的樣子，決定照戈雷札姆說的去做。

「畢竟也要顧慮到對方的情況，侍從與護衛騎士就各別只帶一人吧。只不過，除此之外的人請按原訂計畫，回到亞倫斯伯罕的貴族宅邸留宿。因為總不能帶著這麼多人，突然去拜訪他領的基貝。況且亞倫斯伯罕那裡的基貝也已經做好了今夜要接待我們的準備，可不能對人家失禮。」

「但是，侍從與護衛騎士都僅帶一人，實在太危險了。」

有人出聲反對，認為領主一族待在他領時，怎麼能讓護衛騎士離開身邊。但是，喬琪娜僅只一瞪便讓對方安靜下來。

「既是賽兒緹的老家，那便是我也認識且有往來的貴族。無論侍從還是護衛，我都能放心交給對方安排。我不接受你們的反對，現在是蒂緹琳朵的身體最重要。」

喬琪娜環顧一行人，命令眾人立即動身。這時，蒂緹琳朵已經覺得身體重得動不了，也無法再自行騎乘騎獸。於是，她與喬琪娜指定的女性護衛騎士共乘騎獸，然後馬上出發。

「歡迎您大駕光臨，喬琪娜大人。我已恭候多時。現在馬上為您帶路，這邊請。眾人都已等不及了。」

……哎呀？

在有些朦朧不清的意識下，蒂緹琳朵定睛注視戈雷札姆。她好像前些天才見過這個男人。在艾倫菲斯特的城堡裡時，他是圍繞在喬琪娜身邊的其中一人。本該在貴族區的貴族，為什麼此刻會在這裡呢？總感覺到一絲人為的刻意，是她的錯覺嗎？還是因為身體不舒服，內心較往常不安？現在的蒂緹琳朵無法判斷。

「在蒂緹琳朵身體恢復之前要打擾你了。現下能有機會與你們重溫舊誼，真是太好了呢。」

「因為在貴族區，想不到那些人竟設下重重防備。能在無人打擾的情況下迎接喬琪娜大人到來，委實令我喜出望外。」

戈雷札姆以分外恭敬的態度迎接喬琪娜入內。看見他的眼神，蒂緹琳朵不禁覺得，他彷彿將喬琪娜當成了主人一樣。

一掃十年前的悔憾

「海斯赫崔，你們在吵什麼？」

「因為我相隔十年又與斐迪南大人比了迪塔，不禁開起了反省會……」

我正描述著斐迪南大人當時的表現有多精采時，騎士團長狠瞪過來。

「去交接。」

現在是領主會議期間。在戴肯弗爾格的茶會室裡，戴肯弗爾格與亞倫斯伯罕雙方的人正在議事，而我目前所在的地方，是護衛騎士們輪值時所待的等候室。

「與舊孛克史德克有關的討論已經結束了嗎？」

我重新正色，詢問騎士團長。

此次領主會議最重要的議題，便是以舊孛克史德克為首的反叛者們在領地對抗戰上發動的襲擊。而舊孛克史德克，目前正由戴肯弗爾格與亞倫斯伯罕共同管理。為此，初春之際中央騎士團派了調查團來到戴肯弗爾格，針對鞄拿斯巴法隆的棲息地及其生態調查已知資訊，也搜查了反叛者居住過的地方。

全體會議上已公布了詳細的調查結果，如今在蒐集了他領的反應與看法後，兩領正重新商討對策。不過，等候室裡的氣氛還是比領主會議舉辦前輕鬆了許多。雖然我不小心有些失了分寸，但並未忘記此刻正在討論的議題。

「有關舊孛克史德克的商議已經結束了，但除此之外還有很多事要談。因為在錫爾布蘭德王子首次亮相的同時，也宣布了他與萊蒂希雅大人的婚約。你們打起精神。」

我們在騎士團長的瞪視下走出等候室，與也要交接且備妥推車的侍從們會合。

錫爾布蘭德王子在今年的領主會議上正式亮相。他的母親是戴肯弗爾格出身的第三夫人瑪格達莉娜大人，因此是與戴肯弗爾格關係最為密切的一位王子。今後，戴肯弗爾格也將多少為錫爾布蘭德王子提供後盾，並在與中央保持一致步調的同時，與亞倫斯伯罕交涉往來的次數也會變多吧。

「我看還要很久。」

一名騎士臉色厭煩地嘀咕，我也小聲同意。要一邊警戒四周，一邊繃緊神經以備出了狀況就能立即行動，其實是非常累人的事。政變結束後直到現在，已經過了大約十個年頭，未曾經歷過暗算與突襲的年輕世代越來越多。在這些年輕人中，似乎還有人直言：「騎士只要站著就好，真是樂得輕鬆。」但像他們那種沒出息的木頭人偶，根本不配稱作護衛騎士。

「失禮了，我們前來換壺新茶。」

我與侍從們一同進入茶會室，隨即環顧四周。亞倫斯伯罕的人站在哪裡、共有幾人在屋內待命、當中魔力量與自己相近的有幾人、有無在交接時夾帶危險的魔導具進來……我照著自己再熟悉不過的順序，與亞倫斯伯罕的護衛騎士們互相查探。

探查完周遭情況後，我看向亞倫斯伯罕的領主夫婦。奧伯．亞倫斯伯罕與第一夫人喬琪娜大人的年歲相差甚大。頭一次見到她以第一夫人的身分出席領主會議時，我還非常吃驚，但現在早就習以為常。

「今年的領主會議，眾人皆在談論錫爾布蘭德王子與萊蒂希雅大人的婚約……」

趁著換壺新茶、暫歇口氣後，果然不出騎士團長所料，話題帶到了婚約一事上。這之於兩領的未來都是很重要的一件事，我也在護衛的同時豎起耳朵。
萊蒂希雅大人是前第一夫人的外孫女，聽說將她從多雷凡赫那裡收養過來，就是為了讓她成為下任領主。而之所以讓錫爾布蘭德王子入贅至亞倫斯伯罕，似乎是因為當初政變過後，亞倫斯伯罕不得不將繼承人們降為上級貴族以免連坐受罰，因此這算是國王給予的補償。
……雖然早就知道因顧及瑪格達莉娜大人嫁予國王的經過，錫爾布蘭德王子會被當作臣子養大，但真沒想到會這麼快就為他訂下婚約。
由於共同管理舊孛克史德克的關係，能由與戴肯弗爾格有血緣關係的錫爾布蘭德王子入贅至亞倫斯伯罕，王族也非常樂於見到這個結果吧。
與多雷凡赫及亞倫斯伯罕有血緣關係的萊蒂希雅大人，就這麼訂下了要招納與戴肯弗爾格有血緣關係的錫爾布蘭德王子為夫婿。任誰也看得出來，今後將由萊蒂希雅大人成為下任領主。
「如此一來，下一代便能平穩安泰了吧。我也卸下了心頭重石。」
奧伯．亞倫斯伯罕一派如釋重負地撫著鬍鬚。因政變而失去了繼承人後，至今已過十年。實難想像他身為領主會有多麼焦急。而戴肯弗爾格的領主一族人數眾多，又幾乎沒有因為政變而蒙受到損失，所以我們自然很難想像他的辛勞。
「但也因為這樣，要為我的女兒蒂緹琳朵挑選夫婿更是困難了。因為必須是遇到緊急情況時，能夠暫時擔任奧伯的男性……」
喬琪娜大人面色為難地垂下眉尾。聽說她有個就讀貴族院高年級的女兒，在萊蒂希雅大人的地位穩固之前都沒能選定夫婿，一直等到現在。看來領主一族人數不多的亞倫斯伯罕，也打算讓這名女兒招攬夫婿，增加領主一族的人數，所有人再一同輔佐萊蒂希雅大人。

……喬琪娜大人應該也很擔心自己孩子的未來，但為了領地的將來，竟願意等到下任領主的一切事宜皆安排妥當……

她的表現確實極具大領地第一夫人的風範，真是教人敬佩。但是，對象可是並非下任領主的女性領主候補生，一般極少有人願意入贅。在自領的上級貴族中也許還找得到人選，但想在他領的領主一族中找尋，還希望對方能以領主女婿的身分處理公務，恐怕極其困難。因為貴族院高年級的領主候補生們，幾乎都已有婚約在身。

若要出嫁，當第二夫人或第三夫人還有可能；但若要招贅，已婚的對象根本不可能列入考慮。

……領主一族中的男性若願意接受並非下任領主的女性招贅，一般只可能是深受對方吸引，不然就是有與其他女性結不了婚的隱情吧。

真是辛苦哪。我有些事不關己地這麼心想時，奧伯．亞倫斯伯罕提出了他所想到的女婿人選。

「我個人想招攬艾倫菲斯特的斐迪南大人為女婿……這點兩位知道嗎？」

……斐迪南大人嗎?!

我的心情瞬間激動不已，彷彿血液在體內奔騰，不禁凝神注視奧伯．亞倫斯伯罕。這主意真是太棒了！他竟然會想到斐迪南大人。

就讀貴族院時斐迪南大人與我同年級，是每一年皆獲得了最優秀表彰的天才。不僅作為文官有著優秀的表現，也非常善於比迪塔；飛蘇平琴更是琴藝高超，五官也十分俊美。

然而，他的身世卻十分坎坷。因為沒有母親，他也就沒有後盾，還遭到前任領主第一夫人的欺凌打壓。可說是唯一血親的父親過世後，更被嫉妒他無盡才華的人們逼得進入了神殿。

再次在公開場合上看到他，便是這次的領地對抗戰，睽違了將近十年。領主一族的婚禮都是在領主會議期間舉行。既然至今從未見到斐迪南大人，那他肯定尚未結婚。

……若能讓斐迪南大人入贅至亞倫斯伯罕，不就能解救他了嗎?!

我激動地握起拳頭。這時，只見視野中的奧伯．亞倫斯伯罕垮下肩膀。

「若能招他為婿，他的能力似乎無可挑剔，再者我也想讓困在神殿裡始終無法一展長才的他，得到應有的待遇。只可惜，交涉並不順利……」

奧伯．亞倫斯伯罕說他提出了要求，想讓斐迪南大人離開神殿，讓他有機會能到檯面上大展身手，卻被奧伯．艾倫菲斯特拒絕了。

「在奧伯面前，多半不便說出內心的真實想法吧。為了詢問斐迪南大人本人的意見，我們還請奧伯．艾倫菲斯特暫且迴避，卻也遭到了拒絕。結果斐迪南大人僅僅說了一、兩句話，便被要求離席。」

艾倫菲斯特又打算束縛住斐迪南大人，埋沒他的才華嗎？我內心升起難以言說的憤怒。

「侄女出嫁至艾倫菲斯特時，自從在結婚儀式上得知了斐迪南大人的存在，我一直試著與他接觸。發現他上次出席了領地對抗戰，本想私下找他談話……」

這時，奧伯．亞倫斯伯罕朝奧伯．戴肯弗爾格投去了意味深長的眼光。我一下子便意會到這眼神的含意。奧伯．亞倫斯伯罕本想在領地對抗戰上直接找斐迪南大人談話，戴肯弗爾格卻因為要比迪塔帶走了他。

……怎麼會這樣。我竟然阻礙了斐迪南大人的良緣！

儘管並無惡意，但我似乎在不自覺間阻礙了他本可獲得的良緣。我真想暫時撇下護衛工作，躲起來抱頭吶喊，緊接著喬琪娜大人的話聲傳入耳中。

「斐迪南大人與戴肯弗爾格的各位仍有往來吧？若與他有私人的交情，能否居中為我們牽個線呢？我實在十分同情斐迪南大人的遭遇……」

「嗯。關於此次的襲擊事件，我正打算在接受中央調查的同時，藉此向國王提出請求，希望他能下令讓斐迪南大人成為我的女婿。如若不嫌麻煩，也請戴肯弗爾格幫忙遊說幾句。」

看見喬琪娜大人有意想讓斐迪南大人脫離悲慘境遇，我深受感動；對於願意向國王提出請求的奧伯．亞倫斯伯罕，我心中更是無限感激。若有機會能讓斐迪南大人的境遇好轉，豈有坐視不管的道理。我高興得渾身打顫。

「齊格琳德大人！請務必向亞倫斯伯罕提供協助！這次我們一定要解救斐迪南大人。藉由向亞倫斯伯罕提供協助，就能彌補瑪格達莉娜大人那時的言而無信了！」

我懇請戴肯弗爾格的第一夫人齊格琳德大人提供協助後，她那雙紅色眼眸隨即朝我瞪來。

「瑪格達莉娜大人那時候，言而無信的是你們。只會感情用事，行事完全不懂瞻前顧後，不僅斐迪南大人，還給周遭眾人造成了莫大的困擾吧。你已經忘了當時曾因此激怒瑪格達莉娜大人嗎？」

遭到齊格琳德大人怒斥，我瞬間有些畏縮。接著想起就讀貴族院時，為了讓斐迪南大人能脫離艾倫菲斯特，自己曾經出謀劃策，想要招攬他成為自領領主候補生瑪格達莉娜大人的夫婿。

斐迪南大人與瑪格達莉娜大人在思考迪塔的作戰計畫上，可說是不相上下的對手，但彼此之間毫無戀愛情愫。斐迪南大人也只是想離開艾倫菲斯特，但自身對瑪格達莉娜大人並無男女之情。然而，斐迪南大人的境遇實在太過悲慘，許多騎士都想將善於比迪塔的他攬入戴肯弗爾格，因此向前任領主推薦了他，想讓他成為瑪格達莉娜大人的夫婿。我們一再推薦，鍥而不捨。結果，在戴肯弗爾格信奉迪塔強大的男人就是好男人的價值觀下，再加上想解救他擺脫坎坷命運的進言，前任領主認為斐迪南大人確實不錯，接受了我們的推薦。

……到這裡為止都很順利。

然而，我們未能徵得瑪格達莉娜大人的同意。在我們的推薦下，前任領主答應了招斐迪南大人為婿，並向瑪格達莉娜大人詢問意願，結果惹得她勃然大怒。在那之前本想將愛慕之意永藏心底的她，為了能與意中人在一起，便決定利用這個情況，向當時的第五王子也就是現在的國王求婚。

「為何要用我的一輩子去拯救一個偏僻領地的領主候補生？我想拯救的對象另有其人。斐迪南大人若對現狀感到不滿，他只要動動自己聰明的腦袋，趕緊排除自領的第一夫人即可。甘於現狀的人是他自己才對吧。請別把我捲進下位領地的紛爭之中。」

不僅能與王族建立關係，也有助於政變的終結——對戴肯弗爾格來說，與其招納艾倫菲斯特的一名領主候補生為夫婿，瑪格達莉娜大人嫁予第五王子能獲得的益處要多得多。雖然曾探問過意願，但對於並未正式訂下婚約的斐迪南大人，後來只是向當時的奧伯．艾倫菲斯特說聲抱歉，這件事便劃下句點。站在領地的立場這是理所當然的選擇，我個人卻因為無法解救斐迪南大人，感到萬般悔憾。

「正因如此，這次我一定要解救斐迪南大人，讓他能離開艾倫菲斯特。當年因為瑪格達莉娜大人嫁給了特羅克瓦爾大人，斐迪南大人才無法離開領地，之後竟然長達十年都待在神殿。」

「這麼做或許能消除你的悔憾，但也僅此而已。」

幫助斐迪南大人離開艾倫菲斯特一事，究竟有何益處可言？被這麼一問，我拚命動腦思索。

「聽說瑞德蒙大人要將女兒克拉麗莎嫁予艾倫菲斯特的上級貴族，但他個人十分希望艾倫菲斯特能與其他領地有更多交流。若能讓斐迪南大人入贅至大領地，藉此有更多交流……」

「我說了，戴肯弗爾格想要的並不是這種個人利益。比起個人的情感，領地的利益更重要。」

儘管我非常希望能解救斐迪南大人，齊格琳德大人卻不願點頭。這時最好暫且撤退，設法找出能讓齊格琳德大人點頭的益處。我行了一禮後，轉身離開。

「……如此這般，我認為比起領地的利益，更重要的是這次一定要讓斐迪南大人離開神殿。」

我召集了騎士們來到宿舍食堂，請大家一起提出能讓齊格琳德大人點頭的建言。我一個人或許辦不到，但若能集結眾人的智慧，應該可以得到一些不錯的提議。我高舉起斟有比蘇酒的杯子。

「這次我們一定要解救斐迪南大人！向亞倫斯伯罕提供協助，懇請國王讓斐迪南大人離開艾倫菲斯特！」

「噢噢！」

周遭的騎士們紛紛舉杯附和。眾人一同大口灌下比蘇酒。酒精的氣味猛地從喉嚨深處竄起，情緒也隨之慷慨激昂起來。

「嗯……考慮到錫爾布蘭德王子日後將入贅至亞倫斯伯罕，就說蒂緹琳朵大人的夫婿最好要是我們也了解其人品的人選，從這方面去說服如何？」

與斐迪南大人再次比了迪塔後，大概是這件事帶來了很大的影響吧。同為騎士的夥伴們都非常樂於幫忙思考，要如何才能說服齊格琳德大人。

「是啊，斐迪南大人對權力並沒有什麼欲望。就算入贅至亞倫斯伯罕，他也不會想與萊蒂希雅大人或錫爾布蘭德王子對立。」

「如今他還以監護人的身分教育羅潔梅茵大人，說不定也能負責教育萊蒂希雅大人。只要提出這一點，或許也能拉攏多雷凡赫一起幫忙。」

如果不僅戴肯弗爾格，也有他領願意幫忙說話的話，確實令人信心大增。我決定採用這個建議。也說服多雷凡赫一起懇求國王吧。

「現今既然無法重新劃分領地界線，我們與亞倫斯伯罕可謂是命運共同體，勢必得加強合作關係。齊格琳德大人應該也明白這一點。近來亞倫斯伯罕似乎已分不出人手去討伐魔獸，但斐迪南大人若能入贅，討伐魔獸的工作應能回到正軌吧？」

「這也就是說，我們可以一同外出討伐嗎？說不定還能比迪塔！」

「海斯赫崔，你冷靜點。這是你能得到的好處，並非領地的利益。」

終歸只是亞倫斯伯罕的魔獸討伐工作可能會因此順利一些，以及或許能同步進行討伐──夥伴要我強調這一點。我「嗯嗯」地點頭應和，但也不禁想像了自己與斐迪南大人一同討伐魔獸的光景，內心高興起來。感覺彷彿回到了貴族院那時候。

「若能藉這機會賣個人情給亞倫斯伯罕，今後想向他們購買蘭翠奈維的商品時，應該也會比較有優勢。」

「斐迪南大人若能入贅，或許也不用再經過還不太懂得貿易的艾倫菲斯特，就能得到他們那裡的新流行。因為做為羅潔梅茵大人的後盾，想出各種新商品的正是斐迪南大人吧？」

「是這樣子嗎？真不愧是斐迪南大人！」

竟讓如此優秀的人才進入神殿，簡直愚不可及。眾人紛紛表示，他的才華就應該到檯面上盡情展現。就這樣，我蒐集到了許多光靠自己絕對想不到的意見。若能再取得多雷凡赫的協助，想必能讓齊格琳德大人點頭吧。

「你們的想法都太棒了。這次我們一定要讓斐迪南大人離開神殿，助他擺脫艾倫菲斯特的掌控！」

「是！」

如此堅決立誓的我們，努力終於有了回報。與幾個領地聯合起來向國王提出懇求後，最終在領主會議的尾聲，國王下令要斐迪南大人入贅至亞倫斯伯罕。

十年來的變化

「艾克哈特、尤修塔斯，我臨時要出席與亞倫斯伯罕的會談。抱歉，麻煩你們也馬上做好準備。」

「遵命。」

領主會議期間，儘管斐迪南大人預計待在領內留守，卻仍是接到了傳喚前往貴族院。

斐迪南大人帶著身為護衛騎士的我，以及穿上侍從制服的尤修塔斯踏上轉移陣後，一眨眼便抵達貴族院宿舍。剛步出轉移廳，只見卡斯泰德與幾名領主的近侍已在外等候。

「我奉奧伯．艾倫菲斯特之命前來……卡斯泰德，到底怎麼回事？」

「亞倫斯伯罕提出了想納你為婿的要求。儘管我們再三婉拒，他們卻完全不肯放棄，還說想聽你親口說出真正的想法。」

據說是在蘭普雷特的結婚儀式上見到斐迪南大人後，便想納他為婿。他們甚至還語帶嘲諷地指責，說斐迪南大人明明在就讀貴族院時連連獲選為最優秀者，卻將如此有才華的人逼進神殿，簡直惡毒至極。

「可笑。他們已經忘了自領的貴族曾攻擊過羅潔梅茵嗎？這種會策劃襲擊領主一族的領地，我怎麼可能想入贅過去。真正惡毒的還不知道是誰。」

斐迪南大人一臉厭煩地低聲說道，快步前往茶會室。他似乎從一開始就沒打算與亞倫斯伯罕的人悠哉閒談，道完寒暄、拒絕入贅一事後，便火速離開茶會室。

「難得有這麼好的婚事，推掉實在可惜……」

「而且能與亞倫斯伯罕促進交流，這是好事一樁吧？如今薇羅妮卡大人也下臺了，其實我看答應這門婚事也未嘗不可。」

只是稍微耳聞了亞倫斯伯罕想納婿的消息，舊薇羅妮卡派的貴族們便紛紛發表自己的看法，我聽了卻覺得荒謬至極。

……入贅至亞倫斯伯罕？事到如今嗎？這群愚蠢之徒。

換作在十年前，這是值得高興的好消息吧。因為總算能遠離前任領主的第一夫人薇羅妮卡。假使斐迪南大人不是以貴族之姿卻屈辱地進入神殿，而是在那個無比自豪自己的母親是亞倫斯伯罕領主一族的女人面前，答應入贅至亞倫斯伯罕的話，內心不知會有多痛快。

然而，曾千方百計想要陷害斐迪南大人與羅潔梅茵的那個女人，如今早已被關入白塔，神殿長也改由羅潔梅茵擔任，神殿成了待起來舒適愉快的空間。

而那些極力想排除斐迪南大人的貴族們，也都已不著痕跡地被拉下高位，我的主人則成為輔佐領主的領主一族，受到重用。與周遭人們的關係也變得平穩，四處皆能感受到安詳怡然的氛圍。

……現在竟要我們親手摧毀好不容易獲得的平靜時光嗎？

斐迪南大人為何得去那種麻煩至極的領地不可？入贅一事對斐迪南大人來說沒有任何好處。我的主人十分滿足於現狀。最重要的是，那些舊薇羅妮卡派的貴族至今仍想與亞倫斯伯罕建立起合作關係，他沒有半點義務要讓他們高興。將海德瑪莉逼上絕路的你們最好都消失吧。

我在心裡恨恨咒罵，與斐迪南大人一同返回艾倫菲斯特。

原以為斐迪南大人本人既已明確拒絕了亞倫斯伯罕，這件事也就結束了。然而，實際上並非如此。

斐迪南大人再度接到傳喚，要前往貴族院與王族談話。表面上的藉口是關於王族遇襲一事，有話想問斐迪南大人。先前學生們在貴族院討伐了鉏拿斯巴法隆後，也曾個別被找去問話，領主候補生羅潔梅茵一樣在屏退近侍的情況下接受過問話；因此同樣地，被告知即使是護衛騎士也不能在場後，我們近侍便在屋外待命。

屋內究竟有過怎樣的對話，我無從得知。然而，最終竟沒有經過領主齊爾維斯特大人的同意，便決定了斐迪南大人將奉國王之命入贅至亞倫斯伯罕。

簡直莫名其妙。此外也不曉得與亞倫斯伯罕之間有過怎樣的交易，據說好幾個領地都向國王如此提出懇求：「請助斐迪南大人離開神殿。」「請讓他入贅至亞倫斯伯罕吧。」

……一群愚蠢的傢伙，真是多管閒事！

看見斐迪南大人不悅至極的模樣，我也對眾人感到火大。

……分明已經當面拒絕了亞倫斯伯罕的領主夫婦，接著竟然變成國王下令？開什麼玩笑！是領地自己愚蠢到了因政變而失去繼承人，若要為他們收拾爛攤子，也該是造成了這種局面的人來收！別把完全無關的我們捲進去！

然而再怎麼愚蠢，國王還是國王。國王的命令是絕對的，斐迪南大人似乎決定遵從。他說不想因此連累艾倫菲斯特。

「……斐迪南大人，如果……如果我殺了國王，這道命令便能作廢嗎？」

「艾克哈特，這麼危險的想法不該脫口而出。你做事還是這麼衝動。」

個人倒認為這是極好的主意，卻遭到斐迪南大人否決。當年我也曾提議暗殺薇羅妮卡，說：「不如就讓在這世上沒什麼用的廢物追隨前任領主的腳步，設法讓您不必進入神殿吧。」卻同樣遭到了否決。對我來說，斐迪南大人最為重要，礙事的人最好一個接一個消失，但似乎是這麼做對周遭造成的影響太大了。雖然我也根本不在乎會對周遭造成什麼影響。

「艾克哈特、尤修塔斯，我有重要的話要說。來我宅邸一趟。」

從貴族院回到城堡的當晚，我們遵照命令前往斐迪南大人的宅邸。

抵達斐迪南大人的宅邸時，出來迎接的是負責管理宅邸的下級貴族拉塞法姆。那微鬈的頭髮是近黑的深綠色，往腦後梳攏；眼瞳為綠色，臉上則掛著沉穩的微笑。拉塞法姆細心地為我們泡茶。來到這座宅邸時，尤修塔斯很少再做侍從的工作。

「聽說您奉命前往貴族院，看來果然不是好消息吧？」

「我打算一邊喝茶，一邊也告訴你。」

「遵命。艾克哈特、尤修塔斯，你們也請坐下吧。」

看見我們臉上的表情，拉塞法姆露出傷腦筋的苦笑。他原是薇羅妮卡為了故意找碴，指派給斐迪南大人的近侍。因下級貴族魔力不多，想要使用魔導具伺候主人會非常困難，尤其是在還就讀貴族院低年級的時候。

拉塞法姆本就因為下級貴族的身分，旁人時常質疑他能否勝任領主一族的近侍，而他的存在更成了能對斐迪南大人冷嘲熱諷的絕佳藉口。比如：「你的近侍雖然失職，但沒能為近侍做好榜樣的你，身為領主一族同樣失職。」

面對處境極為艱難的拉塞法姆，斐迪南大人說了：「你就與我保持距離，如薇羅妮卡大人所願也找我麻煩，保護自己吧。」事實上，那女人為了故意找碴而指派給斐迪南大人的近侍，並不只有法塞拉姆而已。他們為了討那女人的歡心，平常總故意刁難斐迪南大人。對斐迪南大人來說，不過就是感到麻煩的對象又多了一個，並沒有太大的差別吧。但拉塞法姆拒絕了他的提議，說：「一旦這麼做，我便真的不配擔任領主一族的近侍。」

……雖然就連這句話，斐迪南大人也懷疑是不是那女人在背後唆使，因而對拉塞法姆說除非獻名，否則他不會相信……

於是拉塞法姆獻上名字，取得了信任。在斐迪南大人進入神殿之後，他也一直負責管理宅邸。因為與能做文官工作的尤修塔斯不同，城堡裡沒有拉塞法姆能做的工作。打從斐迪南大人成年、搬離北邊別館開始，這座宅邸就是他工作的地方。

「艾克哈特、尤修塔斯、拉塞法姆。」

喝完茶後，斐迪南大人一邊呼喚我們的名字，一邊往桌面放下三顆形似白繭的物品。就在斐迪南大人決定進入神殿的那一天，他也曾像這樣拿出我們的獻名石。望著那雙依序看向我們三人的淡金色眼眸，我打了個寒顫，冷汗滑下背脊，令人心膽俱裂的不安與絕望襲上心頭。

……這次又想還給我們了嗎?!

內心的吶喊並未脫口而出。因為我的嘴唇不停顫抖，牙齒也在打顫，無法發出聲音來。彷彿自己這條命被一把拋開的絕望正籠罩自己時，包裹著我的斐迪南大人那股魔力忽然變強。平常根本不會意識到的，束縛住自己的魔力正加強力道。

「艾克哈特、尤修塔斯，我命令你們。與我一同前往。」

這是為其獻名的主人，所下達的絕對不可違抗的命令。只要答應，束縛住自己的那股魔力就會回到平常感受不到其存在的狀態，但拒絕就只有死路一條。

「儘管我已曾當面拒絕，最終仍得奉國王之命入贅至亞倫斯伯罕。背後有好幾個領地都在促成此事，因此我認為這樁婚事並不簡單。可能還有生命危險。但是，我還是希望你們兩人能成為我的左右手。」

這個命令我求之不得。我當場跪下，接受命令。

「遵命……任何地方我都願意隨您前往。」

尤修塔斯也同樣接下了命令。但是，沒被叫到名字的拉塞法姆面色慘白，注視著自己的獻名石。

「斐迪南大人，我……請您也帶我一同前往。」

「你沒有能保護自己的戰鬥能力，我不能帶你去亞倫斯伯罕。」

拉塞法姆倒吸口氣，渾身顫抖。正好與斐迪南大人要進入神殿時相反。當時只有負責管理宅邸、在城堡無法生存下去的拉塞法姆，斐迪南大人仍要他以近侍身分留在自己身邊，然後要身為上級貴族的我與尤修塔斯另謀出路。

「拉塞法姆，這是命令。這座宅邸就交給你了……在我尚未成婚，到了亞倫斯伯罕後得先住客房的那段時間，你要負責管理這棟屋子與我留下的物品。」

「……還以為您只歸還我的名字呢……」

拉塞法姆的低喃透著無與倫比的安心。我非常能明白他的心情。

「那麼，得把您的行李分成要留下來的，以及要立即帶往亞倫斯伯罕的吧。」

「調合用的原料我打算大部分都留給羅潔梅茵。有不少原料光靠她的近侍，目前都還很難蒐集到吧。我還得教她製作回復藥水，也需要再做一次尤列汾，徹底融解她體內凝固的魔力。」

斐迪南大人開始寫下今後的待辦事項。但是聽起來，怎麼也不像在為自己做準備，反而像在為羅潔梅茵做準備。

「您不必對柯尼留斯這麼好。那些可是自己主人需要的原料，他應該要有能力設法蒐集到。」

「但我至今一直幫他們備妥原料，突然撒手不管，他們也會很傷腦筋吧？你願意教柯尼留斯他們如何蒐集到原料嗎？」

「一定在出發前辦妥此事。」

為主人分憂解勞，是我的職責所在。接下來得訓練柯尼留斯他們，能順利蒐集到原料。斐迪南大人說著「我要想想今後的安排」，便走回自己房間。目送主人離開後，我也開始擬訂計畫，想著要帶包括柯尼留斯在內的護衛騎士們去哪些地方。

「艾克哈特，我們也要收拾整理。斐迪南大人既把拉塞法姆留下來，代表他認為到了那裡會非常危險。真正重要的東西最好別帶過去。」

尤修塔斯說接下來有段時間，在艾倫菲斯特會需要有個地方能寄放個人物品。

「我因為並未搬離老家，打算把個人物品託給母親大人保管，但你自己有座宅邸，還得回去整理屋子吧。」

我趁著與海德瑪莉結婚時，擁有了自己的宅邸。若要前往亞倫斯伯罕，就必須整理屋內的用品。如果要歸還，也需要辦理手續。那座宅邸裡留有我與海德瑪莉生活過的回憶，發覺必須將其清空，我忽然感到心情沉重。

「你可以把宅邸讓給兩、三年後要結婚的柯尼留斯，請他留個房間給你保管物品如何？」

我頓覺心頭一輕。萊歐諾蕾尚未成年，他們再快也是兩年後才會結婚。屆時我們在亞倫斯伯罕應該也已經安頓下來了，可以把我的個人物品搬過去。我十分慶幸能夠分作好幾個階段慢慢整理。因為依我現在的精神狀態，實在無法一口氣收完。

「等到在那邊的生活安定下來，可能要一、兩年的時間……真是漫長哪。我什麼時候才能前往斐迪南大人身邊呢？」

拉塞法姆面帶苦笑。尤修塔斯輕吐口氣，瞪向窗外雙手抱胸。

「沒辦法。斐迪南大人要入贅這件事，背後實在隱藏了太多人的意圖與目的，根本不曉得誰有什麼目的。最好還是小心為上。」

「這是什麼意思？」

「他們究竟是想讓斐迪南大人留在亞倫斯伯罕？還是只要他能離開艾倫菲斯特，不管哪個領地都可以？……光是這樣的解讀就有很大的差異吧？然而，現在的我們甚至沒有足夠的情報能判斷差異有多大。」

尤修塔斯一臉不甘地說。他此刻的表情，就與薇羅妮卡還大權在握時一樣。我不禁提醒自己，一定要提高警覺。因為，我們肯定正被捲進單靠個人力量根本無法與之抗衡的巨大陰謀裡。

「艾克哈特，你和我不一樣，身邊的事情處理起來很棘手吧？動作要快。」

「宅邸我已決定讓給柯尼留斯，這件事不急。」

「不對，我不是指這件事。已經離婚的我一個人當然輕鬆，但你剛訂了婚約。如果要以妻子的身分帶安潔莉卡一同前往，就必須趕在今年夏天完婚；若要解除婚約，也需要討論後續事宜。」

……原來如此。這件事確實需要趕快處理，而且也很麻煩。

我試想了下是否要帶安潔莉卡一同前往。綜觀她在神殿的言行與訓練時的動作，她一向不會做出命令以外的行為，也從來不曾質疑命令，能夠反射性採取行動。若能帶她一同前往，應該能對斐迪南大人有所幫助。

「雖然端看怎麼運用，但安潔莉卡應該十分有用。」

「哦，真難得能讓你做出這種判斷。信得過的人是越多越好，具有戰鬥能力的話更佳。那麼你就考慮與她結婚，帶她一起過去吧？」

「……在此之前得先問她，有無深入敵營的決心。」

尤修塔斯說完，我對他點點頭。再有能力，本人沒有決心也無濟於事。我決定詢問安潔莉卡，有無意願前往亞倫斯伯罕。

斐迪南大人與羅潔梅茵進入神官長室的秘密房間裡談話時，我喚來緊貼在門邊擔任守衛的安潔莉卡。

「我是斐迪南大人的護衛騎士，因此已決定要前往亞倫斯伯罕。妳是我的未婚妻，打算怎麼做？」

「這麼問是什麼意思呢？」

「因為妳有戰鬥能力，我也能帶妳一起去亞倫斯伯罕。看妳要與我成婚後再一起過去，還是解除婚約留下來，都由妳選擇。我會尊重妳的想法。畢竟再有戰鬥能力，我也不能帶毫無覺悟的人一同前往。」

安潔莉卡沉默著眨了好幾下眼睛，似乎正在努力理解我的話語。和表情完全沒變的她不同，柯尼留斯與萊歐諾蕾聽了卻是臉色大變，在一旁嚷嚷起來。

「艾克哈特大人，考慮到安潔莉卡的適婚年齡，她應該要馬上結婚……倘若現在解除婚約，對她的名聲會有嚴重影響。」

「萊歐諾蕾說的沒錯。怎麼能這時候解除婚約……」

「柯尼留斯，你別囉嗦。無論安潔莉卡怎麼選擇，反正只要祖父大人採取行動，別讓她留下汙點即可。畢竟她這樁婚事打從一開始就是祖父大人訂下的，用不著我們煩惱。」

我揮了揮手，想把柯尼留斯趕到一邊，他卻無法死心：「可是……」真是個麻煩的弟弟。其實安潔莉卡的名聲根本不重要，他肯定滿腦子都在擔心著：「萬一親族要我納她為第二夫人怎麼辦?!」

「你只要說自己剛與萊歐諾蕾訂婚，不便再納比她年長的安潔莉卡為第二夫人，用這個藉口拒絕就好了。這件事不會落到你頭上吧。」

「唔……！」

……果然。安靜下來了。

讓柯尼留斯閉上嘴巴後，我重新轉向安潔莉卡，催促她回答。

「妳做好決定了嗎？」

「是的。我決定解除婚約，留在艾倫菲斯特。因為我是羅潔梅茵大人的護衛騎士。」

遭到斷然拒絕，不知為何我竟有些驚訝。但是，安潔莉卡臉上沒有任何迷惘，深藍色雙眼筆直凝視我。

「我的主人是羅潔梅茵大人，並不是斐迪南大人。」

「原來如此，我明白了。確實是如此沒錯。妳終歸是羅潔梅茵的護衛騎士。」

比起適婚年齡與世人的看法，自己的主人與信念更重要。儘管侍奉的主人不同，我們各自所重視的事物卻非常相似。我個人十分欣賞安潔莉卡的果決。

「羅潔梅茵真是有個好部下。」

「在羅潔梅茵大人為斐迪南大人竭盡所能的時候，我會盡全力保護她。」

安潔莉卡說完，看向秘密房間的門扉。我的腦中也閃過了羅潔梅茵因為擔心斐迪南大人，堅持要追根究柢的模樣。與身為部下只能依令行事的我不同，我的妹妹總要得出自己能夠接受的答案。

我相信，時時擔心斐迪南大人的身體，還會為了減輕其工作量而與領主周旋的羅潔梅茵，在斐迪南大人前往亞倫斯伯罕後，仍會為了他凡事盡己所能吧。

……啊，原來。

安潔莉卡的發言讓我察覺。

現在與斐迪南大人不得不進入神殿的那時候並不一樣。會為斐迪南大人要入贅而感到擔心與不甘的，並不只有我們而已。與那時不同，現在有許多人都設法想在背後支持他。把真正的情感顯露出來固然危險，卻也不用壓抑禁止。

……艾倫菲斯特變了。而且是可以改變。

對此我受到莫大的鼓舞。

也對自己未能留在這片土地，深深感到遺憾。

與此同時，也對未知的土地萌生了希望。只要改變環境，讓斐迪南大人能安穩度日就好了。為此排除所有阻礙、守護主人，正是我的職責。

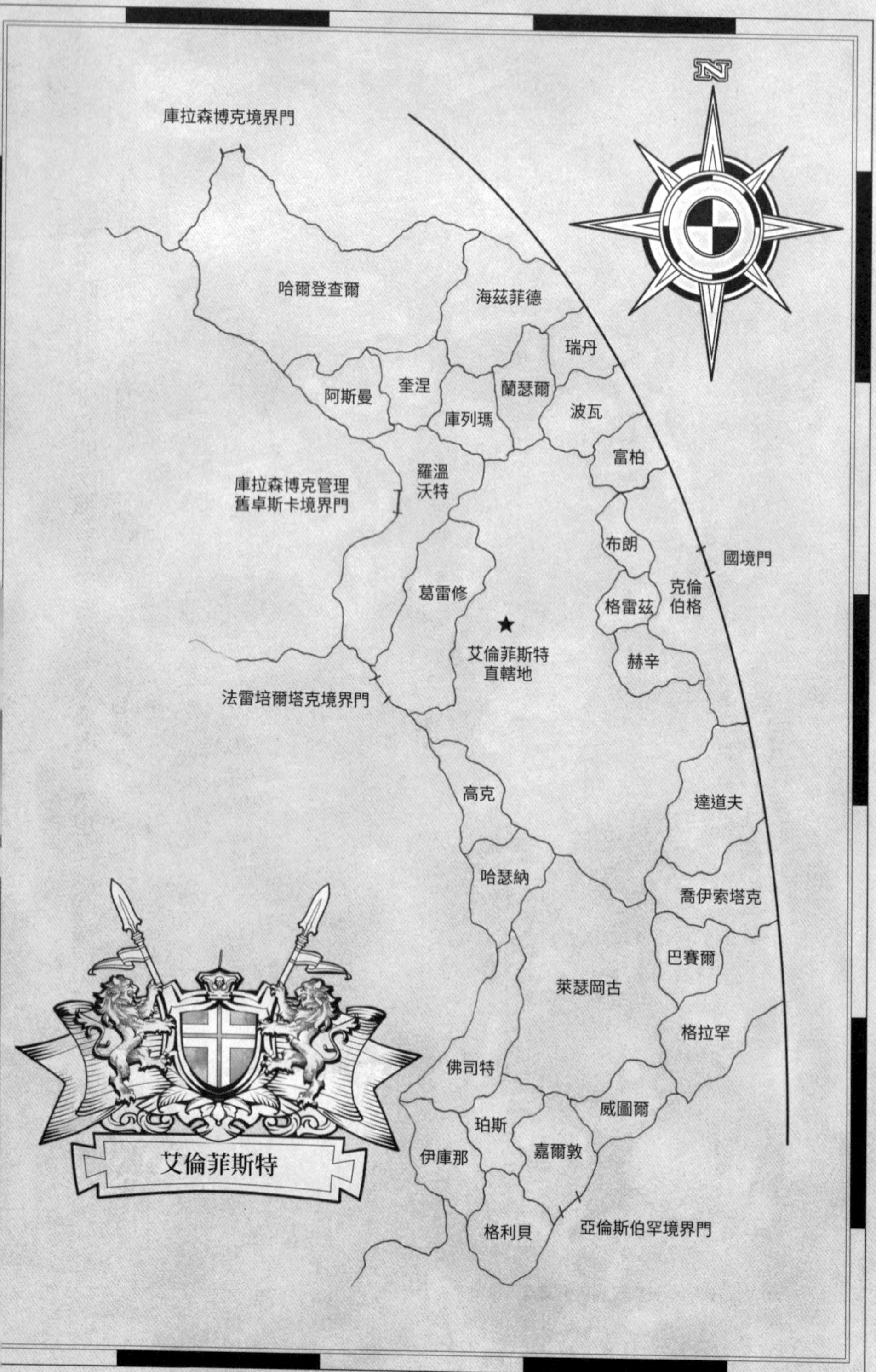
N
庫拉森博克境界門
哈爾登查爾
海茲菲德
瑞丹
阿斯曼
奎涅
蘭瑟爾
庫列瑪
波瓦
富柏
羅溫
沃特
庫拉森博克管理
舊卓斯卡境界門
布朗
國境門
克倫
伯格
葛雷修
格雷茲
艾倫菲斯特
直轄地
赫辛
法雷培爾塔克境界門
高克
達道夫
哈瑟納
喬伊索塔克
巴賽爾
萊瑟岡古
格拉罕
佛司特
威圖爾
珀斯
嘉爾敦
伊庫那
格利貝
亞倫斯伯罕境界門
艾倫菲斯特

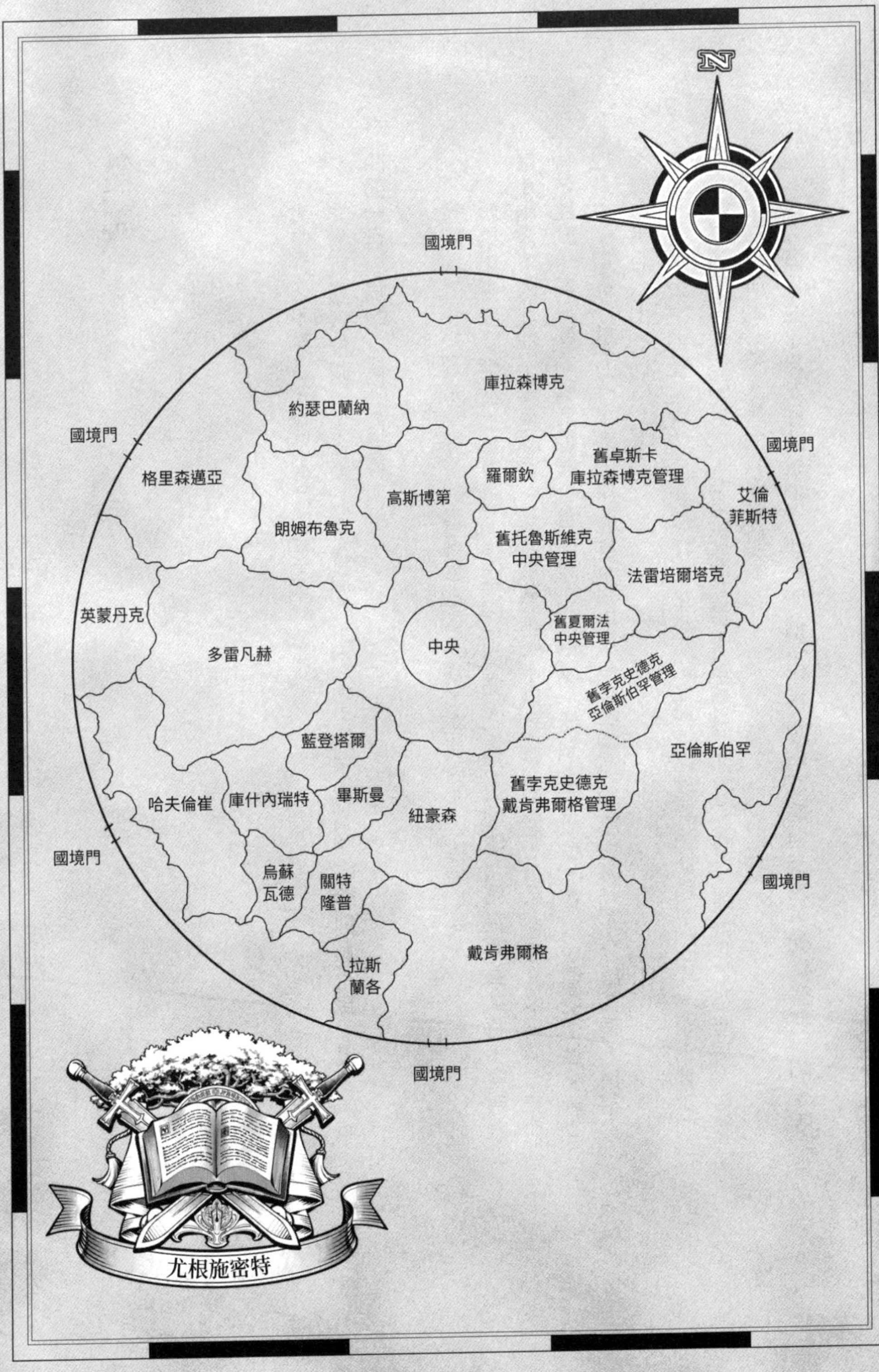
N
國境門
庫拉森博克
約瑟巴蘭納
國境門
國境門
格里森邁亞
羅爾欽
舊卓斯卡
庫拉森博克管理
高斯博第
艾倫
菲斯特
朗姆布魯克
舊托魯斯維克
中央管理
法雷培爾塔克
英蒙丹克
舊夏爾法
中央管理
中央
多雷凡赫
舊孛克史德克
亞倫斯伯罕管理
藍登塔爾
亞倫斯伯罕
舊孛克史德克
戴肯弗爾格管理
哈夫倫崔
庫什內瑞特
畢斯曼
紐豪森
國境門
國境門
烏蘇
瓦德
關特
隆普
戴肯弗爾格
拉斯
蘭各
國境門
尤根施密特

後記

大家好久不見了，我是香月美夜。

非常感謝各位購買本作，《小書痴的下剋上：為了成為圖書管理員不擇手段！【第四部】貴族院的自稱圖書委員（Ⅷ）》。

貴族院二年級迎來尾聲，故事場景重新回到了在艾倫菲斯特的生活。

新弟弟麥西歐爾在本集登場。薇羅妮卡失勢、羅潔梅茵成為領主的養女時，麥西歐爾才兩歲，因此他不像夏綠蒂一樣有被薇羅妮卡欺負過的記憶，也不會被人拿來與韋菲利特做比較。與兄姊的感情很好，也沒有人要他以下任領主為目標，在這種環境下無憂無慮地長大。還從小就有羅潔梅茵做的玩具可以玩，也對聖典繪本與神話十分感興趣，是相當善於撒嬌的么子。

而在本集中，羅潔梅茵忙著尋找低年級的近侍、處理亞倫斯伯罕的魚、領主會議期間在城堡留守時還聽祖父大人話說從前。日子正過得開開心心時，卻得知了斐迪南因為無法違抗的王命，必須入贅至亞倫斯伯罕。

至今關係並不算友好的奧伯．亞倫斯伯罕居然想納斐迪南為婿，究竟有何目的？支持此事的喬琪娜與他領的人又在想什麼？以及斐迪南的決定是……

再說回本集序章，這次的主角是麥西歐爾。內容包括在正式見到羅潔梅茵之前，韋菲利特與夏綠蒂都對他說過哪些事情，也描寫到了領主之子與父母的互動，希望讀者看得開心。

終章是蒂緹琳朵。她同樣是在國王的命令下，突然就訂下了結婚對象，而在終章當中，可以了解到她對這個婚約與斐迪南有什麼想法。後來拜訪期間忽然收到緊急通知，必須趕回亞倫斯伯罕，路途中她的母親喬琪娜卻好像在計劃著什麼……藉此視角稍微描寫了在羅潔梅茵他們看不見的地方，曾發生過哪些事情。

短篇的主角分別是海斯赫崔與艾克哈特。兩個人都希望斐迪南的處境與地位可以比現在更好。只不過，一個是相隔十年不見的他領友人，一個是十年來常伴左右的護衛騎士，兩人的看法可以說是截然不同。

在寫海斯赫崔視角的短篇時，是希望多少能讓讀者知道，在他領人們眼中斐迪南的處境就是這樣。海斯赫崔其實也是為了能幫助到斐迪南，盡了自己最大的努力。雖然對斐迪南來說，結果變成了那樣……

艾克哈特視角的短篇中，則是描寫了斐迪南的親信對這樁婚約有何感想。入贅時若要一同前往，得做好準備的並不只有斐迪南而已。內容還包括已向他獻名的近侍們所決定的下一步，以及艾克哈特對於與安潔莉卡這樁婚事的看法……

本集請椎名老師設計的新角色，有麥西歐爾、貝兒朵黛、泰奧多，以及基貝・格拉罕戈雷札姆。有好多可愛的孩子呢。各位是否也覺得，新角色們隱約都與兄姊長得有些相像呢？雖然有個壞人穿插在一群可愛的孩子當中，但我也深深覺得戈雷札姆就是長這樣。

接著有消息要通知大家。

下一集就是第四部的最後一集！為了讓第四部能夠劃下完美句點，已經決定第四部Ⅸ出版的同時，也將販售由動畫版聲優陣容所錄製的廣播劇第四輯。居然能親耳聽到這麼豪華的聲優陣容來演繹第四部的尾聲，我真的覺得非常奢侈。屆時內心感受到的衝擊肯定更加強烈吧。而廣播劇CD僅在TO BOOKS的官網上販售。

此外，由於動畫將在十月開始播出，接下來會一鼓作氣推出各種《小書痴的下剋上》相關書籍，如下：

●《短篇集》（收錄截至第四部Ⅳ為止的特典與其他未收錄短篇）
●第二部漫畫的第二集
●To Junior文庫的第二集
●動畫DVD（收錄第一話到第三話，特典是評論音軌）

Fanbook4也預計十一月在TO BOOKS的官網上開始販售。

以上都將陸續發行，希望各位讀者能夠連同動畫看得開心。

這集封面，是羅潔梅茵與斐迪南在神殿秘密房間裡的想像圖。因為婚約而心事重重的斐迪南，以及擔心地看著他的羅潔梅茵。一想到這可能是最後一次在彩圖上看見穿著神官長服的斐迪南與穿著神殿長服的羅潔梅茵，各位會不會覺得很哀傷呢？我會喔。但是，也很喜歡。

彩色拉頁我則要求繪製了〈選擇〉裡的抱抱場景。這個場景我一直心想著一定、一定要畫成插圖……羅潔梅茵的表情太讓人心碎了。

椎名優老師，非常感謝您。

最後，要向購買本書的各位讀者獻上最高等級的謝意。

第四部第九集預計十二月發行。期待屆時再相會。

二〇一九年七月　香月美夜

每回都出場的
卷末漫畫
輕鬆悠閒的家族日常
作畫 椎名優
處理魚一景
嗚哇—
嗚咿—
就是現在!用力敲!!
咚叩
啪嘰
吧嘰
咚
咕嚓
放進鍋內,蓋上蓋子!
喀答喀答喀答
印度傳統運動
羅潔梅茵,我最愛的孫女啊!!
妳終於回來了!
唔
沙沙沙
唔唰
唔唰
沙沙沙
沙沙
唔噢噢,讓我過去!
不行,師父!
父親大人,請留步!!
啊,我知道這個。這個是叫卡巴迪的運動。

致命的讚美

羅潔梅茵姊姊大人做的書籍非常有趣。
我最喜歡書了。
麥西歐爾，可不只這樣而已唷。
姊姊大人除了製作紙張與推廣新流行，她還擁有許多過人的才華呢。
啊嗚。
姊姊大人，您怎麼了?!
姊姊大人，您沒事吧?!
啊哇哇哇，我的弟弟妹妹真是太可愛了……
簡直可愛得要命

最低順位

神官長，國事與未婚妻，你會以哪邊為優先呢？
國事。
那麼，如果是魔石原料的研究與未婚妻——
研究。
呃……那如果是用餐與未婚——
用餐。
實在是不得不有些同情蒂緹琳朵大人。

小書痴的世界快速擴張！
細節控一定會喜歡的官方公式集第四彈！

小書痴的下剋上

FANBOOK

沒有書，我就自己做！④

香月美夜 原作　**椎名優** 繪　**鈴華** 漫畫

眾所期待的《小書痴的下剋上》官方公式集第四集隆重登場！特別收錄各集封面、海報的彩圖和草稿、主要角色的設定資料集、神祇設定資料集、電視動畫美術設定畫集、廣播劇3配音觀摩報告，以及香月美夜老師的番外篇小說、鈴華、波野涼、椎名優等三位老師的漫畫作品和香月老師的精采Q&A，空前豐富的內容，所有小書痴們絕對不能錯過！

賭上艾倫菲斯特的未來，
最關鍵的抉擇是？

小書痴的下剋上

第四部　貴族院的自稱圖書委員IX

香月美夜 原作　**椎名優** 繪

貴族院二年級的生活畫下句點，羅潔梅茵重新回到了領地。她與新弟弟見面、尋找可當近侍的低年級生、處理亞倫斯伯罕的魚、聽祖父話說從前……一切看起來似乎都平靜安穩，然而，斐迪南的樣子卻不太對勁。而國王突如其來的命令，更將使得一切發生翻天覆地的改變……

國家圖書館出版品預行編目資料

小書痴的下剋上：為了成為圖書管理員不擇手段！. 第四部，貴族院的自稱圖書委員．VIII/ 香月美夜著；許金玉譯．-- 初版．-- 臺北市：皇冠文化出版有限公司，2021.06
面；　公分．--（皇冠叢書；第 4950 種）(mild；37)
譯自：本好きの下剋上 司書になるためには手段を選んでいられません．第四部，貴族院の自称図書委員．VIII
ISBN 978-957-33-3739-3（平裝）
861.57　　110007682

皇冠叢書第 4950 種
mild 37

小書痴的下剋上

爲了成爲圖書管理員不擇手段！
第四部 貴族院的自稱圖書委員Ⅷ

本好きの下剋上
司書になるためには
手段を選んでいられません
第四部 貴族院の自称図書委員Ⅷ

作　　者—香月美夜
譯　　者—許金玉
發 行 人—平雲
出版發行—皇冠文化出版有限公司
台北市敦化北路 120 巷 50 號
電話◎ 02-27168888
郵撥帳號◎ 15261516 號
皇冠出版社（香港）有限公司
香港銅鑼灣道 180 號百樂商業中心
19 字樓 1903 室
電話◎ 2529-1778　傳真◎ 2527-0904
總 編 輯—許婷婷
責任編輯—陳怡蓁
美術設計—嚴昱琳
著作完成日期— 2019 年
初版一刷日期— 2021 年 6 月
初版二刷日期— 2022 年 7 月
法律顧問—王惠光律師

讀者服務傳真專線◎ 02-27150507
電腦編號◎ 562037
ISBN ◎ 978-957-33-3739-3
Printed in Taiwan
本書特價◎新台幣 299 元 / 港幣 100 元